“80后”批评家文丛编委会

读后

"80后"批评家文丛

康　凌／著

图书在版编目（CIP）数据

读后 / 康凌著 . -- 昆明 : 云南人民出版社，
2014.12
（“80 后”批评家文丛）
ISBN 978-7-222-12837-8

Ⅰ . ①读… Ⅱ . ①康… Ⅲ . ①文学评论 - 中国 - 文集
Ⅳ . ① I206-53

中国版本图书馆 CIP 数据核字 (2015) 第 003835 号

责任编辑：苏映华 刘 焰
装帧设计：胡元青
责任校对：文艺蓓
责任印制：洪中丽

书 名 读 后
作 者 康 凌 著
出 版 云南出版集团 云南人民出版社
发 行 云南人民出版社
社 址 昆明市环城西路 609 号
邮 编 650034
网 址 http：//ynpress.yunshow.com
E-mail ynrms@sina.com
开 本 787mm × 1092mm 1/16
印 张 16.25
字 数 240 千
版 次 2015 年 3 月第 1 版第 1 次印刷
印 刷 云南君和印务包装有限公司
书 号 ISBN 978-7-222-12837-8
定 价 35.00 元

如有图书质量与相关问题请与我社联系
审校部电话 0871-64164626 出版部电话 0871-64191534

"80后"批评家文丛
读后
contents
目
录

第二辑　文本与历史

第四辑 读 后

总 序

陈思和

我先声明一下，这套丛书的策划者不是我，而是几位年轻朋友。今年5月我去北京师范大学开会，周明全和刘涛来访，说起云南人民出版社正在编辑一套“‘80后’批评家文丛”，书稿已经齐全，想请我当一个现成主编。这样的情况我很少遇到，以前凡是我挂名做主编的丛书，质量姑且不论，一般都是我自己组稿或者策划的，很少有这样现成的主编挂名于封面之上，我会感到不安。但是这套书的情况比较特殊，其一，青年人的书，尤其是“80后”的文学批评家，目前大多数都在高校里艰难地挣扎奋斗，文学批评也不是什么畅销书，我有机会支持，一定会尽些绵薄之力，这符合我在工作中一贯的追求；其二，这里所选的八位青年批评家，至少有四位是我熟悉的青年朋友，其他几位的文章也常见于报刊，对我来说并不陌生。所以，我犹豫一下也就答应下来。原来想，虽然不是我主动策划编辑的丛书，但我可以通过阅读文稿，为丛书写篇导论，尽些主编的义务。不过这个念头很快也打消。当我读周明全的论文集《隐藏的锋芒》电子文档时，读到了其中一篇《顽强而生的“80后”批评家——兼论当代文学批评的流变及“80后”批评家个案分析》，写得很全面又到位，深得我心。我觉得就是为策划这套丛书而写的，里面论及的几位青年批评家的作品，也都收入了本丛书。因此，我以为明全这篇论文才是本丛书绝佳的序文。我建议他不妨拿出来印在丛书的前面，给读者一个完整的导论。

于是，我似乎也可以不必费时去另辟蹊径，写什么导论了。

不过既然答应了担任主编，总还是要说几句话，这些话也是现成的。前几天中国现代文学馆所聘的第二批客座研究员，在复旦大学举办一个“新世纪文学教育”的研讨会，我被邀在第一场做了主题发言。起先并没有做专门的准备，可是听了前几位发言者话题中屡屡讲到“学院派批评”，我有感而发，谈了一些自己平时所感所思的问题。因为没有草稿，现在回想也记不清楚当时的具体论述，只能把大致的意思在这里再说一遍。

“80后”的批评家，大多数都来自学院，受过专业教育，具有高等学历，也有很多批评家毕业后依然服务于学院。那么，是不是他们的批评，都是学院派批评了呢？

文学批评对文学创作的意义，与以前相比，现在已经有了很大的变化。20世纪50年代以来的权力意识形态对文学创作的领导，主要是通过文学批评来体现的。所以，那个时候的批评阵地主要是作家协会以及相关政府部门，当时的批评家，主要也是思想文化部门的领导者和管理者，他们肩负着舆论导向的责任。他们的批评体现了权力的声音，批判和赞扬，都决定了作品，甚至作家的具体命运。这种权力意识形态的文学批评，从20世纪90年代逐渐改为奖励机制的舆论导向策略，批评本身渐渐式微，不再有多大的威慑力量。现在经常会在各种场合听到所谓“批评缺席”“批评被边缘化”之类的抱怨，其实这何尝不是好事？20世纪90年代以来当代批评从来就没有缺席过，只要看我们的批评梯队已经从50年代生人到80年代生人一代一代地成长，就是一个证明。我们在文学创作领域不一定讲得清楚每一年代生人的代表作家和代表作，但是在当代批评领域则是清清楚楚的，高校学院的研究生培养制度就是一个生生不息的人才源泉，当代文学的教学、研究、阐释，以致近年来国际汉学的重心也朝着现当代文学和文化现象倾斜，文学批评的专业刊物运作、围绕文学作品的学术研讨，都在正常地进行发展，为什么就“缺席”了呢？事实上，我以为“缺”的，不是批评本身，而是长期以来把批评与权力意识形态挂钩而形成的批评家的“权威”、批评背后的话语“权力”以及对作家指手画脚，并掌生杀大权的“领导”身份。“批评家”的特殊身份已经丧失，批评家只能回到具体的民间工作岗位上，做一份属于自己的工作，我认为是中国文艺走向正常和自觉的前提条件。

随着20世纪90年代市场经济发展和大学学位教育制度的完善，文学批评逐渐向两大模块转移，形成了媒体批评和学院批评的模式。在“文革”以前，媒体只是权力的喉舌，学院是被改造的对象，基本是不存在纯粹意义的媒体批评和学院批评的。但20世纪80年代以后情况不同，媒体背后不仅有权力的背景还有商业的背景、利润的背景，媒体的声音就变得复杂诡谲了。媒体批评当然不能排除权力意识形态的导向，只是其作用更为隐蔽，表面上呈现的往往是商业利益作为推手。媒体批评呼风唤雨，左右了社会的一般舆论导向。而学院批评又呈现出另外一种面貌。严格地说，学院派是不介入一般媒体层面的，学院批评的主要场域在大学讲堂、学术刊物和高端会议论坛，言说的对象是学生、同行和专业人士。很多人批评学院派讲究论文规格、专著等级、刊物品质以及玩弄概念游戏，这些表面上为人诟病的症状，恰恰是学院派企图保持专业独立性和拒绝来自社会媒体（包括隐藏其后的权力）诱惑的努力，学院派以艰涩繁复的行规来维护知识的纯洁性，与媒体批评划清了界限。学院派不是不关心当代文学的现实意义，而是通过理论解读和文本阐释，在文学的社会功利性、大众性、现实性以外，另外建立一个批评的行业标准体系。学院批评仍然是建设性而非自娱性的，不过它追求的是在更为抽象层面上与作家以及同行们的精神交流，它是利用作家作品的材料来表达对于当代社会、文化建设的看法，它以不随波逐流、清者自清的态度形成了冷寂、沉稳、独立而博学的各种学派，它与活跃在社会大众领域的媒体批评正好形成了两种互为照应的批评声音。

媒体批评与学院批评的区别，不是以批评者的身份来决定的。不是说，有了一张高学历的文凭就戴上了“学院派”的桂冠。也不是说，一个从学院出来的批评家发表的意见都是学院派的声音。所谓学院批评还是媒体批评，主要是看其批评的环境。学院的批评家自然是应该在媒体上开讲座、写书评，在各种新书发布会或作品讨论会上发表看法，但这个时候他并不代表学院批评，更不能以学院派自居，他仍然是以一个媒体人的身份在对大众说话，依然是属于媒体批评。我从不反对学者利用媒体向大众传播文化科学知识，努力把自己的学院背景彰显出来，尽其可能抵制商业社会中权力与利润对媒体声音的双重制约。尽管这种努力可能收效甚微，但仍然不失为自己的声音。其实我对这样的声音也是迷恋的，并且一直在实践中尝试这种声音在现实社会中发展的限度与可能性。我也不反对学院批评利用媒体对当代文学发出尖锐批评，但既然是带了学院的背景从事批评，那就要使批评尽可能具有独立的学院立场和说服力。——说到学院立场，我还想扯开去说几句，由于人文科学的特殊性，如果学院批评家要做一个自觉的人文知识分子，走出学院，走进社会也是必然的实践，但他所面对的环境就变得极为复杂，要在权力与商业双重制约下的媒体发出第三种独立的声音，要在介乎学院与媒体之间的第三种途径进行探索实践，并不是充满鲜花的途径。年轻的批评家们怀里装着高学历的证书，满腹经纶、满志踌躇，企图走上社会舞台，拨动媒体风云的时候，我建议先要做好这样的心理准备——你是有可能利用媒体发出自己的独立的声音；也有另一种可能，你被媒体利用和改造，你的貌似独立的自己的声音，已经在不知不觉中成为权力与利润共谋的工具。而后一种结果，在今天的浑浊暧昧的媒体文化中，绝不是杞人忧天。

关于学院批评的种种特点，包括学院派批评自身存在的问题，在这篇短短的序文里是说不清楚的，不说也罢。我说这些话，放在一本青年人的书的前面，似乎有些煞风景。但这是我今天面对社会文化的现状，真正想说的话。对于“80后”批评家的前景，似乎已经不用操什么心，很快会引起各方的关注和热捧，名利对于他们来说，不过是一步之遥；但是从一个人文知识分子真正所要追求的目标来说，可能还任重而道远。

2013年6月23日于上海鱼焦了斋

批评的自觉（序）

张业松

康凌让我为他的第一本批评文集《读后》写几句话作为序文，我轻率地答应下来。仔细阅读书稿以后，我按过去做他的老师时候的习惯，提供了几条文献注引和选文去取方面的建议，等他一一响应之后再来催我的稿时，我却觉得为难了。书稿中的大多数篇章我都是第一次读到，除少数几篇觉得意犹未尽之外，都谈得很好，整体上体现了他在学养上的独到、关怀上的独特、见解上的独异之处，可以说已经形成了明显的个人风格和个性特色，是一本有知识含量、思想容量且不乏趣味性的著作。至于其学养、关怀、见解及个人风格和特色的来源和特点，文集结尾附录的长文《终生的余业：答周明全问求学经历与学术旨趣》就已经说得很清楚。有了这样的自供状，关于这部著作的台前幕后，读者还有什么需要了解、可以由我来说的吗？所以我踌躇了。

如上所述，这部书稿中的大多数篇章我都是第一次读到。这意味着，作为曾经的老师，我对康凌的了解其实是不足够的。充其量，我所了解的只是他在学业上的表现，和作为学生的为人。当然，在我这里，他的学业表现主要体现为专业学习和探索，包括译书、写课程和学位论文、协助我做资料整理等。他在这些方面的成绩，部分体现在本书中，更多则以单行本（如译作《周作人：中国现代性的另类选择》、资料集《蘧庐絮语》等）或论文(《未有“左联”以前》)的形式存在，它们都是合格乃至优秀的学术产品，无须多言。也正是在从事这些专业学习和探索的过程中，康凌体现了一位优秀学生的勤勉、谦谨和踏实，或者换言之，努力、低调和老实。我的从教经历不算太长，教过的学生不算太多，在我所见过和教过的学生中，康凌算得上是聪明孩子中最愿意下笨功夫的，他的阅读量和每天用在学习上的工作量我没有确切概念，但似乎所知道的他的生活状态，除了偶尔看球和踢球，无时无刻不在学习。对此我常常是自觉惭愧的，身为老师，却不能比学生更努力，去日苦多，犹在荒废。

至于在课业以外康凌还做了些什么，其实我是不了解的。现在我知道，他仍然在读书，读了我这里的课业以外的更多书。我很高兴，他是一位有高度自觉性和自主性的学习者，没有使自己局限在我这位老师的半瓶水的范围内，而能转益多师，自主学习，向深林和旷野里开出自己的路。这很好，学术的传承和进步，靠的正是这样的自觉和自主、聪明而努力。

阅读《读后》，我注意到康凌对学术和批评的历史性特别敏感。比如他说："批评对象的历史性，我们已经注意很多了。但批评本身的历史性，我还没有看到很好的讨论。"还说："生活在相同的物理时间中，未必一定带来相同的历史感觉，性别、阶级、地域等因素，都会导致认知的巨大差异，'同时异代'的状况倒更像是常态。如果我们承认这一点，那么批评者自身的历史性就必须被纳入考量，成为检讨的对象，而不是起点。""每一个领域有每一个领域的历史特征，不是一个抽象的体制问题可以涵盖的。""总之，（中美）两地的文学教育当然有差异，但具体到每个学科，都有其自身的历史沿革所带来的特征，不好一概而论。将美国的体制理想化，忽视其中的内部差异与各种问题，也是一种非历史的做法。"

这样的敏感，体现的是学术活动的自我意识，或照我们常说的，批评的自觉。

过去我们常常谈论"批评的自觉"，所谈侧重于批评的文体自觉、语言自觉、理论自觉、价值自觉等，在这类话题下谈论批评的"独立性"，强调批评并非依附于创作而存在，而是具有自身的独立价值和存在理由等，总之着重考虑的是批评和批评家的自我实现，以及批评作为一种社会工作（动词）和产品（名词）的存在合法性和价值自主性。归根到底是批评的自我关怀。

而在康凌的谈论中，更多的则是批评者的自我反省。反省自身的限度，从反省中明确自身，进而从自身与对象的往复交互中获得增益、修正、调整或提升。简言之，成长，不仅是自身单方面的成长，也是对于对象的存在感的掘发和确认。这个过程是痛苦纠缠的过程，也是相互洗练的过程，互为镜像，相互澄清。这种事情有时候看起来有点神秘，从对象一方面说是得人待时，从主体一方面说是发扬蹈厉，不来点"东方神秘主义"好像都说不过去。但在康凌的谈论中，却体现得格外鲜明、浅显和一目了然。书稿中关于《路内与90年代小说》《甫跃辉创作流变》的研究、关于消费主义的系列批评等都是很好的例子，可以见出批评者与批评对象的相得益彰。这不是什么神秘的契合，也不是偶然的机缘所致，而是实实在在的双向交流和激发。

他说："不仅'我'去判断对象，也让对象来判断我，它不仅是对文本的反思，也是以文本为中介的自我反思，这样，批评就是一种对话，乃至对峙。"

在这样的话语中，我看到了胡风"主观战斗精神"理论的隔代回响。胡风理论曾被视为神秘的资产阶级唯心主义理论大加挞伐，其实并没有那么神秘。在康凌这样的新一代理论学人的思考和实践中，它呈现为生机活泼的理论与人生的相互滋养，重构了理论与人在社会生活和历史过程中的有机性。在这个意义上谈论批评与对象的"对话乃至对峙"，才算是真正体现了批评的自觉，并从根本上保障了批评的独立性。无论是在别人的话头和概念框架下应约撰写的相关文章（如关于中外"'80后'文学"），还是在自主学习和钻研中有所发现发明（如给人留下深刻印象的丘东平、陈子展、贾植芳论等），康凌都能另辟蹊径、别有会心，当然不是没有来由的。

批评的独立取决于人格独立，人格独立来自人的自我觉悟、培育和确认。"我是谁"的永恒之问，在这个议题上照样体现出它的永恒性。我是谁，能干什么，该干什么，要怎么干，这一系列的问题，在为人为学的每个关节点上都体现出它们的紧迫性。这方面，康凌有着极为清晰的自我意识，看他的自述"求学经历与学术旨趣"，尤其是其中关于在复旦的课堂和课余环境中学习、生活和思考的经历可知。说句玩笑的话，我自认是"爱复旦"的，但确实没能做到像康凌这样爱得那么掏心挖肺、体贴入微。玩笑归玩笑，说到归齐，关于一位学者的学术和人生，其学术产品才是更好的自供状。至少在我，确实是在读过《读后》之后，才更好地了解了作为学者和批评家的康凌的所做所为和所思所想的。我认为，对于了解像康凌这个年龄层的学人来说，《读后》是一部很值得一读的著作，很有分量。

在回答"一个好的批评家，应该具备什么样的素质？"的问题时，康凌的答案是："多读书，对批评有怀疑。"这很好。我知道这些年的复旦中文系本科生，都曾在傅杰老师的《论语》课上狠下背诵的功夫，看样子这功夫真没白费。子曰多闻阙疑，慎言其余，这话被康凌翻译得很漂亮，体现了融会贯通的自觉与能力。

是为序。

2014年10月8日于神户

第一辑　假装批评

诗意世界的零余者

——路内与 20 世纪 90 年代小说

首先是时间。

“那是九十年代初的事情”（《少年巴比伦》），“1991 年，我 18 岁”（《追随她的旅程》），“时至二〇〇一年”（《云中人》），“1984 年照相馆开张”（《花街往事》），翻开路内的小说，我们总是很快就能遭遇这些关于年代的后设符号，和它们不厌其烦的重复。它们标定了故事发生的背景，粗暴地架构起主角的个人故事与其时代之间的（无）关系，提示着读者写作 / 阅读时间与故事时间之间的距离，以及由这一距离所构建的隐秘联系。更重要的是，它们标示出一个身处这一年代之外 / 后的观察 / 叙述者的存在。对于写作本身而言，这些年代符号由此成为一种机制，使得叙述得以在第一人称视角与全知视角之间悄然滑动，这一双重视角的叙述机制创造出一种书写上的自由：故事的主角既为历史所囿，感受到线性故事时间所给予的种种限制与无奈，同时又似乎拥有了跳出历史，并且反身把握、评论历史的能力——但是，这一第一人称叙述者 / 全知叙述者 / 作者的三重主体，与历史又构成了什么样的关系呢？他依旧处于历史之中吗？他是否在时间之流中构造出了一处空无（void），以安顿自己的位置？这究竟是一种对历史的超越，还是被历史所放逐，抑或历史本身的终结所造成的结果？对于本文而言，揭示这一形式的作用与来源仅仅是第一步，我更为感兴趣的问题在于，这一形式构造是如何可能的？

卢卡奇在讨论小说形式时说道：“形式上所要求的内在意义恰恰产生于对缺少内在意义的毫无顾忌地彻底揭示。”同样的，对于时间符号的不断申述，或许也正是因为时间本身已经失去意义，因为个人在时间中的失落与疏离，因为他 / 她已经无法与历史发生有意义的关系，构成有意义的整体。也只有在这时，一种新的小说形式才获得可能，它既在尝试化解匮乏，修复整体，同时又是对这种匮乏与破碎的最彻底的揭示。在这个意义上，本文并不意在对路内的小说做出周到的评论，毋宁说，路内的文本提供了一个契机，使我们得以尝试重新打开小说形式与历史经验的关系，并去追问：我们如何表达、书写 20 世纪 90 年代的历史感觉？文本在历史规定与个体自由之间，呈现出了怎样的辩证法？如何看待它的可能与限度？这些问题，将是我们理解路内及其文体形式的关键。

1. 为 20 世纪 90 年代赋形

在关于 20 世纪 90 年代的书写中，出版于 1993 年的《废都》与出版于 1999 年的《上海宝贝》无疑是引发最广泛关注与争议的两部作品，两者一前一后，几乎框定了我们理解 20 世纪 90 年代的基本进路。撇开它们在写作立场与风格上的巨大不同，这两部作品中所透出的历史感觉却具有惊人的一致：历史运动的加速、社会的激烈变动与失序，个体在其中的震惊、晕眩与张皇。对二者的评论，也常常越出文本，成为对消费主义、对知识分子在这一剧变中的行操，乃至对城市化与世俗化进程的评论。然而，对作者与批评家而言，不论为其摇旗呐喊，进而投身其中，或是担心由此而来的“人文精神”的失落，并执守批判性的距离，两者都分享着相同的 20 世纪 90 年代的经验与承诺：历史将从“共名”走向“无名”，从单一走向多元，从静止走向运动。

但是，世纪末的华丽转瞬即逝，20 世纪 90 年代的激变非但没有为个人带来更多的可能性，恰恰相反，随着时间的推移，社会结构的日渐固化，反而造就了更严重的板结与沉滞，个体的参与，成长空间愈发狭小、逼仄。这一过程在余华的《兄弟》中得到了最具讽刺性的呈现：在经历了一系列匪夷所思的沉浮之后，李光头依旧是那个欲壑难填的李光头，唯一改变了的是他屁股下面的坐便器，从公厕的坑位，变成了镀金马桶。也就是说，20 世纪 90 年代至今的历史，在其淋漓怪诞的奇幻面貌之下，不过是一部马桶升级的历史，它非但没有成为主体成长的平台，反而将其变成了财富积累（马桶）的工具，变成了客体。

这一现实不仅引发了对 20 世纪 80 年代，乃至更早的时代的想象的乡愁——人们认为，当时的人们依旧保有历史参与的可能——同时也改变了对90年代的书写方式。身处历史加速过程中的张皇失措，逐渐演变成了一种被悬置在历史之外的焦虑（如朱文），以及试图消除这种焦虑的尝试。宋明炜在考察了几位“70年代出生的作家”之后发现。

无论是那种追求特立独行的表达之下实际揭示出来的自我的脆弱，还是对成长体验的叙述中透出的精神取向上的迷惘感受或世俗化倾向，其实都正表明这一代作家在主体力量方面的匮乏与困厄。与之相关的，是主体在对现实的反应中自主性明显弱化、认同感逐渐增强，两者的关系处于相互整合之中，而不是主体自觉疏离出来，形成独立的个体存在。这多少是有些令人吃惊的。因为假如认可这一代作家正处在（特别是成长在）一个多元化的社会文化空间里，按道理来说，他们似乎更能相应地确立一种完全的个人立场，他们的生存体验也应更有利于保持一种自觉的主体力量。但从目前的创作实绩来看，事实却好像并非如此。

这一观察非常准确，然而，认定作家们“成长在一个多元化的社会文化空间里”，理应“保持一种自觉的主体力量”，则似乎显得过于乐观与仓促。在我看来，他们的写作恰恰反过来证明，20世纪90年代的历史变动并没有提供真正多元的社会空间，世界非但没有失序，反而被一种更为清晰的秩序所支配与笼罩，从而不断地侵袭、取消有意义的主体行动的空间与可能。曹寇的《挖下去就是美国》叙述了一个“我”买凶杀害妻子的外遇对象，并将尸体掩埋的简单故事。它的有趣之处在于，整部小说的叙述都笼罩在一种置身事外的戏谑口吻之下，不仅“我”与妻子王丽的恋情无法带来激情，（“一切都是循序渐进、按部就班，及至最后般配地站在那个台子上。”）王丽的出轨也没有唤起“我”的愤怒，（“这件事情本身与这件事情发生的经过和他们所置身的环境一样，都是自然的。”“真的，我这么说出来，并无嫉妒和愤怒。”）甚至最后的凶杀所导致的情感波动，也迅速消失在“我”对于学校制度的啰唆的算计里，（“上班迟到一分钟扣五毛钱，迟到五分钟扣十块，如果迟到半个小时，则算作旷工半天，扣五十块。”）像是庸常生活中的一件小事一样草草而过。

在这里，推动故事前进的力量不再是“我”在生活中的遭际与情绪，而是一种仿佛笼罩在生活之上的无名的力量，用文中的话说，“那就是这既是社会秩序，也是自然规律，没什么好质疑的”。不论是“我”的婚姻、王丽的外遇，还是“我”的杀意，似乎都是这一“秩序”所派定的，是所有的社会规则与潜规则的“自然”产物。在它的支配下，即使最为激烈的、极端的杀戮行为，也无法真正触动这一秩序：在小说结尾，“我”路过掩埋尸体的地点，此时，“那群老头老太也像平时一样准时出现，他们排列整齐的队列，在民族乐曲的伴奏下，缓缓地打太极拳”。

“秩序”的支配，取消了主体与其行动之间有意义的关联，也就是说，主体被悬置在生活、历史之外，生活、历史事件无法对主体造成冲击，主体也无法借由自己的行动为生活、历史赋予意义，因为任何行动的意义都已经被“秩序”所给定，留给主体的，是一种被遗落在历史之外的生命之轻。在《云中人》里，挚友齐娜横死，凶手未知，“我”和老星却开始事无巨细地排除每个熟人的作案动机，乃至推演可能的手法，直到“我”突然问道：“老星，难道齐娜死了我们就一点都不难过吗？”

这一发问所指向的，正是个体与自身所处的现实生活之间的断裂。在这里，我们又一次遭遇到了置身事外，好友之死不再是一种创伤体验，而是成为技术性的分析对象，成为外在于生命体验的中立事件——或者不如说，是主体自身被放逐到了“实人生”之外，失去了获取意义感的通道。《少年巴比伦》中的“我”反复申述这种无处安放的飘浮感，“那些实际的时间与你所经历的时间，像是在两个维度里发生的事情”。“究竟该去做什么，究竟该洗心革面成为什么样的人，这些都找不到答案 。”“去哪里这种问题是不能想的。”“这种生活不是我要过的，但我应该有什么样的生活，自己也不知道。”“我也不明白自己为什么活着，如此荒谬地，在这个世界上跑过来跑过去。”

这种失落、疏离、架空、迷茫、游移、荒谬、麻木成为路内、曹寇、阿乙等一批作家的20世纪90年代书写所呈现出的基本历史感受，他们的写作常常选择城镇作为故事开展的媒介，借由这一都市与乡村之间的暧昧空间，来铺陈、把握一种新的20世纪90年代经验。有批评家将之命名为“无聊”，这当然是准确的，但需要辨析的是，这种“无聊”绝不能直截了当地被等同于对生活“真相”的发现，而是一种特定主体——历史关系的产物，它不是无所事事，而是事件意义的空洞化。路内的文本，也正由于其为这种 90 年代精神状态与历史感觉的赋形所做的努力，而获得了其在当代精神史上的位置。

2. 新“零余者”：撕裂的主体

在《少年巴比伦》里有这样一个段落：路小路去找白蓝，白蓝不在，他决定等她回来，这时路内写道：“我就这么独自坐着，坐了很久。我总觉得自己需要去想一些问题，严格地说，是思考。我现在三十岁，回望自己的前半生，这种需要思考的瞬间，其实也不多，况且也思考不出什么名堂。我的前半生，多数时候都是恍然大悟，好像轮胎扎上了钉子，这种清醒是不需要用思考来到达的。每次我感到自己需要思考，就会找个安静的地方坐下来，并不指望自己能想出什么好办法，有时候糊里糊涂睡着了，有时候抽掉半包烟，拍拍屁股回家。”

这样的段落，几乎是典型的“路内时刻”，在现实事件之后，紧随着一个或是抒情，或是反讽的声音，在这里，主人公突然打断了线性时间进程，进入一种顿悟（epiphany）的状态，意识到在熙熙攘攘的生活进程中，自身的深刻的无力与迷茫。这种无力并非来源于具体的事件，而是疏离出具体的生活内容，对生活整体的反观与感受。在这种顿悟状态下，总是存在着两个主体，两个“我”：一个在具体的线性故事时间中随波逐流，另一个则在时间进程之外，时时反顾、戳穿前者的无力。这一结构我在之后还会进一步讨论，在这里我想强调的是，即使意识到了生活的无力，故事中的人们也无力改变现状，所有试图重新把握、改变、进入生活的行动，最后几乎都遭遇失败乃至嘲弄。糖精车间里的焦头，考出了各种各样的证书，却依旧无法离开原来的岗位，只能眼睁睁看着没有电工证的“我”通过关系调入电工班。管工班的长脚，偷偷复习功课想参加成人高考以改变命运，结果复习资料被一把火烧掉，想要辞职，却不知道要去哪里，“长脚说不出来，我们也说不出来”。六根想跳槽去台资企业，结果被保安一顿暴打，从此“我们都断了去三资企业的念头。无处可去也是一种快乐，还是老老实实拧灯泡吧”。锅仔的创业成为全校的笑话，齐娜和小广东上了床，却依旧没有去成德国公司。生活一开始就给每个人规定了位置，无法改变。《少年巴比伦》里的“我”进工厂，是父亲的安排与疏通，做学徒工，是因为学历不够，调入电工班，又是家里的疏通打点，想做营业员，却因为商场要招美女营业员以提升销量而破灭。生活的当下与未来，都已经被种种力量和秩序所规定、限制，抹掉所有的偶然，仿佛按照既定的剧本扮演自己的人生，“我会和她们一起进入无耻的中年，过过干瘾，死猪不怕开水烫的样子”。

生活的每一步都埋伏着命定的道路，“眼前的世界是一团糨糊，所有的选择都没有区别”。通常用来把握外部世界的资料也统统失效，《追随她的旅程》中的老丁，始终试图用自己的知识与经验来为“我”提供指导与帮助，然而，他对“文革”暴力的讲述并没有阻止暴力的再次发生，“老丁的意思是要我们把命运掌握在自己手中，但是，假如有人用枪指着你的脑袋，或者是指着你身边人的脑袋，这时，选择逃命也不那么丢人吧”。他借给“我”读的书，最终也化为灰烬。他几乎成为一个不合时宜的人，成为“史前”生活方式的可笑的标本，与当下周遭的世界格格不入。与之类似的是《云中人》里夏小凡喋喋不休的犯罪学知识，所有分类、数据、理论的叙说，与其说是为了解决现实中的失踪与凶杀，不如说是借由对知识的不断重复，来掩饰自身的无能为力。这种无能为力，造就了路内所说的“按键人”：

> 我一直认为，世界上有一种人叫作“按键人”，他不谙控制之法，他只有能力做到表面的掌控，将某种看似正义的东西作为自己的理由，充满形式感却对程序背后的意志力一窍不通。

尽管在小说中，这样一段描述仅仅是对某种变态心理的归纳，但在我看来，这个意象不啻为一种普遍精神状态的隐喻：时代以脱离人们掌控范围的方式运行，现有的知识与经验早已失效，对生活的掌控不过是一种幻觉，是无能为力之后的自我安慰，而这又恰恰是我们唯一所有的东西，我们只能借助这种幻觉来获取意义，每个人都是“按键人”。

这样一种荒诞感绝非来自抽象的形而上学思辨，在路内的反讽与戏谑背后，始终隐藏着真实的社会讯息。在《少年巴比伦》里，从进厂、做学徒、调岗，到进车间，路小路的命运自始至终与戴城糖精厂这一国企的转轨过程联系在一起，下岗、转制、减员增效、买断工龄，作为底层工人，他几乎近身目睹了工人阶级被历史所抛弃的整个过程，“上三班是傻子，下岗也是傻子，两者对我而言没什么区别”。在《追随她的旅程》中，路小路再次踩上了国企扩建的步点，工业园区在城郊乡镇的兴起、拖欠农民工工资、工人与国企干部的暴力冲突，乃至整个社会阶层的重新分化，（“工农兵当然是傻逼，这人人都知道。”）和由此带来的特权与屈辱。《云中人》的主角，则被设定为计算机专业的学生，而“计算机是我们时代唯一的荣光”，整个时代“挟带着教改、转制、地价暴涨以及远在互联网一端的IT业兴起，滚滚而来，不可阻挡。21世纪劈头盖脸出现在眼前”。此间的城市改造所带来的大面积工地不仅为学校的犯罪与凶杀阴影提供了具体的原因，其本身的躁动不安，也构成了整个故事的叙述基调。

可以说，路内笔下的人物始终出现在历史巨变的舞台中央，作为泱泱底层的一员（普通工人、技校学生、扩招后的大学生），去领受所有的时代疼痛。小噘嘴掉进80度的沸水，厂里却只愿意赔她一台旧空调，杨一最终回到戴城卖农药险些丧命，齐娜惨死，夏小凡被遣返。历史以普通人的尊严为代价高歌猛进，这种镀金马桶式的运动撕裂了普通人的历史感觉与存在样态，造就了一种新的“零余者”的出现：他们“在”这个社会中，却又不“属于”这个社会——这里的不属于与其说是主动的逃离，不如说是被动的放逐。历史的运动既以他们为基础而展开，又似乎与他们毫无关系。他们既被卷入时代的浪潮，又无法在其中通过自身的行动来改变自己的命运、获取自身的价值。他们无法逃离被秩序规定的命运，又无法在这一命运中找到意义。他们作为客体成为社会的一部分，无法逃离，又作为主体被驱逐出历史运动之外，难以进入。新“零余者”是一种持续的分裂状态。

新“零余者”的浮出地表，标志着郁达夫在《沉沦》结尾处以国族的富强来拯救个体的零余状态这一方案已经彻底失败。这一方案几乎支配着整个中国的现代性进程，然而，20世纪90年代的经济转轨所带来的巨大的国家财富积累，非但没有使人们从必然王国迈向自由王国，反而重新制造出了新的零余者，新的主体空洞与撕裂。在《追随她的旅程》中，前进化工厂的劳资科长李霞向路小路描述未来戴城工业园区的美好前景，但在后者听来，“这些事情都不关我屁事”。尽管他们同属于化工厂的成员，但态度的判然二分却清晰地标定出两者主体位置的不同，后者已经无法从集体事业的承诺中获得意义。在《少年巴比伦》中，路小路到工厂报到，从劳资科的窗口俯视工厂。

我的视线越过她，朝窗外看去，我发现劳资科简直就是一个炮楼，正前方可以远眺厂门和进厂的大道，左侧是生产区的入口，右侧是食堂和浴室。在这个位置上要是架一挺机枪，就成了奥斯威辛的岗楼，或者是诺曼底的奥马哈海滩。这个位置实在是太好了，是整个工厂的战略要地。很多年以后，我遇到个建筑设计师，他向我说起监狱的设计，最经典的是圆形监狱，岗哨在圆心位置，犯人在圆周上。这种设计方式非常巧妙，没有视觉死角，而且犯人永远搞不清看守是不是在看着他。一说起这个，我就想到了化工厂的劳资科，我虽然没有见过圆形监狱，但我见过劳资科，确实很厉害，没有人能逃过他们的眼睛。

不用援引柄谷行人关于风景的讨论我们也能看出，此处对工厂地景的重构，绝非对现实的客观描摹；相反，它来自新“零余者”的特定“视点”，指涉着这一视点背后的主体位置与结构。尤其是当我们将其与 1949 年之后关于“工厂”的文学描述相比较，其颠覆性更是显而易见。从这一视点出发，劳资科本应具有的，与工人生活、与劳动事业息息相关的内容被剥离出去，转而成为工厂的岗哨，成为圆形监狱的中心。这样一幅福柯式的图景，暗示着工人在工厂权力运作中的客体地位，他们不再是工厂、劳动、劳资科的主人，而是工厂所监视、规训的对象。劳动失去尊严，重新变成异化劳动；工厂成为集中营，成为抽象的权力的化身；工人成为单个的犯人，失去了——比如，作为一个阶级——参与、推动历史运动的能力，也失去了由此而来的意义感。历史继续前行，个体却日益飘零。

这样一种历史感觉，正是《云中人》开篇的歌词所指的方向。

But I’m a creep, I'm a weirdo.

What the hell am I doing here?

I don't belong here.

主体再也无法找到进入现实的路径，无法体验到存在的实感。对自身的现状深感不满却又无力改变，只能面对着懦弱无能的自己发出“I don't belong here”的喟叹。在这里，又一次出现了两个“I”，一个作为creep的自己和一个向着这种状态发问的自己。“I don't belong here”的低吟回环，不断强调着主体与现实的根本撕裂，和造就这种撕裂的90年代历史。

个人－历史的整体性关联不复存在，这一状况几乎宣告了成长小说的终结。假如说成长小说以个人与历史之间的有意义的互动——与社会事件的遭遇带来了个人的成长，个人的成长又推动了进一步的社会参与——为基本定义，那么，被逐出历史的零余者们，则彻底失去了成长的可能与空间。青春被分裂为一个完成着秩序所派定的任务的肉身，和一个无法在这些任务中找到意义，却又无处可去的灵魂。“这种青春既不残酷也不威风，它完全可以被忽略，完全不需要存在。”

但是，“不需要存在”的青春，依旧需要讲述，即便是讲述它的无意义。如果说成长小说既是一种历史哲学及其小说类型，又是一种小说的形式构造原则，那么，当这一原则被20世纪90年代的历史所废除，当“人类最终一事无成的可能性，不得不作为基本事实被接受下来”，我们要怎样继续讲述青春，讲述个体的遭际，如何重新创造一种小说形式，来表述这一分裂与空洞？

3.“诗意的世界”：构造法与修辞术

不得不谈到王小波。

路内对王小波的继承是毫无疑问的。作为一代人的小说教父，王小波不仅需要——如许多学者已经做的那样——在“文化现象”的意义上加以把握，在我看来更为重要的是，他的文本为表达20世纪90年代的经验提供了一种基本形式，这一形式有效地切中了人们的历史感觉，从而被不断地模仿与沿袭。在《万寿寺》中，王小波对这一形式提供了一个经典的表述：“一个人只拥有此生此世是不够的，他还应该拥有诗意的世界。”

这句广为流传的格言所呈现的主体结构，恰是我们上文所讨论的分裂的主体：肉身所在的此生此世和灵魂所在的诗意世界。在小说中，它常常被形式化为现代人生与古代故事的并置，并借由王氏特有的修辞方式来回穿梭。由此，他在一个乏善可陈的世俗人生外重新打造出了一个具有审美深度的主体。然而，尽管在上文中我们不断使用“主体”这一概念，但它绝非不言自明的存在，仍须强调的是，这一审美主体是特定历史哲学下的一种“发明”，是现实人生的失败的结果，是个人－历史整体性碎裂之后的产物。对于20世纪90年代的零余者而言，个人的现实历史不再能够提供“故事”（如成长小说所做的），此时，审美主体的发明，为作者提供了一种新的形式，使他们得以重新整合现实经验的碎片，现实历史退到幕后，审美世界颠倒为新的总体、新的构型原则、新的小说形式。

总而言之，现实主体在20世纪90年代的破碎与撕裂，造就了以抒情与反讽为主要特点的审美主体的诞生，后者是前者的历史产物，是前者的颠倒的呈现，同时也是拯救前者、重新打捞意义的一种尝试。王小波是这一形式的发明者，而王小波体的长盛不衰，王门走狗代有其人，则是这一历史感觉的普遍性的证明。

回到路内。

曾有人指出路内在一些段落上与王小波的相似，譬如在《白银时代》中，王小波写到学校浴室的使用规定：“周一三五女，二四六男，周日检修。”“这个规定有个漏洞，就是在夜里零点左右会出现男女混杂的情形。”正是这个漏洞，导致了“我”和老师的相遇。路内的《云中人》里，也写到了一间“每周一、三、五归男生用，二、四、六归女生用”的学校浴室，同样在非常规时间去洗澡的齐娜，在那里遇上了一个偷溜进来的装修工。

相似本身并不重要，重要的是，为什么这样的细节是值得反复书写的？在我看来，“规定的漏洞”指向了一个日常秩序失效的时刻，而正是这样的时刻，提供了“诗意世界”展开的契机。不论在诗意世界中将要发生的是浪漫还是荒诞，它都将是脱离日常秩序之后的产物，是一个审美主体的自我展开。

与王小波不同的是，路内并没有在现实生活之外构造一个古代世界来安放这一审美主体；相反，他将这一审美世界拼合进了线性历史进程之中，本文开头所提到的第一人称——全知双重视角，正是这一拼合的结果。这一叙述方式具有三个基本特点：第一，在《少年巴比伦》的开头，张小尹便对“我”说：“路小路啊，你说说你从前的故事吧。”在《追随她的旅程》的开头：“这是一个关于寻找的故事。”在《云中人》的结尾：“这是我对咖啡女孩讲的最后一个故事。”可以说，路内始终为小说的主角安排了一个故事中人 / 故事讲述者的双重角色。这一角色使得叙述者能够自由地打断线性时间进程，以诸现实社会中的事件为契机，展开主观的审美维度。第二，叙述始终保持主观视角（《花街往事》的客观视角仅仅存在于第一章，就迅速换回了主观视角），使得小说的进程不会为客观社会历史本身的逻辑、为故事发展的线性逻辑所左右，从而遵循审美主体自身的逻辑。第三，如果说成长小说的时间进程，是以个人 – 社会的共同发展为方向，以两者的互动事件为内容，那么，这里的文本则预设了一个“寻找无双”式的目标，它是一个悬置的目标、一个空洞的时间终点、一个有待设定方向的箭头。尽管《少年巴比伦》和《追随她的旅程》被列为“追随三部曲”，尽管在《云中人》中，寻找小白是贯穿始终的线索，然而，与其说这些文本围绕着“追随”而展开，不如说，它们是“追随”的一再延宕，是“追随”所延展出的各种散漫枝蔓，前后事件之间不再具有必然的逻辑关系，是对“追随”——这样一个要求明确的目标与步骤的行为——的暧昧与调戏。

结果是，这些以“讲故事”为名的文本，事实上却讲出了生活的“无故事性”，本雅明说：“讲故事艺术的一半奥妙在于讲述时避免诠释。……使一个故事能深刻嵌入记忆的，莫过于拒斥心理分析的简洁凝练。”然而在路内的小说中，“故事”退出，“诠释”登台，现实本身的逻辑被否定，借助“有关这一点，需要补充的是……”“回到 ×××× 年……”等典型的王氏修辞，审美主体得以从现实中自由采摘片断，将其串联在“追随”的线索之中，同时不断以自身的抒情或反讽，为这些片断赋予意义，一个“诗意的世界”于是浮现。

女性是这个审美世界的最为常见的媒介，这样一种历史作用并非路内的发明，从冬妮娅到姓颜的女大学生，再到白蓝、于小齐，它具有一个漫长的谱系。在路内的文本中，主角与女性的故事恰恰扮演了王小波的古代故事的角色。她们被嵌入现实生活中，却又不服从现实逻辑的控制，不论是白蓝还是于小齐，最终都离开了“我”所属的世界。事实上，女性的消失是预定的，“我和她都知道这场爱情最终将会以什么形式来收场”。假如她们日复一日地存在，便不免会堕入日常生活的轨道。然而，女性必须是“意外”、是诗意、是“日常”的对立物，“诗意对人们来说近乎是一种缺陷”，但女性必须保有这样的缺陷，才能与“人们”拉开距离。在《少年巴比伦》中，路小路和白蓝的第一次性爱，被安排在一次地震间隙的危险时刻中，爱情与生命就这样被刻意地纠缠在一起。在这样的时刻中，主角与女性的爱情成为审美主体的极端表现，成为抵抗 / 逃避现实社会的无意义的方式，而当路小路多年以后重新遇到“穿着 Prada 的裙子，挎着个香奈儿小包”的白蓝时，所有的诗意都已经消散在世俗与日常之中，他只有借助回忆，才能重新进入那个世界：“仿佛这个世界上空无一人。”

正是在爱情的层面，“诗意世界”的构造与修辞，呈现出其最为吊诡的一面。路内笔下的男性主角在性上似乎总是被动的，而女性则扮演着引导的角色。如果说在《青春之歌》中，是男性角色们将林道静带入社会历史的纵深，那么现在我们看到的，则是女性角色们将路小路、夏小凡带出了社会历史之外。德勒兹问道：“身为男人的羞愧，还有比这更好的写作理由吗？”在这里，正是身为男性、身为无意义的现实所带来的屈辱与空洞，将女性打造成了诗意世界的媒介，而在文本中，却又反过来呈现为女性对男性的拯救、诗意对现实的拯救。现实社会的进程将主体的意义掏空，并驱逐出历史运动之外，成为撕裂的零余者，同时又赋予这一零余者以虚假的主体性，假定它具有反身拯救撕裂状态的能力。问题是，这一拯救在多大程度上可以实现？“诗意世界”的（伪）自由，又能拓展到怎样的限度？

4.“反讽”的自由及其限度

路小路介绍化肥车间的工作环境。

化肥车间里的工人，都是女的，如果找男人来做工人，带着一身奇臭回家，老婆首先会忍不住吵架，变成一个性冷淡，或者红杏出墙，离婚是必然的。如果是女工人，身上臭一点，大概可以用花露水挡住。臭一点就臭一点吧，对男人来说，有一个浑身发臭的老婆，总比没有老婆要强一点。

对恶劣的劳动环境的描写，在20世纪30年代的小说中，可能会变成对资本家、对异化劳动的控诉与批判，在60年代的小说中，可能会变成对工人劳动意志的赞美，而到了路内笔下，则迅速化解在一次无可奈何的反讽中。在这里，我们所遭遇的是一个典型的王小波——路内式修辞——“如果……那么……”的修辞术，它遍布路内的文本之中。借助这一修辞术，叙述者得以迅速地在任何一件具有现实社会历史含量的事件之后，打开一个评论这一事件的空间。它一方面使得这一事件被割裂出线性时间，成为一个孤立的对象；另一方面这一空间也恰成为上文所说的审美主体浮现、驰骋的舞台。路内的小说给人带来的荒诞感与幽默感，正缘于路内对这一修辞术的熟练操控，叙述者几乎毫不间断地向读者剖析、呈现着线性故事中的主人公所生活的世界所具有的荒诞本质。对人类行为的嘲弄，以及对支配这些行为的社会秩序的反讽是路内小说的独特魅力的来源之一。也正是这些反讽，最好地说明了“诗意世界”的自由及其限度。

人们常常容易将反讽轻率地斥为犬儒，然而在我看来，它至少反映出对命定现实的不认同，对社会秩序现状的批判可能，对主体的无力状态的自觉与不满。正如罗蒂所说，反讽“协助我们注意到我们本身的残酷根源，以及残酷如何在我们不留意的地方发生”。在以郭敬明为代表的流行读物中，主体往往具有一种奇怪的幻觉，认为自己能够借助消费行为来获取自身的意义，其结果便是镀金马桶式的人生，以及对其中的残酷的漠不关心。与之相对，在路内的小说中，至少呈现出一种清醒，一种对主体撕裂的荒诞人生状态的反省，以及在这一撕裂状态下重新构造主体自由的渴望。

假如说王小波对“文革”荒诞状态的书写所批判的，是当时的社会秩序对人类自由的禁锢，那么，这一批判方式在路内文本中的不断回响，是否意味着我们依旧处于一种历史力量的摆布与禁锢之下？对这一力量的揭示与反讽，是否是（审美）主体捍卫自由的方式？“作为对走到了尽头的主体性的自我扬弃，讽刺是在一个没有上帝的世界所可能有的最高自由。”或许可以说，路内对20世纪90年代至今历史荒诞感的反讽，是在意识到自身的无力状态之后，对自由的持续的追求。

然而，这一“诗意世界”的自由依旧有其限度，拯救意义的努力常常意外地抽空了意义本身。在《云中人》里，夏小凡在寻找小白的过程中迎面遭遇暴力拆迁，城市改造背后的经济逻辑正是主导、造就所谓IT时代的混乱、荒诞的历史进程的核心力量，也正是这种力量导致了主体的撕裂与意义的空洞化。因此，这种遭遇构成一个契机，去揭示荒谬背后的真实逻辑与它对主体的戕害。然而在文本中，这些暴力却被推至幕后，成为环绕着“寻找小白”这一行为的嘈杂的背景，用来烘托一种紧张、零乱与荒诞的感受。而“寻找小白”的那段时间，正是“我”为了躲避进入社会而滞留学校的三个月，是从线性历史中逃遁出来的时段，是审美主体的舞台，社会事件由此被抽空了历史性，重新编织进审美主体的行为之中。

对社会暴力的这种审美化、私人化、精神分析化的处理在《云中人》中在在可见，然而，诉诸个体的梦境与无意识，忽略其与社会历史力量的关系，这样一种处理方式本身，是否意味着被驱逐的主体放弃了重新介入历史的机会？与历史拉开反讽性的距离，是否同时也意味着放弃了参与世界的可能性？对利比多、对无意识、对个体深度的过度强调，是否正隐喻着对外部世界的彻底的无能？20世纪90年代历史运动将主体驱逐出自身之外，为了拯救意义，主体重新创造了一个审美的空间，以捍卫自己的自由，然而，这一空间同时又阻止了主体重新介入历史运动的可能。正如同摇滚乐对消费主义的批判本身常常反过来成为市场上的消费对象，审美主体的反讽自由，是否同样是秩序自造的叛徒？

这样的发问，并非是对路内的文本的苛责。事实上，路内文本中所构造的诗意世界，不论是对爱情的绝望的质询，还是对生活之荒谬的不屈的嘲讽，都是我在阅读中至为喜爱乃至沉醉的段落。然而也正是这种沉醉，反过来叩问着我自己，在面对文学与历史的纠缠时，文学究竟是将我们从现实中拯救了出来，还是以它所创造的幻觉，使我们继续在现实中沉沦而不自知？“我们强制自己经受些小痛苦，以便使我们相信生命是可以承受的，甚至是有存在理由的。”这样的问题或许已经超越了个别文本所能容纳的含量，指向了当代文学与历史的整体性关系，指向了当代个体的文学实践方式所具有的限度，在这个意义上，反讽的限度正是当代历史本身的限度，而路内的小说，则是一种真正的当代小说，它呈现了文学面对当下时的所有可能与困境。

2013 年 8 月 29 日 改定

如何批判技术异化

——读韩松的《地铁》

1.《地铁》：主题、意象与动机

自韩松出道以来的所有创作中，“技术”与“国族”无疑是始终纠缠在其文本中的两大主题，前者如《美女狩猎指南》中，呈现工业化批量生产的人造美女背后高度发达的生物技术，如何服务于僵化扭曲的现代社会中泛滥的欲望狂欢，以此点破科技进步的现代神话；后者如《我的祖国不做梦》这样的“国族寓言”（詹明信），以无可置辩的强悍逻辑，展现了中国“从昏睡入强盛”的未来图景，以及个体在其中无力的精神挣扎。而在更多的文本中，尤其是长篇小说中，两者则往往以复杂的形态纠合在一起，同时亦各有侧重。如果说《2066年之西行漫记》在超级信息网络与外星生命的光怪背景下，重点着笔于未来中国与世界的国族言说，那么这部新出的《地铁》，虽然依旧不时闪现着国族的魅影，却将更多的思考指向了在以“地铁”为表征的未来技术时代中，人类可能遭逢的生存境遇。

整部《地铁》由五个相对独立而又彼此联系的段落构成：《末班》中的文员老王，偶然间撞破了末班地铁的鬼魅景象：草绿色的怪人们将地铁乘客一一装入盛满绿色溶液的玻璃瓶中，而惶惶不可终日的他最终也成为一具瓶中标本；《惊变》中的地铁列车驶入了无尽的隧道，随着时间的推移，各节车厢中的乘客慢慢“进化”成种种怪异的物种；《符号》中的小武一行人深入地铁隧道深处，试图探寻“宇宙化”的真相，并遭逢种种光怪陆离的地心奇观；《天堂》中幸存的人类部族历经劫难后回到地表，却被千万老鼠团团包围；《废墟》中一对重返地球的男女试图寻访先辈灭亡之谜，却遭遇更大的谜团，以至于连自身与周遭世界的存在也成为疑问。

透过这五个充满变异与扭曲的故事，韩松不断触及一个基本的命题：一个极端高科技的未来时代非但没有助于人类理性与秩序的发展，相反呈现出一种高度扭曲与变异的状态。换句话说，韩松所致力书写的主题，是人所制造的科技成品——比如高度系统化的地铁系统，它一方面为人类服务、为人类生活提供高效的运输途径；另一方面作为现代国家的标志，作为我们不断追寻的目标，承载着我们的富强梦想——是如何反过来成为人类的囚笼、成为人类的主人，反过来操控、改造人类等一系列的问题，借用一个马克思的术语，或可称之为新技术时代的人类异化问题。

必须承认的是，通过选择地铁这样一个意象来处理技术异化问题，韩松展现出了一位优秀小说家的敏锐眼光。正如他在序言中所说，铁路从来就是20世纪中国现代化进程中聚讼纷纭的所在，它不仅代表了一个国家的现代梦想，以及围绕这个梦想展开的种种努力与争斗，而且也从来都是新的感觉经验，新的所谓“现代”体验的表达载体。除了对于速度的感觉、空间的迅速转换之类比较常见的内容以外，我们当然还会想到如张爱玲的《封锁》这样的文本所展现的，新的车厢环境所造就的新型主体间关系的命题。

而在韩松这里，这一能指又导向了新的所指。他观察到：一方面，“整个中国，都在拥抱一场地铁的狂欢”，地铁成了城市化、现代化的最新标志；而另一方面，日日穿梭在这一地下空间中的人们，却几乎对这个“新的社会”一无所知，技术与信息的壁垒阻绝了人们好奇的目光。“谁是当今幽冥之府的国王呢？是进化中的电动机或自动调度软件，还是六节编组的列车本身？在这一过程中，甚至连司机也只怕是傀儡。”对于这个问题的无知令人绝望，而众人对于这种无知的麻木则“令我恐惧而孤独”。由此，地铁变成了一个新的、高度技术化的、移动的“铁屋”，人们在其中经验生老病死，却无法探寻它的规律。然而，透过文本我们发现，韩松在这里所做的与其说是“铁屋中呐喊”，毋宁说是在告诉所有乘客，轨道的尽头是坟，更或者，如《惊变》所述，列车将永续前行，轨道永无止境。

2.“人”“物”关系与批判主体的缺位

而这正是韩松对技术异化的基本态度，在我看来，韩松对于未来基本上是绝望的，或者说，他对技术加于人的异化与压迫有着极为深刻的估计。一个简单的比较可能更容易凸显这一点，如果最近的三部小说——王安忆的《天香》、董启章的《天工开物·栩栩如真》和韩松的《地铁》——都可以被视为是书写“人”与“物”之间关系的作品的话，那么或许可以说，这三者展现出了三种截然不同的态度。在王安忆笔下的天香园里，织工与绣品如比翼连理，人以造物实现自我，物借人手进入历史，借张新颖的话说，是“天工开物，假借人手，所以物中有人，有人的性格、遭遇、修养、技巧、慧心、神思。这些因素综合外化，变成有形的物，‘天香园绣’是其中之一。这是‘天香园绣’的里外通，连接起与各种人事、各色人生的关系”。两者依旧可以达到和谐。而董启章的双声部小说，则在“人”与“人物”之间不断摆荡往还，两个世界互相建构、互相拆解，在某种游移中打开叙述的空间。

与上述两者相比，韩松呈现出一种更为决断，也更为悲观的姿态，在他眼里，“物”对“人”的宰制几乎将是不可避免的未来；而同时，他又对这样的未来充满警惕与焦虑，并希望对其加以批判，这就使得他对技术异化的批判呈现出一种相当纠结的面貌：韩松并非是通过对于技术的缺陷的展示，来批判技术统治，而毋宁说是通过对技术终将达致的成就的展示来进行的。因为要展示缺陷，就必须要提供一种完满的、可欲的、无缺陷的人性状态；或者说，提供一个人与技术和谐共存的未来乌托邦，而这恰恰是韩松的文本所彻底摈除的内容：我的感觉是，韩松非但没有落入“人性反抗技术侵蚀”的好莱坞式叙事俗套，更进一步，他试图追问的可能是，新技术时代是否已经生产出了新的关于“人性”的定义？假设如此，那么，除非我们彻底毁弃所有科技成品，（这是可能的吗？）不然，所有前技术时代的人性乌托邦，都将流为空言。因此，我们事实上无法执守着某一种特定的“人性”标准来宣判技术异化的恶行，这也使得韩松的批判成为一种只有对象，没有立场；只有客体，没有主体的批判。

这种批判立场与主体的缺失体现在文本所塑造的两类主角上，一类是生活在与我们比较接近的年代的人们，譬如《末班》中的老王，对他而言，过去是所谓表格构成的生活，是科层制的单位，是由刻板的上下班制度宰制的沉闷、枯燥、日复一日的世界，而未来则是技术的统治——表格与地铁，或许两者就是同一种东西，同样将他们作为自身的工具与奴隶，对于他们而言，一个非异化的世界从未存在，也无从想象，面对新的异化形式，他们没有能力给出有力的回应，结果或许只能被“浸泡在盛满绿液的瓶子里”。而另一类人，则是生活在未来技术世界的人，韩松的小说不断地塑造一些试图在一个技术统治的、异化的世界里寻找“自己”的出身与来路的角色，“小武”想要追问自己为什么要叫“小武”，雾水想要打捞前世先辈们生活的蛛丝马迹，但这些人的结局如何呢？小武的努力未尝成功，五妄被老鼠团团围住，而在雾水那里，韩松给我们的答案更加绝望：或许所有关于“先辈”的想法，所有关于“前技术”时代的叙述，本身也不过是想象，是技术时代为自己编造的历史，是由“未来”生产出的“过去”，甚至从事这种寻找的雾水本人，其实也不过是技术的产物，是所谓“池水的概率叠加”。

总而言之，不论对于现在还是未来，未经异化的人从未存在，那么对技术异化的批判又从何谈起呢？由此，通过情节与逻辑的铺展来批判技术异化失去可能。在卡夫卡那里，格里高利起床后发现自己变成一只甲虫，至少说明在这之前，他还是一个人，但韩松更进一步，或者更退一步，他从未试图召唤出某种“日常”状态，他仅仅呈现了末日，而没有给出救赎的可能，他让你怀疑，或许我们从来都只是虫子。

3. 文本形式与写作实践：绝望及其抵抗

问题在于，韩松一方面点出了前技术时代乌托邦的虚妄内核；另一方面又必须对技术时代的异化处境做出回应，这样一个不可能完成的任务，构成了这部作品的内在紧张，正是这种紧张感，迫使我们回到这部小说的形式层面，来考察他究竟以什么样的方式，完成其对技术异化的批判。

我们来读一下这本书的第一段。

> 他下了夜班，要去搭乘末班地铁回家。他沿着大街，逃跑一样，跌跌撞撞奔至车站。他举起头，见天空赤红而高大，如一片海，上面有个黑色的、奇圆的东西，像盏冥灯，被骷髅一般苍白色的摩天大楼支起。漆黑的月亮下面的城市，竟若一座浩阔的陵园，建筑物堆积如丘，垒出密密麻麻、凹凹凸凸的坟头，稀疏车流好似幽灵，打着鬼火，在其间不倦游荡。

在这部小说中，上文的段落是极为典型的：寓言式的笔法下，形容词层层叠叠，双重，乃至多重的比喻，修饰性的语段俯拾即是。一方面是迷宫般的隐喻结构，"现实"与"梦境"、"地上"与"地下"、"天堂"与"冥府"、《读书》、"S市"、"M国"、"C公司"、"你是哪个单位的"等等能指不仅勾连起《地铁》与韩松过去的一些作品，也指向当下现实中的诸多物事。而另一方面，这些隐喻却不断自我撕扯，甚至彼此矛盾，无法串联起一个清晰可辨的所指结构，读者彷佛手捧1000块绚烂的拼版，却无法将其拼成一个完整的图案。

毫不奇怪，有论者径直将其称为是一本"形容词"小说，而如果我们愿意做一点功课，逐一将小说中的修饰部分删去，恐怕会惊讶于其中所谓主干情节的简化、支离，甚至是模糊——上文的段落不过描写了主人公下班去地铁的路上看见了月亮、建筑与车，如是而已。可以说，韩松对情节的发展，或者说，对读者能否读懂情节并不在意，通过大量隐喻的引入，他不断打断正常叙述时间的行进，不断把读者拽住，在这延宕的片刻里，迫使我们去凝视那些生涩、奇诡、阴郁的形容词的狂欢，感受他在每个段落里刻意布下的幽暗氛围，及其询唤出的内心不安：他在意的是通过这种鬼魅的氛围渲染，写出技术统治的阴暗恐怖。

在我看来，这正是韩松在缺乏乌托邦可能的思想前提下，对技术异化的批判尝试。主体的缺位、前技术时代的虚妄、乌托邦想象的空洞，使得借助小说的情节、借助故事在线性时间中的逻辑推演来批判技术对人的异化变得极其艰难。因此，韩松选择了另一条道路来结构其文本形式，一方面，他将技术的发展视为理所当然的既成事实；而另一方面，他抛弃情节，转而通过"感觉"，通过描述技术时代的魑魅一般的不安，来让人"体验"，而不是"理解"技术异化之可怖。从而在感性，而非理智，在感染力，而非说服力上，达到批判技术异化的效果。换句话说，通过对异化状态下人类境况的丑陋甚至是令人作呕的场景的描写，韩松暴露了技术异化在前理性、前逻辑的层面上给人造成的创伤，同时封闭了任何修复与和解的可能。

借助此种“不安”的“气氛”，技术异化的创伤被赤裸裸地呈现在文本中，而同时，技术统治的未来又似乎不可避免，由此，未来便透露出某种绝望的讯息，那么，我们又将如何回应这种绝望呢？在这里，我以为必须将韩松的写作实践纳入考量的范畴。在我看来，书写文本的实践行为本身，正是对这种绝望的抵抗，诚如飞氘所言，“韩松用写作把自己拯救了”，而对于其他人而言，《地铁》这一文本所呈现的创伤提醒我们，通过描绘田园牧歌式的前技术时代图景，并以此构造某种人性乌托邦的方式，已经无法对技术异化构成有效的批判，唯有开放出真正实践性的反思与抵抗，才是“反抗绝望”的可能途径，而这正是这部晦涩的小说的力量所在。

4. 余　论

应当说，韩松在“气氛”的营造上，取得了相当的成功。可惜的是，在这样一种以感染而非说服为主要手段的叙述中，作者有意无意地忽视了一些具有生长可能的内容，比如一直出现的“C 公司”，背后似乎始终隐现着国家主义与全球资本的魅影，隐现着技术进步背后的支配性力量所在，也使得读者对它抱有极高的期待，但到小说最后，却变成了“只是一种随机”，除了液体“什么也不是”的东西，未免错失了一种让文本往不同的方向生长的可能性，也使得文本无法真正展示出技术异化的恐怖与荒谬，它没有办法告诉我们，这样一种一往无前的技术革新的引擎究竟在哪里；跨国资本和国家主义之间以什么样的方式组合；在什么样的动力下，不断推动着技术的发展。由此，技术的发展乃至于统治，其原因就成了一种无所不在的、无人知晓的，因而也是神秘的、抽象的东西，而这是相当可惜的。

毋庸讳言，这部作品存在着种种的问题，措辞的粗率、意图的晦暗、表现力的不足比比皆是。但不论如何，这一文本毕竟提供了一个新的问题，在面对新问题的时候，作家的写作遭遇困难——行文的晦涩、情节的模糊、理解的难度，应当是正常的，甚至是可贵的。说到底，地铁作为新技术时代的“铁屋”这样一个问题，已经被摆上台面，那么，我们或许还是应该感谢韩松的这部小说，以及他遭遇的这些困难。

2011 年 9 月 20 日

甫跃辉的创作流变

前几天和师友聚餐，席间我的一位老师忆及往事：2005年在千岛湖举办“首届文学代际沟通论坛”，会上“80后”青年作家们动辄以“传统作家”指称余华，初闻之下大感惊诧。这位老师和余华是同辈人，好像关于余华的第一篇评论就出自这位老师的手笔，在他眼中，余华可能还是当年新锐的模样，未曾想一不小心“就被挤到了三代以上”……我边笑边指着身旁的甫跃辉说：“其实传统不传统跟年龄无关，‘80后’甫跃辉就是传统作家。”

“80后”传统作家甫跃辉生不逢时。

余华、莫言、王安忆们以先锋姿态进入文坛，当时的文学体制比如重要的纯文学刊物等都提供了推波助澜的作用，然后当代文学转型为“常态的中年期”（借用陈思和老师的话），他们构建了今日中国文坛的中流砥柱，在稳定的环境里，他们磨砺写作技艺、丰富世界观、摸索读者的口味，不断推出的作品是主流奖项的候选者、学院批评家的关注对象和图书市场的看点。即便是横向地和同龄人相比，和那些完全和新的传播媒介、新的文学生产方式水乳交融、互为推波助澜的弄潮儿相比，跃辉也显得有点“落伍”。在很多人看来，“80后”写作、“青春写作”本就和商业包装、高点击率、喧嚣的网络论坛、“玄幻”、“穿越”相伴随。可跃辉不为所动……

由此看来，跃辉真是选择了一条最狭窄的路。

不过他在这条窄路上却走得安心，从容不迫、稳稳当当。因为关于文学的“变”与“不变”，他有独特的理解：“回顾现在活跃在文坛上的前辈作家们，他们刚开始进入所谓文坛或在文坛成名时是以怎样的方式？‘30后’作家王蒙，开始写作时有《组织部新来的年轻人》；‘40后’作家路遥写了《人生》；‘50后’王安忆最开始引人关注的作品是《雨，沙沙沙》，‘60后’的余华和苏童最初引人注目的是《十八岁出门远行》和‘少年血’系列等作品；

‘70后’的徐则臣最初引起关注的（分别）是《鸭子是怎样飞上天的》等‘花街系列’作品。这些作品写的都是年轻人，都是在一个连续的传统里。这些都没有被冠以‘青春写作’，可到了‘80后’就变了。刚才提到的‘70后’的徐则臣属于成名较晚的，比较早成名的像卫慧、棉棉，她们作品中的年轻人与徐则臣作品中的年轻人截然不同。徐则臣是与前几辈作家一脉相承的，而卫慧、棉棉是另外一副样子。卫慧、棉棉和之前的‘传统写作’断裂了，却又被后来的徐则臣等人接续上了。我觉得‘80后’目前进入公众视野的这一批人承袭了卫慧、棉棉这一脉，尽管已经有了很大变化。这些人只是‘80后’中的一部分——但在许多人想象中的‘80后’却全都成了这样的。我在《上海文学》杂志社做编辑，接触到很多年轻人，他们也是从期刊发表作品起步的，和已经进入公众视野的‘80后’写作者决然不同，这一拨人将会像徐则臣他们那样，接续上被同辈人扯断的传统。反叛，然后回归，常常是一代人的命运。从这个意义上说，无论‘70后’还是‘80后’的写作者，在与所谓‘传统写作’发生断裂的同时，也暗暗地有了承续。”“70后”作家分化确实可作为今天“80后”们的借镜。刚开始是炒作“美女作家”这个概念，刊物推出的专辑还特意配发玉照，就好像今天一些年轻读者购买“80后”作品主要原因是书中奉送了精美照片。但现在看来，在“70后”作家中真正成熟的，与当年炫目的美女作家相比往往显得低调，甚至自觉远离媒体视线，在文学的年轮中默默成长，在积累、沉淀之后给人水到渠成、春来草自青的感觉。

所以跃辉一点不着急，安安心心读小说、写小说，“学院派”的步步为营，显出了和一起步就在流行市场里匆匆打拼的“青春文学”不同的风致。《丢失者》的开篇起笔，《骤风》结尾的视角转移，《走失在秋天的夜晚》对文本结构与动机的打磨，凡此种种，在青年小说家的学习时代中，我们看到的不仅是他对前辈作家的亦步亦趋，更是自20世纪80年代先锋派作者而来的当代文学脉络，在他身上的绵延赓续，对“传统”的继承在他那里，被具体化为对上一辈作家作品细致的阅读和研习，和对“小说”这门“手艺”的默会心知，而他也由此立定了自己在当代文学版图里的渊源与位置。

我听跃辉讲过很多故乡乡间的故事，其中的一些已被他写入小说中，那惝恍迷离、鬼影绰绰的气氛、少年在想象的世界里夜游的经历，常让人想起沈从文先生笔下《哨兵》一类的篇章。跃辉的这一类创作质量稳定，已基本上构成一个其来有自的文学世界，这是跃辉创作的起点。其实这已非易事，提笔写作并不就意味着一个人找到了自己的创作起点。

在我读过的跃辉小说中，迄今印象最为深刻的当推《初岁》。十多年前，主人公兰建成是跟在送去屠宰的猪后面“难过又无能为力的小男孩”；等到第一次操刀前“咬紧牙齿，身子颤抖，激动和紧张混杂在一块儿”；杀猪过程中“有一瞬间，他又隐约触到了小时候的那种疼痛，但转瞬即逝”；后来“时隔多年，兰建成已经不能体会面对一只猪的死产生的那种痛苦了，甚至为自己当年竟然那么痛苦感到难为情”……兰建成面对杀猪时的体验——借用布鲁克斯和沃伦的话（布鲁克斯、沃伦《邪恶的发现：〈杀人者〉分析》）——可看作是对“邪恶的发现”，而从恐惧紧张到安之若素，兰建成内化了成人世界的秩序和机制，从而与纯真的儿童世界告别。小说中杀猪这一情节，由此可理解为告别儿童向成年转化过程中经受考验的寓言和仪式。小说最精彩的地方，写到兰建成从猪身上抽出刀子，“血接踵而至”，那一刹那，“恍然觉得血是从自己身上流出去的，不知不觉中，他的呼吸竟和猪的达成一致”。从上述过程和细节来看，成长如此残酷，意味着对痛楚的渐渐麻木，甚至意味着杀死“对象化的自我”。小说还写到了侄女小微，她在屠宰场大声哭泣的表现恰如十多年前的兰建成，更年轻一代的成长也必须重复这样的残酷吗？小说写到这里——告别 / 成长的转型中对残酷的发现——似乎并无太多新意；然而，有意味的是，小说所展示的“小微—兰建成”这一成长序列，还可延展成“小微—兰建成—老董”，也就是说：小微固可视为以前的兰建成，但老董也可看作是未来的兰建成。老董在小说中着墨不多却让人过目难忘，他在凡庸的岗位上从容尽着生命之理，身上闪烁着《庄子》中那位“技进乎道”的庖丁的影子。这里的沉静与前面的残酷形成丰富的意味，似乎为成长开放着可能性。由此我也想到昆德拉所谓“小说精神的复杂性”，“每部小说都在告诉读者：事情要比你想象的复杂”，文学理应“将感觉与思想的每一面向完全展开”，而不致缩减为单一维度。与网络文学、媒体文学更多追求生产、流通、消费的高速不同，传统文学当以更沉稳的心态关怀人类社会及人性经验的全部复杂性（甫跃辉曾听从导师王安忆的教导而停笔一年，以保持小说的文学品格)。在眼下的青春文学中，概念化的人物、简单的情节、虚拟封闭的情境比比皆是，正是在这方面，跃辉的创作给出了有力的修订。

就题材而言，《我的莲花盛开的村庄》有点像余华的《活着》，但差异也是明显的：后者那里高频率的死亡、出人意料的转折等元素构成的“苦难 + 温情”的策略，在跃辉笔下却都被有节制地略去了。恰如小说末尾所写：奚奎义仍然坐在庙门口呜噜呜噜吹喇叭，“他也不知道自己吹的是什么曲子，不知道是哀乐还是喜乐，所有的悲和喜都乱成一片，在很遥远的地方回响”……我以为，小说正是在悲喜泯然中写尽了一个普通人对日常生活的庄严态度。而《暖雪》无疑是一曲挽歌。弥漫着松脂味的树林、蓊郁大山及山中的生灵，还有打猎的老人，都将一去不返。“亮子迟迟没做出决定要不要去城里”，小说结尾却以生机乍现的自然场景(“猛地跳出一团橘红，圈在水库里的水们一霎时全活了，听得到无数的欢笑、吵嚷。……”)掩饰了选择的无奈。我觉得《暖雪》不妨和跃辉的另一中篇佳构《鱼王》对读。小说中都出现了“外来者”形象，《暖雪》中来水库旅游的城里人贪婪、无礼，这是典型的乡土中国的闯入者——在《暴风骤雨》中可以是带来“历史开端”的土改工作队，在张炜笔下可以是隆隆的推土机和疯狂掠夺的开采工程组——他们的“进入”乡村或者代表一种现代文明对民间“小传统”的对立、改造，或者意味着对大地和自然的肆意索取、破坏。而《鱼王》却贡献了新鲜的“外来者”形象，老刁和海天熟稔乡村伦理(比如挨家挨户地送鱼)，敬畏大自然(比如海天和鱼王之间的神秘呼应)，取予有道……无论是“外来者”抑或“原乡者”，还是离开抑或留守，但愿他们都能找到适合其态度与方式的生存之地。

除了“外来者”和“原乡者”外，“回乡者”更构成了跃辉笔下的一组丰富形象。《牙疼》里的小艾从“要坐火车、汽车，加起来三天三夜不止”的浙江回乡，不仅带回来一个双手和“翅膀一样细长”的浙江男人，更带来了自己难产、被抛弃的命运，搅动起整个乡土沉滞的伦常土俗——在乡人们看来一定会自杀的她，竟然重新梳妆打扮准备远行，“她的美丽如灼灼桃花，灼痛了所有人的眼睛”。《旧城》里的小易，曾经为了躲开母亲而报考中师，离开故乡，“母亲大吵一架，就走了，一走就再也没回来过”。然而，正如《初岁》里的兰建成借助杀猪的过程，受洗般地重新进入藏污纳垢、生机盎然的民间乡土。重回故土的小易，也在故乡日常琐碎的洒扫庭除里蓦然惊觉，“自己竟然和母亲如此相像”，与母亲的和解正是与故乡的和解，一趟回乡之旅使她谅解了母亲，也真正发现进入了“旧城”。

远行与回乡，是文学史中不断复现的创作母题，而跃辉笔下的回乡者与原乡之间的冲突或是和解，则可以追溯到现代文学自鲁迅、沈从文以来的悠长脉络，中国特有的城乡结构造就了两个截然不同的“生活世界”，《牙疼》里村人对遥远的浙江的想象，“浙江人”用相机对乡村世界的打量与“定格”，《旧城》里不断催促小易回校的口吻阴森的“副系主任钱学明”，在标示着隐绰在“乡村”背后的“城市”的巨大阴影。对横跨城乡两界的“回乡者”或“进城者”（这里的“回乡”，几乎肯定是从城市回乡，而非从另一片乡村返回）而言，这种“一生两世”的现代性经验，根本无法在高歌猛进的“现代化”或“城市化”叙述中得到表达，跃辉的写作，正是在这一点上呈现出了这一群体的内在的撕裂、冲突与焦虑。《走失在秋天的夜晚》中的李绳离开故乡北上省城，在被女朋友揭穿了自己假冒城市大学生身份的谎言之后，鬼使神差地拨通了中学时暗恋的女同学曹英的电话，却“仿佛有一根骨头卡在喉咙”，一句话也说不出来。此后，每当遇到挫折，李绳便给曹英打电话，依旧是一言不发，但“每次给曹英打完电话，他总能获得一段时间内心的宁静”。融入城市的失败催生了对故土的依恋，但面对故土时的持续的“失语”状态，则成为“进城者”们进退维谷的存在状态的隐喻，语言是存在的家园，是生活世界的自我呈现，语言的失落，不仅是内在精神的焦虑与紧张，更是与整个生活世界的疏离与剥落，他们自己知道，“一旦开口说话，他和曹英之间是没有多少话可说的”。由此，“进城者”成为真正的“零余者”，被两个世界同时抛弃，一面无法获得城市的身份与认同，一面也被隔绝在乡土之外，无法回到乡土的生活、言路之中，他们要么通过欺骗他人与自己（假装大学生）进入城市，随时面临被揭穿、挫败的可能，要么如文本末尾所写，通过暴力乃至杀戮，强行介入曹英的生活，进入原乡世界。在小说最后，李绳回到故乡杀死曹英的男友，同时打电话告诉曹英自己在省城，试图造成不在场的假象。但“恰恰是那两个电话”所留下的手机漫游记录暴露了他的真正位置，导致了他的落网。借助手机与漫游这些现代工具与技术，跃辉精巧地表达了“进城者”的自我认同及其现实处境之间的扭曲错位，这种错位来源于城乡二元的结构，并最终撕裂了被它所笼罩、压抑着的进城者/零余者们。

由此，我们得以进入跃辉创作的另一端：城市生活。与乡土世界的温情与奇绝相比，城市则多被呈现为一个压抑而荒谬的空间。《骤风》开篇的一句“突然，起风了”，宣告了一场突如其来的城市飓风，“沿路卷起了灰尘、杂草、果皮、纸屑、塑料袋、小树枝、铁锅、水桶、糟木板、破衣烂衫……”人们在其中只能无助地挣扎求生。在疾风肆虐的描写过后，跃辉笔锋一转，又一句“突然，起风了”，引出了三天前“我”的女朋友在大风中遭遇的车祸与死亡。如果说气候乃至节气在乡村代表着自然的生息时序，那么城市骤风，便仿佛构成了一种至大无外而莫可名状的力量，操纵着城市空间的混乱、危险，甚至倏然而至的死亡。同样，《惊雷》中的一场雷雨，使得四个毫无联系的人偶然地在躲雨的地方聚拢在一起，却发现每个人都带着生活，或者说是金钱造成的创伤，头顶不断咋响的惊雷，似乎可能在每个人身上爆裂。

在《巨象》里，表达这种压抑性力量的意象换成了主人公李生挥之不去的噩梦：“巨象”的碾压。和女友的分手，被李生“下意识地理解为进入城市的失败”。而刚从外地进城的小彦，则成为失败后的补偿与慰藉。在这里，恋爱关系变成城乡结构的隐喻，对女性的欲望被悄然转换为对城市的欲望，女性被物化为欲望都市，城市则被铭写上强烈的阴性气质（femininity，这一点确实可以上溯到郁达夫在国族政治与个人欲望间的奇妙转喻），跃辉的写作，正揭示了当代都市欲望的生产机制中的这一主导逻辑。正如黄平所说：“《巨象》震撼人心的地方，写出了‘吃人’的当下城市文化心理结构，‘中国梦’阴冷的另一面。……在‘城里人—外地人—更弱的外地人’这条生物链上，李生吞噬起更弱的小彦十分平静，尽管偶尔闪过犹豫，但整体上是心安理得的。‘他要强奸这个城市，就像这个城市强奸他。’”但是，李生并未因此得到安定，不仅被女友抛弃的创伤没有因此治愈，而且对小彦的伤害，也成了他无法摆脱的梦魇，他脑中不断闪现的“我还是个好人吗？”的自我考问，更提示了个体的伦理法则，在城市（巨象）的无情碾压中的荡然消殒。正是这种惘惘的力量，诱使《晚宴》中的顾零洲产生为前女友拍裸照的扭曲欲望，推动《动物园》里的男女主人公展开一场围绕着开窗与关窗的荒谬拉锯，更使得《苏州夜》里的“他”像“一个被人牵着线的木偶”一样与酒吧女进行了性交易。城市如同一个无物之阵，所有的荒诞与悲剧都无法简单揆诸个体的善恶对错，每个人似乎都在城市逻辑的摆布下伤害彼此，乃至毁灭自身。

事实上，即使进入了城市，拥有了城市人的身份，也未必意味着能够摆脱这样的力量。《丢失者》中的顾零洲本科毕业后在城市中拥有了一份安定的工作，建立了稳定而广泛的人际网络（手机上“目前存有534个号码”）。但是，一次意外的手机丢失将城市生活内中真相展现得纤毫毕现。在这里，跃辉显示了与庸常作者的距离，他既没有着力于丢失手机后的孤独惶惑，也没有停留在摆脱人际关系束缚后对自我、自由的发现；相反，他很快让主人公重新获得了一部手机，而正是在这时，顾零洲发现，在他脱离人际网络的这段时间里，“一个信息、一个电话没有”，“没有一个人询问他怎么停机了”，想象中的“女友会发疯一般，怀疑他、责备他，又担忧他”并没有发生，“无论是电脑还是手机，都那么安静。这个世界真安静”。意外的意义不在于意外本身，而在于它在日常生活的完满外表上划出了一道裂缝，让人们得以窥探城市人际网络热闹表面下的冷漠与疏离。

与此类似的，是《朝着雪山去》里那些毕业后逐渐在城市里安顿下来的同学们，他们在听说了关良“去拉萨朝圣”，并由此戒除网游的计划后，纷纷解囊相助。不论情愿或是不情愿，他们的资助，都使得关良此行或多或少承载了他们的集体愿望：从凡俗的庸常琐事中“挣脱自己沉重的身子朝雪山飞去”。然而结局却是，在遍历各种曼妙景致到达拉萨之后，关良竟“大摇大摆地穿过街道，朝对面一家网吧走去”。他对朝圣的评价与他出发前对世俗生活的评价如出一辙：“没意思！”

空洞的城市生活中酝酿出来的所谓朝圣理想同样空洞，两者互为镜像，一体两面，是同一套文化心理结构的产物，跃辉在和都市小资们“到西藏去净化心灵”之类的梦想开了个小玩笑的同时，也显示出自己的敏感与批判性，并以此继续观察、书写着现代都市主体的存在样态。

新世纪以来，对当代文学的焦虑从未停歇过，“垃圾论”“死亡论”“炮轰”层出不穷。其实，对于优秀的作家而言，不管时代怎么转换，文学怎么被排挤到边缘，文学的意义从来就不是问题。跃辉当然不会去焦虑这些问题。

他的不安在另一个层面。

跃辉曾写道："文学，对那些仅仅冀望生活安稳和顺的人们，究竟有多大用处呢？文学是否能如一盏可以放出光亮的灯，给人一点儿微末的安慰？当然，我可以像某些人那样很不屑地说，无用之用是为大用，文学就不应该是功利的、实用的。但是，为什么我心中仍旧不安呢？"

所有的写作本身都在探寻写作的意义，这一探寻本身，也构成继续写作的动力。那是自己与自己的搏斗、自己对自己的说服。也只有在这种紧张里，才能真正牵拉出扎实的、丰满的作品。

这就是跃辉所走的道路。在这之外，大概没有很多问题会让他焦虑。比如房子，我看他目前非但没有经济能力，连购房的愿望也没有。他每天骑着电动车驶过上海最繁华，也最欲望四射的淮海路、陕西南路去上班，晚上回到十来平方米的出租房里安静地写作，"回也不改其乐"。

生活得有滋有味，写作低调而踏实。对于他的这份从容不迫，我羡慕而敬佩。

"80后"传统作家甫跃辉生逢其时。

日常生活失败史

——读甫跃辉的《刻舟记》

云南孤竹村，六年级的刘家木带着小两岁的刘家林去打乒乓球。球飞了，弟弟去捡。这时候，不知从哪里出现一个年龄更大的孩子，抢去了他的球和球拍。争夺中，大孩子手起掌落，扇了他一记耳光。他转过头去寻求哥哥的帮助，“可这时候哥哥坐在乒乓球桌上，头扭到一边，望着别处”。

故事还没有结束。

大孩子拿着球拍向哥哥走去，不一会儿，哥哥来到弟弟身边，“把手放在他的肩膀上，轻声细语地对他说，三个人一起玩吧”。

在甫跃辉笔下，我们不断遭遇这样的时刻，遭遇人们在这些细碎凡俗的冲突里所表现出的卑琐、懦弱与无能。十万字的《刻舟记》，不仅铺叙了刘家三兄妹在云南一处边陲小村里的童年生活，更展现了作者的这样一种能力与才华：抛去从农村走向城市的“进阶”叙述，抛去边地孤村的僻景奇遇，回到日常，回到实相。在他平正、克制的语调里，貌似平滑的生活被缓缓剥开，细节本身开始呈露出它的残忍，一次眼神的游移，一句不经意的小谎，统统变成戕害生活的力量，人们就在这样的啃噬中，日复一日，不可挽回地衰朽下去。

很容易地，我们就想起了萧红的那句话：“在乡村，人和动物一起忙着生、忙着死。”不是吗？妹妹刘成雪因为追一只逃跑的鹦鹉，落水淹死；哥哥刘成木偷窃被抓，劳改时染上毒瘾死去；朋友王虎外出打工炸瞎了眼睛，在对亡母的怀念里，自杀于一间闭锁的小黑屋。他叙说对兄长的敬仰，也叙说兄长的窘迫与懦弱；他叙说与同学之间的亲密乃至爱慕，也叙说这些情感如何毁于彼此的虚荣和谎言；他叙说父母年轻时的激情与温柔，也叙说他们日后的不堪，突如其来的粗暴，面对子女时表现出的愚蠢。

而更重要的是，所有这些死亡与失败，都自然得如同生活本身。人们随随便便就丢掉了尊严乃至性命，仿佛丢弃一些无用的家什。人类欺辱人类，生命离开生命。生活的水流淌过这些礁石，又严丝合缝地拼接到一起，好像什么都没有发生。但甫跃辉捕捉到了这些失败，捕捉到了水面之下的暗涌与涡流。因此，他无须和许多其他作家一样，去刻意制造繁华落尽之后的孤独与惶惑，他看见的、写下的是与生俱来的挫折与恐惧，是生活夹缝中的沮丧与无能。而我要说，在这个充斥成功的年代，有诚意，并且有能力去记录下一个个关于失败的故事，几乎是一种美德。

《刻舟记》这个标题，来源于那个我们耳熟能详的故事，但在甫跃辉的理解中，它不仅不是“拘泥与不知变通”的意思，相反，它表现了一种普遍而忧伤的情绪：明知事物的逝去无可挽回，却依旧固执地试图寻找。而这恰恰隐喻着文学本身的命运：人事的迁流无可驻存，但借助写作，我们却能描摹出他们的面影，将他们留在此地。本雅明说：“小说富于意义，并不是因为它时常稍带教诲，向我们描绘了某人的命运，而是因为此人的命运借助烈焰而燃尽，给予我们从自身命运中无法获得的温暖。吸引读者去读小说的是这么一个愿望：以读到某人的死来暖和自己寒战的生命。”而一部失败之书，也于此呈现出它的意义与价值。

2013 年 3 月 23

“系统时代”中的欧美“80后”文学

在人口学中，出生于20世纪70年代末至80年代之间的一代人常被称为“Y一代”（Generation Y），这一命名承自他们的父母辈，即生于战后西方婴儿潮中的一代人（Generation X）。不过，排除这一命名的不同，在文学文化领域中，不论是与美国的“垮掉的一代”，还是与欧洲的“68一代”相比，“Y一代”似乎都没有表现出类似的、有别于上一代的集体特点与代际断裂感，坎侬（Stephen Cannon）指出：与之前的各代人不同，“Y一代”对音乐、电影以及各种产品的偏好，并没有与其父母表现出明显的不同。与此相应，在欧美的当代文学领域中，“80后”也尚未构成一个有效的批评范畴或者市场概念。

尽管在本文中，出于比较的思路，我们依旧将策略性地使用“80后”这一概念，并以一些欧美“80后”作家为例，展示他们所具有的某种共同倾向，但我们必须牢记这一前提：欧美“80后”作家作品所具有的某种共性，在其他年龄段的作家身上同样可能存在，因为这些共性与其说来自出生年代的相近，毋宁说来自同一种文学场域结构的规训，这一结构性的影响，并不依代际而分界，它或多或少地笼罩着所有在同一文学生产体系中工作的作家——说句题外话，在我看来，中国（大陆）“80后”文学这一概念，恐怕也同样需要在这一层面上进行清理，找出为年龄所遮蔽的结构性的因素，不然，其有效性将始终是可疑的。

回到欧美文学领域中，随着战后文学的发展，在整个西方文学，尤其是英语文学范围内，一个相对稳定而自足的文学生产体系逐渐建立起来并延续至今，这一体系包括了创意写作（Creative Writing）的教学系统、写作比赛与训练营、出版商、代理人、文学杂志、文学评奖与写作资助等一系列文学教育与文学市场领域中的机构与建制。我们当然可以说，其中一些角色，如出版商与文学杂志的身影，活跃在大多数历史时期之中，但这里的重点是，在当下，这些因素之间已经建立起了一套特定的相互关系，并在实际过程中不断地固化、再生产出这套关系。对当代的绝大多数欧美“80后”作家们而言，从他们接受文学教育，到开始尝试创作，再到发表与出版文学作品，最后得以成为职业作家，很少能够离开这些机构的运作（同时也是规训）而完成，正是在这个意义上，我们可以借鉴麦克格尔（Mark McGurl）的说法，认为这一体系的成型，标志着“系统时代”（Program Era）的来临，而欧美“80后”文学的共同特点，也往往可以在“系统时代”的特征里找到端倪。

假设一位具有文学抱负的欧美“80后”青年希望通过自身的努力成为一名职业作家，那么，在系统时代中的他/她将如何达成这一目标呢？简单地勾勒一下这一过程，有助于我们更加及物地理解当代欧美“80后”作家的生存状况。

对于绝大多数人而言，在系统时代中学习文学，接受创意写作教学是毫无疑问的第一步。“写作越来越成为一项人们在20岁左右就选定的职业，随后，他们便进入大学去学习这门技艺。”从20世纪40年代第一个创意写作系统建立开始，这一体系的发展就不断以加速度的方式向前推进，1975年，这一数字是52个，1984年则已有150个大学提供创意写作文科硕士、艺术硕士和博士学位，而2004年全美已拥有超过350个创意写作教育教学系科，几乎都由仍在创作中的作家们担任教职。如果把本科教学系统也计算在内的话，其总量将达到720个。除美国之外，澳大利亚、加拿大、新西兰以及英国等三十多个国家同样建立了自己的创意写作系统，而这一趋势在全球的英语国家中仍在继续，最近该系统更是传播到了以色列、墨西哥、韩国、菲律宾等地。

这一庞大的体系源源不断地贡献出新的作家，以几个大家耳熟能详的欧美“80后”作家为例，《潜水艇》（*Submarine*）的作者邓索恩（Joe Dunthorne），毕业于东英吉利大学的创意写作班；《到莫斯科找答案》（*Vaclav & Lena*）的作者特纳（Haley Tanner），毕业于新学院（The New School）的创意写作班；《老虎的妻子》（*The Tiger's Wife*）的作者奥布莱特（Téa Obreht），毕业于康奈尔大学的创意写作班；《大沼泽》（*Swamplandia!*）的作者凯伦·罗素（Karen Russell），毕业于哥伦比亚大学的创意写作班。更重要的或许是，他们的第一部作品几乎都是在创意写作课堂上完成的。诸如此类的"80后"作家的成功，解释了为什么整个创意写作系统即使已经拥有这么庞大的规模，却依旧无法满足人们对创意写作教育的需求。据麦克格尔观察，"在我几年前的非正式调查中，几乎找不到有哪个创意写作研讨班是招不满学生的，更典型的是由于报名者太多而不得不做出名额限制"。

在这些大学中，普通作者得以通过一步步的专业训练而成为有稳定收入的职业作家，学生拥有了"付费/收益"的学徒身份。早在20世纪40年代末，创意写作系统就已能提供大学生全面的写作训练，时至今日，则已然形成了专业作家与学校之间有制度支撑的合作关系。同时，*The Writer's Chronicle*、*New Writing*、*TEXT*等一些专业刊物，也为创意写作系统中的从业者们互相探讨教学方式、原则与标准提供了平台。芬扎（David Fenza）认为，创意写作的教学体系，"是世界上从未有过的对当代作家最大的文学支持体系"，在美国每年至少带来2亿美元的资金投入。

总而言之，创意写作系统的兴起和开展，主导了当代文学创作的基本方向。它塑造了一个世界，在那里，艺术家有组织地被称为大学老师；作家，即理所当然地要习惯于成为递交申请材料的年轻人。而在进入这一教育系统之后，学生则在教师（往往是作家）的帮助之下，细致地阅读分析既定的文本，从而掌握基本的写作技巧，并在不断地写作练习以及对自己作品的小组讨论中打磨自己的写作，在这一过程中，课堂研读的文本、教师分析文本的方式、指导学生时的原则、评判学生作业的标准等等这些要素一起为欧美"80后"作家提供了理解何谓"文学"、何谓"文学写作"等问题的基本范畴与框架，而这些范畴与框架往往具有某种相似性，正如马修斯（William Matthews）所说："现在文学教育的过程已经越来越标准化、普及化，也可以更简单地说，这正是由于创意写作的传播。"

在结束了创意写作的硕士教育之后，只有少数人会继续攻读创意写作的博士学位，这一方面是因为攻读博士费用不菲（在英国，完成创意写作博士学位大约要花9000英镑）；另一方面则是因为，对大多数人而言，通常一个MFA的学位所提供的训练与资质，已经足以使他们尝试开启自己的文学生涯。

为杂志媒体写作是许多人的第一选择，如《一只鸟的选择》（*One Bird's Choice*）的作者伊恩·里德（Iain Reid）（生于1981年）在出版其处女作前，就曾为*Globe and Mail*、*The Iceland Review Online*和*Atlantica Magazine*等杂志撰稿。2010年，《纽约客》曾评选过20位40岁以下最值得关注的作家，并陆续发表他们的作品，这其中就包括两位“80后”（奥布莱特与凯伦·罗素）。不过，这样的例子毕竟是罕见的，在大多数情况下，“80后”作家很难在一些著名杂志上发表作品。同时，文学杂志对文学市场的影响力或许也在日趋下降，当选1999年《纽约客》最值得关注作家的达斯（Díaz）就曾说，尽管这一评选让他感到非常荣幸，但是，“我敢保证，这份名单的出炉不会带来销量的上升”。

因此，越来越多的人开始选择参加各种名目的写作比赛，作为进入文学界的通道。事实上，写作比赛正成为西方文学生产体系中一个规模愈发庞大的部门，莫利亚·艾伦（Moira Allen）编的《写作成功之路》（*Writing to Win*）一书收录的写作比赛，有七大类近1600项之多。对新作家而言，参加写作比赛不仅可以带来直接的奖金收益；同时，评委的意见也能为参与者提供有价值的信息；更重要的是，在写作比赛上的成就，可以帮助新作者得到代理人的关注，将其作品推荐给出版商。尽管代理人的作用在各个国家不尽相同——在美国有80%的作品是由代理人经手的，而在加拿大只有10%。但是，代理人的推荐一般总是比新作者的自荐更能得到编辑的信任。此外，更有一些比赛的获奖者将直接获得一份出版合同。

与在文学杂志或写作比赛上崭露头角相比，摘取各类文学奖项的桂冠无疑是更大的认可。与写作比赛同样，文学奖项也具有不同的种类，除了诺贝尔、普利策、布克等大家耳熟能详的大奖外，也不乏Betty Trask、RBC Bronwen Wallace、Dylan Thomas和Hans Fallada等专门针对青年作家（通常是指35岁以下作家）的文学奖项。获得文学奖项的认可，是“80后”作家登堂入室的重要途径，其中的代表人物，就包括了《质数的孤独》的作者乔尔达诺（2008年斯特雷佳文学奖获得者）和《老虎的妻子》的作者奥布莱特（2011年橘子奖获奖者），这些奖项不仅意味着文学批评界的认可，更意味着在文学市场上的巨大收获。

除了来自出版市场的收益，进驻作家（writer-in-residence）制度也可以为作家们提供生活与写作的保障，凯伦·罗素就曾在巴德学院（Bard College）担任进驻作家。许多欧美城市的图书馆与学术机构都会配有这一制度，资助作家在当地的生活与写作，时间多为几个月，作家需要承担的义务一般包括指导当地新作家，组织工作坊、讨论班分享经验，为当地媒体写稿、举办讲座等等。不过，文学市场上取得佳绩的作家一般不会选择寻求资助，因为这多少会带来一些限制。

创意写作教育体系、文学杂志、写作竞赛、文学奖项、作家资助，所有这些结构性的机制都是欧美“80后”作家成长过程中或多或少要经历与面对的对象；反过来说，正是这些机构所组成的文学系统，不断为文学市场输出“80后”的作家作品。“制度已经在战后文学生产中占据了先锋地位。”我们看到，“80后”文学依旧强调着个体性与个性化，但同时，“我们也深深地感到文学受不同的赞助机构影响，在宣扬自己的观念时被深深打上了某种‘水印’”。

要充分理解这种“水印”，就必须将“系统时代”置入整个欧美社会文化版图的变动中来加以分析。在对二战后30年间美国最畅销的小说的研究中，朗（Long）发现，人们对工作的态度由积极地肯定逐渐转向了质疑、拒绝，乃至虚无主义的姿态。在朗氏看来，这绝不是整个美国社会对工作的态度的单向反映；相反，它是某种结构性变动的结果。随着大众传媒，尤其是电视媒体在20世纪50年代之后的崛起与大规模普及，中下层的文化娱乐市场被电视节目所占领，小说的读者转向了具有高等教育水准的群体，甚至学者与教授，而这一群体对资本主义抱有更多的质疑与批判精神。出版商为了满足他们的需求，才导致了小说中对工作态度的变化。在这里，朗氏清晰地指出了文化版图的结构性变动与分化对小说创作与出版的深刻作用。叙事文学的读者，从20世纪50年代以前的“普遍的中产阶级”转型为高等教育群体，与之相应的，是作家与大学之间的关系也日渐亲密：“这个时代美国作家与大学保持亲密关系，这种关系是战前所没有的。战后逐步兴起的文学产业以及创意写作教育教学系统，展示了一种全新态度，创造了一种崭新的文学写作模式。”

随着系统时代的日趋成熟，“80后”作家们成为这一“崭新的文学写作模式”的最佳代表。2007年，著名文学杂志*Granta*评选出了他们眼中的最佳青年作家名单，在评委们看来，这份名单上的作家作品与十几年前相比具有明显的变化，在过去的作家笔下，常常出现他们自身经验之外的日常生活的内容，然而，当前的新作家们，则更加专注于高度个人化的体验，他们对死亡、失去、生活不确定性抱有极大的兴趣。

这种高度个人化的体验，确实是欧美“80后”作家身上在在可见的特点，事实上，绝大多数“80后”作家的作品，尤其是其处女作，多多少少都具有某种自传性质。伊恩·里德的《一只鸟的选择》标明了自身是“回忆录”；《潜水艇》的主人公成长在斯旺西，和作者一样；《质数的孤独》的男主人公是理论物理学者，和作者一样；《到莫斯科找答案》的女主人公是俄裔美国人，和作者一样；《老虎的妻子》的主人公是塞尔维亚裔的美国人，当然，也和作者一样。

与前辈作家相比，这种鲜明的集体性的自传特色，典型地反映了创意写作教学系统中那句近乎强制性的命令：“写你知道的。”（Write what you know）当然，写自己熟悉的事物是许多作家的自然选择，但在欧美的“80后”文学中，这一选择具有其特定的意涵。在这一律令背后，是一系列关于个体与写作之关系的认知模式。在这些作品中，文本主题的选择，几乎都来源于写作者/观察者自身的经验，它是直接的、亲历式的，在观察与体验过程中，写作者获取了自己想要的话题，如青春期的焦虑与迷茫、恋爱的经验、童年的创伤与阴影等等，同时对他们而言，这些也是最真实切近的话题，是一次完整的创作的基础。在这一趋势背后，是创意写作系统对个人记忆与观察的不断强调与鼓励。由于主题来自自身的经验，来自具体化、形式化的个人记忆，因此，在这种写作实践中，学生得以获得独立感与权威感。对于“个人经历”的重视，“在发达世界后工业经济体中占据了功能性的主导地位。……这些个体能够意识到自己的生命状态，自己才是‘生命故事’的主角，而非简单地活着”。对自身“生命故事”的强调不仅为他们提供了写作的素材，同时也成为“他们的传记里特别需要全神贯注填充的那部分识别特征”。

于此相应的，创意写作教学则为这种自传性质的表达提供了一整套专业的技巧形式。极简主义的兴起正是此种的典型，巴斯（John Barth）认为：极简主义在文学领域中的兴起，正是高等教育大众化的产物。换句话说，创意写作在高等教育中的出现与普及，鼓励、催动了形式上的简单化。海明威与卡佛成为创意写作课堂上被反复剖析、解读的对象，技艺、精确、控制取代了灵感与天才，“叙而不评”（show, don't tell）成为写作过程中的关键词。在《潜水艇》与《一只鸟的选择》两部书写青春期的焦虑与困顿（及其治愈）的作品中，我们很少能够找到大段的、抽象的抒情与评论，情感与意见的表达大都被收束在对各种客观对象的描摹中如《潜水艇》中的男主角对奇奇怪怪的百科知识、不常用的单词的执念，伊恩·里德对猫、狗、鸭、羊的细致观察等等。对个人经验中的客观对象的强调，使得作者笔下的世界成为一个可控的微型空间——欧美“80后”作家的长篇作品，或者是其中的一些章节，常常是从短篇小说发展而来的，其中就包括《潜水艇》和《大沼泽》——方便他们对其中的每一个字词、段落加以安排与调整，而这正是极简主义技巧的用武之地。也只有从这个意义上，我们才能理解“80后”文学自传性的与众不同之处。

“写你所知道的”这一律令，反过来便是“不要写你所不知道的”。这一翻转并非语词游戏，而是为了更清楚地标示出系统时代对“80后”作家的潜在的限制。对于个体经验的反复强调往往会带来某种封闭性，一刀切地排除所有非个人的、社会性的、宏大叙事的主题，“完全不关注‘当今的社会议题’，彻底脱离在他们的时代里居于美国公共生活核心位置的，和金钱、媒体、种族、身份、个性和权力相联系的一切”。这同样会减损文本的叙事力量、弱化文本的开放性与可能性。

依旧拿青春期叙事为例，与前辈塞林格相比，邓索恩和伊恩·里德的叙述固然依旧呈现出年轻人的焦虑、困惑、对外界的不满，但这种情感不再来源于与外部社会的无聊与空洞的对峙（当然也就不具有塞林格的那种批判性），整个故事的进程被封闭在家庭生活内部，主人公的各种情感更多地被本质化为这一年龄段“本来如此”的（也就是无来由的）、随着年岁与经验的增长将会自愈的情绪。主人公的奇形怪状不来源于代际在价值观上的冲突，也不来源于对外在世界（成人世界）的不满，而来源于“年龄”（青春期）

本身。这一方面使得文本的动机被悬空了，另一方面也降低了叙事的力度——除了如封底所写的“滑稽可笑”与“忍俊不禁”外，读者大概很难再得到其他的东西。

同样的限制也表现在以俄裔美国人的生活为背景的《到莫斯科找答案》中。在特纳笔下，潜藏在瓦茨拉夫和列娜两位主人公的聚散离合背后的族裔背景与移民经历始终没有浮出水面，直到最后几页才安排了“真相大白”的一幕，将列娜的遭遇与苏联解体对个人的影响联系了起来。但是如果我们仔细分析这一故事的结构会发现，这一联系是非常脆弱的。在某种程度上，列娜的遭际，几乎可以被替换成任何其他国家的悲剧，甚至是美国人自身的家庭悲剧的结果——只要它能提供一个破碎的家庭。瓦茨拉夫在文末的用“谎言”代替“真相”来抚平列娜的创伤，也正隐喻着这个族裔背景本身的可替换性。换句话说，主人公的俄裔移民背景，并未有机地构成叙事动力的一部分，它更多的是作为一种标签而存在。事实上，特纳对苏联的叙述，也基本上与大众媒体中所流行的刻板印象相吻合，这意味着，作者对这一宏大历史事件的认知外在于文本叙事线索。我们在这里强调的并非对作者的苛责，而毋宁是说，这种写作方式是系统时代的创意写作教学不可避免的产物，是对“个体经验”的强调所付出的代价。

在《老虎的妻子》中，我们又一次遭遇了“个体经验”与社会背景之间的断裂，一面是巴尔干半岛的战争阴云，一面是主人公寻访外祖父死亡之谜的历险，但是，“作者没有找到真正把它们组合起来的方式，各条线索间的联系薄弱生硬，像一盘大杂烩，缺乏内在更绵密精巧的凝聚力”。不过，在“去背景化”的方向上走得最远的，还要属法国的“80后”作家布拉米（Alma Brami）的三部小说。《无他》写一个叫蕾阿的小女孩在妹妹和父亲先后死去后对他们的回忆，以及走出阴影、重新面对生活的艰难过程；《他们把她留在那儿》写一个幼时遭受了性侵犯的女孩蒂波拉在精神上的创伤；《只要你幸福》则是一个关于爱情的创伤与恢复的故事。在所有这些文本中，布拉米创造了一种凌乱的、喃喃自语的、自我言说式的文体，句子简短而破碎，段落之间充满跳跃、拼接与闪回。支撑这一文体的，则是一个简而又简的叙事结构，在她的文本中，我们几乎看不到通常所谓的“故事”与“情节”，在某种程度上，其中的角色甚至可以说是符号性、结构性的，给人的感觉是，作者似乎只是需要某个“父亲”、某个“母亲”、某个“下一任男友”这些角色，他们往往是面目模糊的、抽象的存在，很少具有可辨识的内在性格与社会特征，无所谓职业、国籍、阶级、种族，也因此不带来冲突与戏剧性。支配着文本发展的，永远是一个创伤性的主题——死亡、爱情、性伤害，及主人公对这一创伤的反复的呻吟、辨认与揭露。

在布拉米的文本中，创伤是绝对的，是在文本开始之前就已经给定的，而文本的内容则是主人公创伤治愈（或无法治愈）的过程。在《无他》的结尾，活着的母亲与女儿从亲人逝去的阴影中走出来，决定“要发明、创新、建造。不再害怕以前，不再害怕以后”。在《只要你幸福》的结尾，伊娃和乔纳森在一起，“他们有的是时间来相爱”。但是，就直接的阅读感受而言，创伤的最终治愈，似乎显得不那么具有说服力，治愈的力量与创伤的力量，两者不具有对等的、可以互相抵消的关系，不论是《无他》中的母亲还是《只要你幸福》中的伊娃，仿佛都是随着文本的推进，而无来由地醒悟了、起床了、充满了新的力量了。这种不对等感，正是因为创伤本身被从个体的具体的生活背景中独立出来，变成一个先于文本存在的、绝对的起点，并且被不断地强调、吟咏。反倒是创伤没有被最终治愈的《他们把她留在那儿》一书，显得更为合理与连贯，也具有更大的叙述冲击力。

但是，在“80后”作家的创作中，保留创伤的文本毕竟是少数。在《质数的孤独》的结尾，爱丽丝回到米凯拉溺水的公园，想象着米凯拉最终从水底下浮上来，游向大海的方向；在《到莫斯科找答案》中的瓦茨拉夫用一个谎言掩盖列娜的追问，最终两者“永远相爱了下去”；在《潜水艇》中的奥利弗与父母达成了和解；伊恩·里德在乡村生活中摆脱了成长的焦虑；在《大沼泽》中的一家人也离开了梦魇般的故乡。不论这些治愈是否足够有力，它们都已经成为文本结构中的必要一环，使得整个叙事得以被完整地封闭在“个人经历”的范围之中，抽象的创伤只能对应着多多少少是抽象的治愈，这双重的抽象正是“写你知道的”这一去背景化的系统规训的结果。值得注意的是，自我治愈性的写作为人们所广泛接受，写作的治愈作用为许多机制所支持，甚至由此衍生了一大批有利可图的产业。也就是说，在系统规训、文本结构与文学市场之间，始终存在着彼此支撑、彼此勾连的结构性关系。这使得我们不得不再一次回到这样的结论，即对系统时代而言，个体性与机制化存在着深刻的共谋关系。

需要注意的是，所有这些对共性的描摹，都不是在否认系统时代作家写作之间的巨大差异。譬如说，同样是书写青春期焦虑，奥利弗的爱情 + 亲情轻喜剧与伊恩·里德的乡村经验显然不可同日而语；同样是相聚—分离—重聚的爱情故事结构，特纳笔下的恋人远不具有乔尔达诺所描摹的那种与生俱来的孤独与疏离感；同样关注族裔与移民，奥布莱特远溯巴尔干的神话传说，而《到莫斯科找答案》则更关注移民后代在美国本土的经验；同样诉诸亲人的逝去所造成的创伤，布拉米的喃喃自语与凯伦·罗素的乡野传奇更是截然不同的两种取径。

以上这些显而易见的差异与多样性表明，即便是在系统时代，文学生产方式的规训，也无法单向地决定文本的内容与特质。“写作根本上是有自传性的，但体系时代的自我又是在写作过程和教育、社会体制中被生产出来的，个人的独创性不是简单的有或无。”新的文学生产方式所尊奉的一些标准与规则，不断修正着对“文学”的想象，它一方面塑造着文学市场的阅读期待，塑造着读者的趣味与偏好；另一方面通过上述各种文学机制，潜移默化地影响着作家——不论他们是否毕业于某个创意写作班——在语言、结构与主题上的选择，使得文本的写作，成为系统规训与作家主体之间不断拉扯的战场，而当代欧美“80 后”文学也正是在这场战争中呈现出他们的差异与共性，在这里，可能性与限制也许指向的是同一件事。

最后说几句题外话。在中国，越来越多的作家进入学院，大学的创意写作班正在逐渐兴起，它是否会带来与欧美类似的系统时代，还有待进一步的观察，因为两者所处的结构性的环境毕竟大不一样。而且，系统时代是否就一定有利于创作，也未可定于一尊。中国的“80 后”作家，如今已经遍布传统文学期刊、文学市场以及网络，他们很少接受过体制化的文学教育与写作训练，只从各自的位置出发，或三五成群，或单枪匹马，在各种媒介中发出自己的声音，这样的“野生”状态，未必不具有它自己的未来。

事实上，不论中国是否适用于系统时代的描述，在中西“80 后”的写作中，我们依旧可以辨识出某种相似性，譬如文学市场的分化、譬如对个体性的重视、譬如治愈性写作的兴起，诸如此类，这些相似性背后是什么样的机制在起作用，同样有待更多的讨论。

我们常常听到类似的似是而非的说法，欧美的作家总是在关注人的命运，关注死亡、孤独等“终极”的主题，不迎合市场的风向。通过上面的讨论，我想至少有一点是我们应该意识到的：影响文学写作的外在因素，绝不止“市场”一种（何况市场本身也不止一种），文学的教育、资助与评奖体系同样会左右文学创作的主题与方法，其方式有时远比“市场”要来得直接。对“死亡、孤独”这些“终极”主题的偏好，在某种程度上，也是与特定的文学生产结构相关的，更重要的是，为这一偏好所支配的写作，也同样会带来种种的遮蔽与缺失。作家总是具体的个人，总要生存、工作在具体的文学领域中，是否只要受到某种机制的影响，就是丧失了独立性呢？或者，我们自己倒应该反思一下对于“独立”的理解。

欧美的“80后”文学，可以作为中国的“80后”文学的镜子，中国的“80后”文学，同样也可以反照出欧美“80后”文学的模样，毕竟，对于任何真正关心文学的人而言，重要的只是差异，而不是优劣。

2012年10月11日

流行音乐、民族寓言与文化研究的可能性

——以《龙的传人》为核心的讨论

1. 作为“第三世界文化的民族寓言”的当代中国流行歌曲

中国当下的文化研究领域对“日常生活”似乎持有一种超乎一般的热情，包括报纸副刊、广告、服装、饰品、厕所、摄影、室内设计、酒吧等在内的一系列都市中产阶级采购清单被放置在“商品消费”的框架下加以叙述，以分析其消费心理、消费模式、消费对象等的特征。

然而问题在于，与费斯克在日常生活中发掘对体制的微观抵抗不同，在这一框架内，“市场”常常被作为一个自明的、独立于政治与意识形态之外的运作单位，生产与消费行为成为“从来如此”的历史现象，而研究者的任务似乎仅仅是对其加以描述。在我看来，这一方式非但无法揭示新的社会条件下政治意识形态与经济过程的复杂关系，抹去了所有消费行为背后的阶级性与政治性，将都市中产阶级的消费意识形态普遍化为整个社会的模板，更严重的是，这些研究通过将消费与市场自然化，重申了现实中消费与市场逻辑的合法性，甚至进一步将学术成果本身包装成文化市场上的产品，参与到市场买卖之中，攫取现实利益：“它们回到日常生活——只是有可能失去批评生活的能力。”

因此，我希望重新引入饱受批评的“第三世界文学的民族寓言性”这一概念，来激活中国当下的文化研究。这一概念的提出，最初是针对西方（第一世界）文学研究中的种种问题，而其在中国之所以具有生命力，本身就体现了中国文学研究受西方范式支配程度之深。这一概念批评了对西方意义上的主体性及其表征的迷恋，质疑了将西方意义上的“公/私”——也即“政治生活/日常生活”——之分，公式化地应用于第三世界文学中的研究套路，

并要求“主要从政治和社会方面”来理解第三世界文化，甚至其心理学（力比多）的部分。在这一意义上，我认为詹明信事实上祛除了覆盖在日常生活中的去政治化迷雾，提示了“日常生活”和“政治生活”之间一以贯之的意识形态操作手法，并展示了揭露这一手法的可能性——批判的可能性。

然而，在将“第三世界文学的民族寓言性”从对文学文本的研究领域引入对文化的研究领域之中，改换为“第三世界文化的民族寓言性”时，我更为关注的是这一概念中的“寓言”一词所包含的潜力，在詹明信的解释中：

寓言精神具有极度的断续性，充满了分裂和异质，带有与梦幻一样的多种解释，而不是对符号的单一的表述。它的形式超过了老牌现代主义的象征主义，甚至超过了现实主义本身。我们对寓言的传统概念认为寓言铺张渲染人物和人格化，拿一对一的相应物作比较。但是这种相应物本身就处于文本的每一个永恒的存在中而不停地演变和蜕变，使得那种对能指过程的一维看法变得复杂起来。

在对能指的多维视角之中，一个确定的能指与一个确定的所指之间的关联需要历史地解释，尤其是在文化研究中，研究对象在动态历史进程中的意义无法通过文本考据学的方法得到阐明，而存在于现实的政治、经济、意识形态关系中。反过来说，现实的政治经济或意识形态结构不断重写着能指的相应物。如果这一点可以成立，那么文化研究的对象，或许正是罗兰·巴特所谓的“可写性”（le scriptable）对象。在*S/Z*中，罗兰·巴特区分了两种文学文本，“可读性”（le lisible）文本与“可写性”文本，并对后者加以强调，他写道：

为什么可写性是我们的价值所在呢？因为文学工作（将文学视为工作）的目的，是使读者成为文本的生产者，而非消费者。我们的文学的特征，是文本的生产者与使用者、拥有者与消费者、作者与读者之间的无情分离，文学体制维持了这一状况。读者因此陷入一种闲置的境地——他是不及物的，简言之，他是庄重的：不行使自身的功能、不去体会能指的魅力、书写的愉悦，他所剩下的，只有要么接受文本，要么拒绝文本这一可怜的自由罢了：阅读仅仅是行使选择权。与可写性相对，便是与其相悖的价值，其消极、对抗的价值：能够让人阅读，但无法引人写作：可读性。

这一论述提示我们，在文化研究中，能指意义的变动不应，或者不仅仅应被理解为各种外在力量对它的挪用或窃取，而毋宁说是其自身的一种打散重组、一种重写、一种新生，它不具有某种本质化的、等待挪用的意义，而是在每一次具体的言说中重新生成自身的意义、重新寻觅其相应的所指。

这就要求文化研究不论在方法上，还是对象上，都必须处于与具体历史进程的缠斗、协商或对抗关系中。换句话说，我所关注的不是对象本身的性质与特征，而是一种文化实践、话语实践的过程。也正是由于这个原因，从罗兰·巴特到詹明信的这一系列论述在被移置入对当代中国的研究时，适合的领域恰恰不是文学研究，而是文化研究：文学失却轰动效应之后，已经愈发离群索居，不再具有与当代社会之间的高度互动关系，从而成为“可读性”文本。而我们生活中的大部分时间消耗在与“严肃文学”无关的大众文化之中，与其在这样的环境下呼唤文学影响力的再度勃兴，不如诚实地面对这一事实，诚实地面对大众文化在现实社会中的巨大作用，并对大众文化这一“可写性”对象做出分析。

正是基于上述理论思考，我选择流行歌曲作为本文考察的对象。不论我们承认与否，流行歌曲作为当代大众文化的核心部分，活跃在当代社会生活的角角落落，并构成我们听觉经验的重要部分。稍加留意就会发现，从农村节日的嘈杂喧嚣到工业大机器的剧烈轰鸣，从城市工地的噪音到商场广播的背景音乐，个人在这个众声喧哗的社会里始终处于各种声响的争夺之中，听觉经验对于现代人的重要性是难以估量的，而在听觉关系中隐现的权力秩序，更足以被赋予与视觉关系同样的重要性，甚至构成一门听觉政治学。

顺着这一思路我们能够更好地思考音乐与流行歌曲。在中国传统的儒学政治中，音乐始终是一个核心命题。对于礼乐的构想与现实的政治秩序之间存在着强烈的呼应关系，而对音乐的演绎与聆听也具有强烈的政治性，关涉着人在社会中的阶层地位、身份认同，甚至道德水准。与此相反，在当代中国的社会生活规划中，音乐与流行歌曲被划定在“娱乐”的范围内，仿佛仅仅作为人们茶余饭后无伤大雅的消遣对象而存在，无涉于任何严肃的、“日常生活”之外的命题。然而，正如上文对“日常生活”的分析所指出的，这一规划与其说消解了音乐与流行歌曲在意识形态上的巨大作用，不如说是将其遮蔽了起来，在下文的讨论中我们可以发现，通过对一首流行歌曲的解读，其背后的政治性、意识形态操作、对聆听主体的想象将一一浮现。

2. 创伤记忆、意识形态修复与主体的国际政治学构造

我所讨论的歌曲是台湾艺人侯德健创作于1978年的《龙的传人》——的确，我刻意强调了“台湾”与“1978年”这两个背景，因为这首歌的创作，正源于双重背景所标定的巨大的创伤记忆。1978年12月16日，中华人民共和国与美国发表建交联合公报，也同时意味着美台之间的“断交”，这对当时的台湾官方而言，无疑是一个重大打击，而民间也同时出现三大规模的移民潮。这一国际政治事件构成了侯德健创作《龙的传人》的基本语境，也正是借助这首歌，我们得以窥探国际政治与个人主体之间复杂的互动关系。

这首歌在创作之初所遭遇的曲折经历是这一复杂关系最直接的表现。1978年的侯德健还是在台北政治大学商科就读的大学生，进入大学之后就创作过一些校园歌曲，12月16日得知断交事件后，大受震动，写下《龙的传人》，并由同学复印散发。几天后，台湾的《联合早报》发表了歌词，迅速引起轰动，这首歌就此声名鹊起，以校园民歌的形式广为传唱。1980年，由“校园偶像”——同时也是国民党高官李模之子的——李建复主唱的《龙的传人》由新格唱片推出，由于受到当局的压力，歌词有所改动。唱片推出之后，在《民生报》的“创作歌谣排行榜”连续15周居冠军的位置，持续高热，并引发高层关注。时任新闻局局长的宋楚瑜在成功岭以《龙的传人》发表演讲，引来一万多名大学生。随后，宋楚瑜亲自动笔改写了这首歌的结尾歌词，并要求侯德健更改原词，遭侯拒绝，引起官方反感，以至于他的作品后来多次遭到封杀。然而《龙的传人》在当时却依旧通行无碍，甚至在1981年，中影推出了影片《龙的传人》，将这首歌融入其政治宣传品之中加以推

广。1983 年，由于受不了当局严格的审查，侯德健潜赴大陆，包括《龙的传人》在内，其作品在台湾全面遭禁。在 2004 年的台湾“民歌 30 年”演唱会上，侯德健与李建复同台演出，还原了当初未经修改的歌词原版面貌。

通过这一简单的历史梳理我们可以看出，对于这首歌而言，我们既无法站在“官方”立场要求“民间”服从统一的意识形态规制，又无法站在“民间”的立场谴责“官方”的压制或篡改，因为自始至终，两者就处于既对抗又合作，既依赖又排斥的关系中。因此，与其费心于立场的选择而执守一种单向度的批评，不如试图从一种更为宏观的层面加以分析。

如上所述，我将断交事件视为一次巨大的创伤体验，那么《龙的传人》风靡一时所揭示的就是这一创伤体验不仅是国际政治层面的，同时也是个人主体层面的，抑或两者本就是一体两面。在这个意义上，《龙的传人》所引起的共鸣，正在于其成功地将这一创伤经验以美学的形式展现了出来，并试图加以修复，而之后的所有修改，都可以视为对这一创伤体验的方向不同的展现与修复的努力。其最初的歌词如下：

遥远的东方有一条江，它的名字就叫长江。
遥远的东方有一条河，它的名字就叫黄河。
虽不曾看见长江美，梦里常神游长江水。
虽不曾听见黄河壮，澎湃汹涌在梦里。

古老的东方有一条龙，它的名字就叫中国。
古老的东方有一群人，他们全都是龙的传人。
巨龙脚底下我成长，长成以后是龙的传人。
黑眼睛黑头发黄皮肤，永永远远是龙的传人。

百年前宁静的一个夜，巨变前夕的深夜里，
枪炮声敲碎了宁静夜，四面楚歌是洋人的剑。
多少年炮声仍隆隆，多少年又是多少年，
巨龙巨龙你擦亮眼，永永远远地擦亮眼，

巨龙巨龙你擦亮眼，永永远远地擦亮眼。

这首歌最引人瞩目的特征，恐怕就是对“龙”这一象征性资源的反复调用。在汉语语境中，从《左传》《楚辞》《列子》《淮南子》《史记》等开始，关于“龙”的记载源远流长，然而，在这些记载中的“龙”，均包含着具体的指向，要么关联着大昊氏、女娲、伏羲、庖牺氏等具体的历史形象，以及特定的种族或部落的历史记忆，要么联系着某个权力阶层，比如皇室与宫廷。可是，在这首歌中的“龙”完全无法辨认出这些具体的身份与特征，它被作为一个不可争辩的起点，一个模糊而庞大的符号，一个抽象且均质的概念——中国（“古老的东方有一条龙，它的名字就叫中国”）。换句话说，这并非对某个传统象征的调用，而毋宁说是一个“传统的发明”（*The invention of tradition*），而这一发明的目的，显然是为了塑造一种共同体的历史记忆，通过讲述共同体自身的起源神话来构建集体认同，并将这种认同转化为面对现实困境时的应对能量。

然而，问题并不在于这一传统是否真实存在，而在于通过这次发明，侯德健想要讲述一个什么样的故事？或者我们应该首先询问的是，这是谁的故事？——谁在借着“中国”的名义讲述自己的故事？

事实上，通过阅读歌词，我们无法回答这一问题，因为不论在何种意义上，我们都无法捕捉到歌曲主体的特征与归属，换句话说，歌曲主体的模糊性正构成了歌词贯穿始终的写作策略：我们无法指认谁是这个故事的主角，正如我们无法指认在当时谁是“中国”一样。这一策略在具体操作中，则表现为两种矛盾的叙述。

一方面，作者通过一系列时间、空间与身份上的区划来提醒人们，“龙的传人”并非一个统一的整体，存在着内部的差别。这一差别包括由“遥远的东方”所暗示的空间距离、由“古老的东方”所暗示的时间分隔以及由“他们”和“我”所标定的身份之别。另一方面，作者又不断强调着“他们”与“我”的集体认同，包括“我”通过“梦”来“神游长江水”的行为、“他们”和“我”之间共同的人种学特征（“黑眼睛黑头发黄皮肤”），以及不断被强调的“龙的传人”这一共同归宿。

要对这一矛盾的叙述给出解释，就必须将其置入具体的历史语境之中做出分析。侯德健祖籍四川巫山，生于高雄，父亲是黄埔军校学生，毕业后在南京总统府警卫团当排长，1949 年随国民党败走台湾。这使得侯德健出生后就处于“眷村”这样一个大陆人聚居的环境中，这一经历给侯德健带来的，是一种“想象的乡愁”，换句话说，虽然没有大陆生活的经验，但在情感记忆与身份认同上，他依旧将整个“中国”——作为一个模糊的、庞大的想象对象——作为归宿，“我”依旧是“我们”中的一分子。这一想象也恰好符合当时台湾主流意识形态的宣传。

在这一背景下重审《龙的传人》，我们可以发现，1978 年的“断交”和“建交”事件对原有身份认同模式的挑战，清晰地体现为歌词中的矛盾叙述，它恰恰表明了在这一创伤之中“我”的自我认同的暧昧：一方面认识到“我”与“他们”的区别，另一方面又依旧执迷于自己“黑眼睛黑头发黄皮肤”的“龙的传人”的身份。

在歌词前两段展现了这一创伤性的撕裂后，在第三段中，作者转向了历史叙述。此时，对历史的讲述具有十分现实的意义，在我看来，这事实上是一种试图修复创伤的努力，也即通过对国族历史的打捞，重新弥合主体的裂痕。在这一冲动中，我们发现了现代主体与国族身份之间的紧密联系：国际政治的动荡导致了主体认同的模糊，而对主体的拯救又诉诸对国族历史的讲述。可是问题在于，任何历史都是特定主体的历史，正是因为歌曲主体的模糊性，歌词中的历史叙述也必然难以清晰。

在歌词的叙述中，作者将中国现代史的开端置于“百年前”，“洋人”用“枪炮”打开了中国的大门，其“炮声”并未终结，反而延续至今。换句话说，中国的百年现代史，是一部“国人”与“洋人”的斗争史，或者说是“洋人”对“国人”的压迫史。通过建构这一对抗关系，作者实际上重申了与“洋人”相对的“国人”的统一性，并借助这一统一性，呼唤某种共同体认同，并以此重振民气。

借助阿尔都塞的症候阅读法，我们可以清晰地发现这一历史叙述中的问题。其中，除了开头对鸦片战争时期的叙述较为明确之外，百年之中的大段历史被“多少年又是多少年”一笔带过，构成了叙述中的重大缺损。对于鸦片战争的叙述是国共双方的共识，可是在“多少年又是多少年”的漫长历史中，“我”与“他们”之间所讲述的是两种截然不同的历史。一旦作者试图进入这段历史，就必须在两者之间做出选择，可这一选择本身正暗示着分裂的存在。因此，只有通过“多少年又是多少年”来将其彻底遮蔽。问题是，这段被遮蔽的历史，究竟是谁的历史呢？

所以，这一历史叙述非但没有修复裂痕，反而将其愈发明显地暴露出来，结尾处不断重复的“巨龙巨龙你擦亮眼”，与其说是对恢复创伤的期盼，不如说是行到无奈处一声声深重的叹息：巨龙擦亮眼以后怎样呢？谁都无法知道。

个人面对创伤时的身份危机隐喻着整个在台湾的国民党当时的历史遭际。1980 年李建复主唱的正式版歌词中，为了避免触怒美方，“四面楚歌是洋人的剑”被审查当局改成“四面楚歌是姑息的剑”。这一有趣的修改表明，对当时的国民党而言，“洋人”或美国人已经构成一种“禁忌”，也就是说，其与“洋人”的关系既非对抗亦非附和，而是压制：压制关于“洋人”的讨论与言说，不论其褒义贬义、正面负面、抵抗跟从，一律贴上“禁忌”的标签，打入冷宫。

不论在心理学领域还是在社会政治领域，“禁忌”始终是一个有趣的话题，它标出了一处深渊、一处逃逸、一处裂纹，在这里，意识形态无法将禁忌的对象纳入自身的逻辑加以解释，不论是给了正面的颂扬，还是负面的贬低，都将使意识形态本身遭遇尴尬，因此，唯有加以封锁才能避免尴尬的出现。对于当时的国民党而言，“洋人”或“美国”正是这样的禁忌。

1978 年，世界依旧处于冷战的格局中，美苏两大阵营的对立在无数局部地区被复制，海峡两岸正是这些副本之一。意识形态二元论是此时的基本政治逻辑，也是区分敌我的主导标准。而正是在这一逻辑中，断交事件无法得到解释，美国与中华民国的断交，既不是美国的投敌，更不是国民党的投敌，两者依旧与社会主义阵营保持着对抗关系，从而无法在二元论中给与恰当的安置，因为它所凸显的是“我们”阵营内部的分裂，这一分裂动摇了原先的二元区划，使得国民党原有的意识形态面临危机，它必须对原有的冷战模式做出调整，必须重新说明自己在国际格局中的位置，必须建立某种新的姿态。

这一取向在宋楚瑜所修改的歌词中体现无疑。

百年前屈辱的一场梦，巨龙酣睡在深夜里，
自强钟敲醒了民族魂，卧薪尝胆是雪耻的剑。
巨龙巨龙你快梦醒，永永远远是东方的龙，
传人传人你快长大，永永远远是龙的传人，
传人传人你快长大，永永远远是龙的传人。

这一修改删除了之前的历史叙述，通过“梦 / 醒”的比喻，呼唤一个全新主体的生长。然而，此种昂扬的基调无法在现实政治中得到落实，与原歌词和现实间密切的互动关系相比，只能被视为空洞的意识形态口号，难以被人接受。

而历史的吊诡就在于，即使拒绝了宋楚瑜对歌词的修改，《龙的传人》依旧在国民党的支持下风靡全岛，甚至为之拍摄专题影片。在我看来，这正是因为《龙的传人》本身蕴含着修复创伤的能力，而这一能力与国民党的需求不谋而合。然而，如上所述，既然《龙的传人》是一首暴露创伤、讲述创伤的歌曲，那么这样一首歌曲何以能够具有修复创伤的能力，就需要在歌词的文本之外、在其具体的实践中寻求解释。

首先，必须在歌词中的“我”和其实际演唱者之间做出区分，歌词中的“我”所经历的是难以弥合的创伤体验，而歌曲的演唱者所做的，则是将这一创伤体验讲述出来，经历者与讲述者之间的差别在于，对于后者而言，创伤体验已经被充分“对象化”了，也就是说，创伤体验在经过复杂的美学处理，成为一首流行歌曲之后，已经成为一个被吟唱、聆听、咀嚼的对象，而这一对象化的过程，事实上是将创伤体验从自身内部慢慢驱逐出去的过程。

在话语实践中，《龙的传人》最初作为校园民歌出现，在曲式上极为简单，而配乐也仅以一把吉他为主，民歌的身份与讲述主体的政治性之间、意境宏阔的歌词与吉他简单的伴奏之间形成一种张力，象征性地表达着个人面对宏大历史变动时的无力。然而，当这种无力由演唱者个人自身来讲述时，这种形式本身却具有一种象征性的力量，表明个人具有讲述——把握、评断——

这一历史事件的能力。

与此同时，对于听者而言，创伤体验不再作为内在危机被经验，而是作为一个外来的、听到的故事被经验，这个故事唤起了听者内心的悲壮感，这一悲壮感来源于个人在面对历史时所感到的无力，在歌曲的口耳相传中，这种无力感成为彼此间互通的集体经验，而关键在于，如果真正的创伤只能以无言的“禁忌”的方式表达，那么，当禁忌被打破，甚至能够对“无力感”进行反复的言说时，创伤已然转为一个外部性的问题。

最终，创伤经验被转化为一种审美体验，主体遭遇的政治问题在美学中得到升华与解决，政治与美学的这种互动在20世纪的中国屡见不鲜。而在这里，民间的表达得到了官方的认可与推广，这不仅因为它成功地完成了国民党通过空洞口号所无法完成的意识形态修复的任务，更因为两者之间的某种同构。

在侯德健的歌词中，将“他们”与“我”的割裂作为创伤体验加以陈列，问题在于，这里的“我”究竟所指为何？在上文的分析中我们发现，这个“我”具有明确且特定的身份认同与政治归属，然而，通过以“我”来喻指台湾的操作，作者抹平了“台湾”这一符号内部具有的异质性：本省与外省的差异、性别的差异、阶级的差异、城乡的差异，构造了一个均质的整体，而这一均质整体恰好为国民党的意识形态宣传所利用，诉诸某种统一的国族认同，长江、黄河代替了淡水河、浊水溪，电影《龙的传人》中对歌曲的调用，也正是在这一层面上才得以可能。

也正由于两者的这一意识形态同构性，当1983年侯德健潜赴大陆后，国民党当局又只能以“禁忌”的方式加以处理，同时，随着这首歌的被禁，《龙的传人》在台湾的故事也暂时告一段落。

3. 春晚：意识形态国家机器如何询唤主体

然而，《龙的传人》的旅行远未终结，甚至将获得更大范围内的聆听与传唱。1985年和1988年，这首歌被两次搬上中央电视台的春节联欢晚会，而其演唱者黄锦波和侯德健，也由此成为大陆家喻户晓的人物。上文提到，离开对于具体语境的分析，歌曲的能指与所指之间就无法建立起有效的对应关系，在每一次演绎的过程中，这些能指符号所唤起的历史记忆与情感对象是截然不同的。因此，本文所考察的不仅是歌曲在唱什么，更是它如何被演唱，是歌曲被操作的空间。那么，当这首关于乡愁的歌曲传到原乡时，会发生什么呢?

20 世纪 80 年代的大陆处于历史的转折之中，现代化意识形态伴随着对 50~70 年代政治悲剧的清算而全面推进，并以对后者的否定作为自身的合法性来源之一。与此相伴的，是在现代化进程中重建遭遇普遍怀疑的国家认同，在阶级话语之外寻找另一种话语方式，通过塑造一种全新的中国人的主体概念，来重新凝聚国家力量，投入所谓现代化的建设之中。

1983 年开始的中央电视台春节联欢晚会（下称“春晚”）正是这种努力的典型表现。在吕新雨看来，春晚之所以获得如此强烈的国民关注，是因为传统节日庆典仪式在现代社会中难以为继，而春晚恰恰满足了除夕夜对一种结构性的仪式的饥渴。特别是电视媒体的高度普及，使得春晚成功地镶嵌到了这个最为重要的节日之中。

而当春晚占据了这一空间之后，便开始自行其是。在这里，对于电视的关注理应被置于讨论的核心地位。覆盖全国的播送网络使得电视具有一般媒体所无法达到的力量，借助电视这一媒介，春晚被成功地植入几乎每家每户的除夕聚餐中。在家庭中心主义的节日聚会中，四四方方的电视屏幕构成了一个隐秘的通道，在家庭内部打开一个暧昧的窗口，使得国家意志得以悄然潜入，成为家庭聚会中隐形的在场者，全家围坐电视机前的场景，象征性地演绎了这一过程中“家—国”之间的复杂关系：一方面，国家意志被成功组织进入家庭生活内部；另一方面，借助同一时间中的同一行为，无数个家庭透过电视这一通道建构了某种“想象的共同体”，由此，家庭也被组织为国家的部分。抛开其与儒学政治中的“家—国”同构之间的深层关系不谈，这一双向组织过程本身，就为国家意识形态的操作打开了一个丰富的空间。

因此，电视上的春晚完全可以被视为阿尔都塞所谓的“意识形态国家机器”，而其任务，就是将电视机前的、分散的、具体的个人，建构为其所需要的主体，在个人与其所生活的现实之间建构一种想象关系，并将这种想象关系注入主体内部。在这个层面上，对《龙的传人》的考察，同时也正是对意识形态国家机器如何询唤主体的考察。

首先值得注意的是两位演唱者的身份。1985年出场的黄锦波出生于香港，18岁时赴美国读书并获得医学博士学位，毕业后开办诊所，1978年开始任美国喜瑞都市议员至1992年，期间连任两届市长、三届副市长。与侯德健一样，除了几次短暂的游历，黄锦波也完全没有大陆生活的经验，两者共同代表了“海外华人”的身份——或者毋宁说，这两者对于大陆的言说，被普遍化为整个“海外华人”群体对于大陆的言说，这大概更符合“代表”一词的本意。顺便说一句，在我看来，黄锦波在演唱时极不标准的普通话发音也时时暗示着他的身份。

“海外华人”这一演唱主体之身份的确立，同时确定了对歌曲内容的理解方式与角度。对于长江黄河的吟唱成为毋庸置疑的乡愁表演——在以张敏明的《我的中国心》为代表的春晚歌曲史中，对“长江”“长城”“黄山”“黄河”等符号的吟唱在这一语境中早已被程式化地解读为对祖国的依恋。从“百年前”至今的历史叙述，也理所当然地被理解为“中国人”逐渐摆脱压迫、寻求独立自强的历史，而末尾的“巨龙巨龙你擦亮眼，永永远远地擦亮眼”则象征性地呼唤着中国在未来的崛起。

从郁达夫那里开始，海外游子对于祖国强大的呼唤就被作为国家认同的表征，问题在于这一国家认同的话语方式在特定的历史阶段中所呈现出的特点。20世纪80年代是中国大陆迅速摆脱阶级话语，全面转向现代化建设的历史阶段，而在改革开放初期，来自海外的资金恰恰大量源于以港、澳、台地区以及北美华人为代表的海外华人社群，在春晚的舞台上展示这一群体的存在，不仅是一种政治反哺，同时也意味着国家认同模式的转变。

在这里，对“国家认同”的叙述已经抛弃了以往以阶级认同为主导的、以无产阶级与资产阶级的二元区划为轴心的话语模式，在“海外华人”对祖国的深情吟唱背后，是民族认同在全球范围内的扩张，而扩张的动力则来自现代化进程的推进，来自中国在世界民族国家体系中的不断卷入。事实上，这一认同模式显然与支配性的“现代化”话语更为契合，国与国的关系被叙述为一个个互相竞争的经济单位。由此，对国家认同的表达，便与对经济进步的推动迅速结合，而市场扩张的行为，也很容易地被叙述为对民族国家认同的实践。

这一全球图景的建构彻底覆盖了以往以“共产国际”“第三世界”“亚非拉”或者“全世界无产者”为核心的样态，标志着从个人生活方式到国家发展道路的全面转型，在政治、经济、意识形态等诸领域的振荡中，一个新的“中国”正破土而出。

因此，这里的“龙”所指称的中国，是一个加速行进在现代化道路上的国家，对“龙”的不断歌颂，正是在将它塑造为一个大写主体（subject），对于这个大写主体而言，它所需要的主体（subjects）也必然是符合其意识形态要求的“现代国民”，而“询唤”操作正是在这个意义上浮现出来。

对这一操作的认识要求我们对其演唱形式做出更深入的分析，比较这两年的《龙的传人》，1988 年春晚的演出显然在“询唤”操作上更为精妙。在 1985 年春晚中，黄锦波孤立地站在舞台中央演唱，唯有在间奏时说道：“请在家里看电视的中国同胞，请在这里的观众，跟我一起唱《龙的传人》。”这一对电视观众的邀约，正是对主体的询唤：要求电视观众也加入《龙的传人》的合唱，即成为“龙的传人”的一员。而在 1988 年的春晚中，这一邀约以更形式化的方式得以表达。首先，演唱者不再处于孤独的聚光灯下，舞台被搬到了一片圆桌中间，歌者则身处于人群之中（事实上，他正是被从人群中邀请出来开始表演的），镜头不断穿过圆桌上的食物与圆桌边的观众定格在侯德健身上，这一视点的转移过程处处仿拟着电视机前家庭聚会中的参与者们所持有的视角，家庭聚会的餐桌仿佛和央视演播大厅中的那些餐桌融为一体，这一拍摄视角的刻意经营强烈地暗示着电视机前的观众与演唱者在时空上的一致性，并以此达到了高度的参与感与归属感。

其次，侯德健也不再像黄锦波一样西装笔挺，而是松垮地大开着上衣，身背一把木吉他，神情悠闲地摇摆着上肢来演唱歌曲。考虑到现场伴奏并未取消，因此，吉他的出现与其说是出于音效上的考虑，不如说是一个象征性的符号，标示着演唱者作为一个现代的、自由的个体的身份特征。同时，侯德健演唱的节奏也完全不如黄锦波那般整肃，处处存在着音调上的变化、延迟等处理，由此体现出的“偶像”气质，使得侯德健迅速成为模仿的对象。

最后，这首歌结尾处的“巨龙巨龙你擦亮眼，永永远远地擦亮眼”被改为不断重复的“永永远远是龙的传人”，不断强化着“龙的传人”的永恒性，或者说身份认同上的坚定——甚至毋宁说呼唤着观众对这一身份的认同。事实上，在演唱前接受主持人采访时，侯德健强调了“龙”是“我们中国人自己”想象创造的，已然表达了对身份认同的呼唤。

不论是黄锦波还是侯德健，在他们的演唱过程中，他们自己以及他们所言说的“龙”始终处于视线的中心，换句话说，那个大写的主体永远处于核心的位置，通过各种内容与形式上的操作，不断将现场与电视机前的个人询唤为其所需要的主体，加入对“龙”的吟唱之中。同时，作为“龙”在现世的显现，对黄锦波与侯德健的认同事实上也正是对“龙”的认同、对“龙”所标示的国家意识形态的认同，以至于最终，所有观众都成了“龙的传人”。

通过这些操作，国家意识形态将观众询唤为主体，即“龙的传人”，而观众也在“龙的传人”中“凝思自己（现在和将来）的形象”（阿尔都塞语）：一个富强的现代国家的国民。这一双向过程即意识形态国家机器的询唤过程，在这一过程中，不同地区、阶级、种族、性别的诉求被收编为国家的现代化诉求，问题是，正如阿尔都塞所说，这一国家意识形态终究只是一种“想象关系”，在现实政治的考验中终究会暴露出其虚假性，从而遭遇失败。

事实上，就在一年之后，这一失败就以极为激烈的形式在中国出现。《龙的传人》也随之以另外的方式回响在一些完全不一样的空间，它的改编与传唱，继续书写着流行歌曲的政治和美学传奇。

4. ipod 时代的听觉变革与文化研究的当下性

当然，对这些传奇的解读始终存有困难，它不仅来自研究资料与空间的不足，在更大的程度上或许来自研究者自身的个体经验的限制。这一限制表现为：研究者往往容易忽视自身与研究对象之间的互动关系的历史性，在本文所议的范围内，就是研究者往往将自身聆听流行音乐的方式抽象化、普遍化为“从来如此”的方式，从而将流行音乐在一种特定实践方式中被生产出来的意义本质化为流行音乐“本身”所具有的意义。然而，对于任何严肃的文化研究者而言，这种“本质意义”都是可疑的，正如上文的讨论所展现的，通过对相关史料的解读与历史场景的建构我们发现，特定的历史语境中的实践方式支配着对流行音乐的理解，反过来说，对于之前的理解方式的分析，也正打开了我们反思自身在当下的文化实践的可能，在历史的比较中，我们才能更清醒地意识到自身的历史特殊性，并对此展开批判。在这个意义上，下文对王力宏版《龙的传人》的分析，同时也是对我们自身的听觉实践的反省。

2000 年，农历龙年，流行歌手王力宏推出新专辑《永远的第一天》，其中翻唱了他的叔叔李建复 1980 年的《龙的传人》。这次翻唱带有强烈的改编色彩，在歌词上，除了调整原词的顺序之外，删去了从“百年前宁静的一个夜”到“多少年又是多少年”的 6 个分句，改之以新编的歌词：“多年前宁静的一个夜，我们全家人到了纽约。野火呀烧不尽在心间，每夜每天对家的思念。别人土地上我成长，长成以后是龙的传人。”（联系到 1978 年时国民党当局对“洋人”的禁忌，“我们全家人到了纽约”这样的表述的出现是意味深长的）并加上一段 rap。

> now here's a story that'll make u cry
> straight from Taiwan they came just a girl & a homeboy in love
> no money no job no speak no English nobody gonna give them the time of day
> in a city so cold they made a wish
> and then they had the strength 2 graduate w/honor
> & borrowed 50 just 2 consummate a marriage under GOD
> who never left their side gave their children pride
> raise your voices high love will never die never die

此外，在歌曲的曲式曲调上也做了大量的调整，唱法更加复杂化，加强了节奏感，并配以大量的电声处理，紧密地贴合了时下的流行风尚。

这样的调整使得我们事实上无法在歌词内部捕捉到统一的意涵，也就是说，歌词内部充满了分裂与矛盾之处，从而使它无法构成一个统一的整体。我在这里所说的分裂与侯德健 1978 年版歌词中体现的“我”与“他们”的分裂不同，侯德健的分裂在逻辑上是可以贯通的、可以被理解与阐述的，而王力宏版的歌词事实上是一种碎裂，或者毋宁说是一种拼贴的产物，其中交织了各种彼此无关的内容：以长江、黄河和龙组成的中国意象群、一对台湾男女在美国的奋斗故事、家族迁徙的记忆，甚至含有“巨龙脚底下我成长”和“别人土地上我成长”这样矛盾的表述。在这些表述背后，指向了族裔身份（王力宏是 ABC）、家族历史（王力宏家族 1949 年由大陆迁往台湾，之后又迁至美国）、乡愁情节、爱情故事、上帝之爱等等要素，这些要素被随机地并置在同一首歌曲内部，抵抗着任何统贯式的解读方式。

在我看来，歌曲内容上显示出的这种拼贴性与碎裂性恰恰隐喻着这个时代的听觉方式。网络与以 ipod 为代表的 MP3 播放器的出现彻底重构了我们聆听音乐的模式，第一，ipod 放开了时间与地点的限制，在 24 小时中的任何时段，在马路边、教室中、公车上，甚至厕所里等任何地方都成为聆听音乐的场所，这一解放彻底消解了任何仪式性实践的可能性，音乐不再与任何特定的场合或环境保持关系，而成为一种可以被随时随地消费的对象。第二，ipod 使得我们对听觉的安排具有更高的自主性，我们可以自主地选择爱听的歌曲、决定播放的顺序、音量大小、暂停或继续，每一首歌的上下文语境都由我们自己安排，播放的方式也取决于我们自己，音乐成为对象，而非我们生存其中的场域。第三，ipod 使得听音乐彻底成为一件“私人”的事情，每个人都用耳机将自己与外界隔绝，取消了任何集体性的存在土壤。这使得歌曲不再能够承担任何共同体情感，而只能诉诸个人化的情绪表达。

仪式性、语境性与集体性的取消使得听音乐彻底进入私人生活的领域，这迫使每一首歌曲的意义都只能由个体自身来决定，出于不同的聆听场合、播放顺序与方式、个人的情感状态，每一次聆听都只能是个别的、特殊的聆听，无法归入任何共同体的逻辑加以解释。这一事实背后是个人在现代社会中的日益单子化，或者说是消费意识形态对社会的去政治化操作：个人被改造为消费者，音乐成为消费品，而消费则成为完全私人性的事件。

正因为消费者是碎片化的，他们投射在歌曲上的情感也是碎片化的，故而歌曲本身也无须具有齐整的内涵，这便是 ipod 时代的听觉变革，在这一变革的背景下，对王力宏版的《龙的传人》就需要不同的理解。譬如，开篇对原版歌词的演唱只是为了唤醒对旧版《龙的传人》的听觉记忆，是在对听者讲述这首歌自己的历史，并且吸引那些对旧版《龙的传人》怀有情感的听者来消费这首改编版本。而中间那段rap的内容，则远没有其形式本身来得重要，换句话说，在这里，有一段rap远比rap的内容是什么来得重要，它的存在标示着这首歌自身的流行音乐身份，也暗示着聆听者的时尚程度。至于最后那段家族史叙述，也纯属演唱者个体的私人记忆。

总之，其所诉诸的对象与情感，完全是个体层面的记忆与认同。对听者而言，不论他是身处台北、上海还是纽约，不论是怀旧还是趋新，都可以从其中各取所需，而与他人互不相涉。然而值得留意的是，在我看来，这样的"各取所需"非但没有——事实上是不能——使得同一首作品呈现出更为丰富的面向与解读的可能，反而会取消任何严肃的意义生产。

正因为ipod构筑了一个与世隔绝的、封闭的、孤独的聆听空间，它并不要求听者与外界的互动关系；相反，它试图隔绝这些互动关系对于听觉经验所造成的任何影响：你可以想象自己与任何一个共同体记忆发生互动，换句话说，它不要求你与任何一个特定的共同体记忆产生关系。对音乐的聆听不再建基于我与他人的特定关系之中，而是完全退回到单子化的个人层面，在这一层面上，没有任何一种意义能够证明自身的有效性，它完全取决于个人的、随意的、临时的决义，所有的意义都可能是有效的；反过来说，也就是所有的意义都是等价的、庸常的、无聊的——我们觉得一种特定的解释具有"意义"，难道不是因为与其他解释相比，它具有某种超越性的地位吗？而正是在ipod时代的听觉实践方式中，任何超越性都无从立足，也即：任何严肃的意义生产都不再可能。

如果说政治的基本意涵指向主体与主体间的特定的关系形式，那么消费主义则根据自身需求创制出了碎片化的主体，并在单子层面制造并回应着主体的需求，从而切断了组织任何群体意义上的、有效的共同体的可能通道，以非政治的名义质疑并消解了政治的价值与可能，而这恰恰是现时代最大的政治。

在这一政治形式的支配下，我们已经无法通过聆听《龙的传人》这样的流行音乐来参与共同体的情感认知，这样的集体经验被视为远古的神话而隔离在我们自身的日常经验之外，这使得我们对历史上曾经出现的文化实践模式充满陌生，也阻止了我们对这些文化实践做出真正历史性的分析，这一缺失反过来又将现有的模式合法化，为其披上了普遍性与永恒性的外衣，并构成笼罩整个时代的意识形态律令。

从詹明信的“第三世界文化的民族寓言”出发，借助《龙的传人》这一通道，我们依次经历了 1978 年、1980 年、1985 年、1988 年、2000 年诸个年份，在当下的意识形态背景中回顾这些时点中的文化实践及其内涵，事实上是一次批判性的文化研究的尝试，旨在对这一意识形态及其主导下的当代中国文化研究提出一些基本的质疑，并试图打开另一种可能。

首先，文化研究的对象不是，也不应是一些固定的、静止的文本，更无法确定某个真正的“作者”，并将他的表述本质化为对象的“真正”含义。正如《龙的传人》的遭遇所表明的，一旦这一对象与现实历史之间产生具体的互动关系，它必然被不断地改写乃至颠覆，而文化研究的真正价值，也正在于这些改写与颠覆之中，它使得研究者需要不断重新构筑历史语境来理解这些改写与颠覆，而对这些历史的把握则为反思当下现实提供了可能。

其次，即使是一些变动不居的文本，也无法通过对改动本身的阅读来判断其改动的原因。换句话说，我们需要跨越文本之外，勾连文本与现实之间的互动关系，在某种意义上，文化研究与其说是对文本及其改动的研究，不如说是对关系的研究，去发掘这些关系的运作形式，以及支配这些关系的历史动力。

再次，始终对一些基本概念的使用保持警惕的、分析性的态度。譬如“主体”这样的概念，如果简单地将其等同于现代的、西方的、以公 / 私、内 / 外之分为意识形态核心的概念，就必然落入误置（mis-placed）之中。在上文的讨论中，我已经清楚地指出了当代中国“主体”构造原则与国际政治学、与意识形态国家机器、与社会运动的实践以及与消费主义原则之间深切而复杂的勾连。因此，这些概念本身必须被严格的历史性地使用，也就是说，一方面借助这些概念进入历史，另一方面借助历史重构这些概念的真正含义，这一双重过程正是所有历史研究的困难与魅力所在。

最后，在我看来，真正的文化研究都必然是“当下的”文化研究，这一当下性要求文化研究者时刻保持一种反思性的状态，反思自身所处时代的意识形态限制给自己造成的障碍并寻求突破，而这一突破本身正构成了对“当下”的批判。在全球化时代，随着西方的文化扩张与全球文化实践形式的同质化，这样的批判性资源越来越少地能够来自空间上的外部（后殖民主义所坚持的正是这一路径），而更多地深藏在时间的外部，也即历史之中。在这个意义上，文化研究领域内的历史研究，始终应当坚持一种“当下”的品格，坚持为现世的文化实践提供一个另类的可能，坚持批判的意识。

关于《龙的传人》，我已经听得足够多，也说得足够多了，我深知，这样的言说无法即刻改变世界、改变我们的文化生活方式，但我们依旧可以期待的是，当人们在下一个普通冬日的早晨醒来时，能够憧憬一种截然不同的生活。

2010 年 8 月 13 日

封闭的"孩子"

——作为"反成长小说"的当代青春写作

如果说在数年前的韩白之争中，闭目塞听的评论家们还能堂而皇之地宣称"80"后作家及其"青春文学"（在没有更为明确的概念出现之前，我们似乎只能权宜性地沿用这两个含义模糊的指称）写作"进入了市场，尚未进入文坛"，乃至"只知其名，而不知其人与其文"。那么时至今日，不论从哪个角度看去——市场销量、作协体制、文学期刊等等，大规模出现的青春写作都已登堂入室，成为新世纪文学版图中一个必须给予正视的现象，期待着更为具体而切实的解释，而非简单地命名归类，甚至贬抑排斥。

在这里，韩寒当初的提醒或许依旧是必要的，"什么坛到最后也都是祭坛，什么圈到最后也都是花圈"，抽离出具体语境，我们或许可以将其视为一个警示，对于青春文学的分析，除了具体文本的细读外，不仅需要回到文学史的语境之内加以比对，更需要走出"文坛"，将其与更为广阔的当代社会意识形态的解读关联起来，在文本内外的交错中理解青春文学的变与不变。

从晚清对少年中国的询唤中经五四一代"新青年"的起起落落，再到"早晨八九点钟的太阳"，乃至"红旗下的蛋"，在20世纪中国文学史的脉络之中，对青春经验、对成长过程中的惶惑、焦虑与伤痛、对此中个人与社会体制之间的或对抗或妥协的书写，始终构成一脉重要的母题。然而，使得这些书写形成一种特定的文类的，绝不仅是其主题的类似，或者作者年龄的接近，更是其结构成长议程的某种一贯的方式。其中，青年的成长之路与整个社会的改良、革命的步伐彼此纠结缠绕，一方面，个体遭遇的困境被描述为社会缺陷的投射；另一方面，个体生命对这些困境的克服以及由此导致的"成长"，反过来也象征着社会整体的改革与进步。社会政治议题对"成长"过程的介入，恰恰是中国文学之“感时忧国”的表达，这一脉络在宋明炜所谓的“社会主义成长小说”——尤以杨沫的《青春之歌》为典型——中达致其最为成熟的形态，而他的分析，也为我们反思当下的青春写作，提供了一个极为有效的反思性的视野。

借助成长小说（bildungsroman）这一批评术语，宋明炜将《青春之歌》置放在由《威廉·迈斯特的学习时代》和《钢铁是怎样炼成的》这路创作所构成的小说类型中，不同于古典小说中“现成的英雄”，这一范畴中的小说塑造了一种“成长过程中的人的形象”，尤其重要的是，对这一“成长”过程的叙述，依赖于一种特定的目的论修辞，透过莫莱蒂的论述，宋明炜指出：“欧洲经典成长小说将人格成熟的最终实现限定为自由个体通过社会化而获得的意味深长的确定性，将‘生命之环’（the ring of life）描绘为内化社会规范的过程，同时也是世界被赋予人性化的过程。通过借用这一叙事成规，社会主义成长小说保留了一种类似的目的论结构：个人的进步完成于‘社会化’，甚或‘革命化’的过程中——或是通过内化革命精神并将其表现在社会斗争中，或是将社会主义规范当作个人不可或缺的意识形态慰藉来加以全盘接受。”

宋明炜审慎地在欧洲经典成长小说与中国社会主义成长小说之间做出了区分，然而对我的讨论而言，更重要的则是两者所分享的某种共性，即不论其最后“内化”的“社会规范”究竟为何，在成长小说中，主人公人格的形成“过程”，都被作为叙述的重点而加以凸显，在这个“过程”叙事中，主人公与诸种具体的社会议题的不断冲突，成为其自身人格发展的契机与动力，这些冲突的结果被沉淀、内化为个体自身性格、气质特征的一部分，个体的时间因而具有某种历史性，也成为有能力不断进行自我更新、自我超越的“成长”主体。

与这样一种成长主体相对，同样是对青春境遇的表达，当下的青春写作或许可以被称为是一种“反成长小说”。正如上文所说，这里的“成长”并非年岁的增加，而是指向一种推动个体时间向前行进的动力，在成长小说中，这一动力表现为个体与社会政治事件的相遇，以及由此带来的对个体与社会的双重改造。然而，在当下的青春写作中，这类社会议题几乎完全付之阙如，而与此相关的，则是个体性格的“成长”性的消失。即使在作为体制的反叛者出现，因而具有最为强烈的“社会性”的韩寒的创作中，我们也几乎观察不到主人公的个体性格、气质、思想立场等主体因素随着时间推进而发生的变化，在《三重门》的一开始，作者就写到“林雨翔这人与生具有抗议的功能，什么都想批判”，换句话说，主人公的玩世、对现实的不平与批判，并不来自现实的不平等的权力关系的刺激与回应，而是一种“与生具有”的能力，随着叙事而展开的，也不是主体对社会事务的介入及其互相塑造，而是固化的主体对固化的社会的嘲讽与不满。这种对称结构更为典型地表达在郭敬明的写作里，其中，对个体的忧伤、创痛的反复咀嚼不仅成为文本推进的主要线索，更被普遍化为某种本质的、从来如此的青春体验，这一操作的痕迹最为鲜明地体现在郭敬明对“孩子”这一概念的反复言说之中。在郭敬明笔下，“孩子”不仅是一个年龄阶段，更是一个可以脱离各种社会关系而存在的绝对纯洁的领域，通过构造出成人 / 孩子的二元分立，郭敬明得以将自身从现实的社会性关系与结构中想象地抽离出来，从而成功地扮演一个内在的无辜者，拒绝“成人世界”的“污染”。

一方面，这一构造在很大程度上延续了五四以来的儿童想象；另一方面，更值得注意的是，这一构造的大规模流行也提示了其与当下的主流意识形态之间可能的合谋关系。在我看来，“孩子”这一范畴成功地抹去了个体的创伤与其社会根源之间的关联，从而建构了一个完全封闭的主体。对于这样一个主体而言，由于无法在具体的社会结构、生活经验，及其背后的权力关系中辨析创伤的来源，因此，他只能将其视为本质的、普遍的青春忧伤而加以领受，甚至将其审美化，并反复观看、咀嚼。同时，正是这种将自身独立于社会的意识形态构型，询唤出了大量自我封闭的、拒绝成长的主体，取消了任何对抗性实践的可能性，从而不断再生产着既存体制下的权力关系。

这样一个由于抹去了具体的社会关系而抽象化、封闭化的主体，恰恰吻合了消费社会的意识形态需求。就文本书写而言，填充主人公主体时间的，不再是一个“成长”的过程，不再是一个主体的自我变更、自我超越的过程，而毋宁说是一个外在客体的“积累”过程。在郭敬明的小说中，我们不断遭遇到各种商品符号，黄平曾逐页整理了《小时代》中提及的各种时尚品牌，在他看来，这份冗长的名单意味着郭敬明笔下的主人公的“日常生活与情感体验，几乎完全被资本所赋形”，而这恰恰是“反成长小说”的必然结果，对于这些抽象化的主体而言，他们的日常生活，唯有通过资本的积累与消费才能表现，郭敬明的这一书写方式，不仅标明了“拒绝成长”的个体时间的扁平化，更意味着成长小说在消费社会到来之后，已然被宣判死刑：在“半张脸的神话”中，人被抽象化为同质性的消费主体，生活的意义变成单纯的财富积累，孩子与成人仅有财富总量的区别，从而取消了“成长”的空间与必要。

然而，青年的“成长”故事并未终结，反而在迅速扩张的微博文化中继续演绎。几乎自其推出之日起，微博便成为一个重要的社会时政信息的发布与讨论平台，在本文的思路中，这一现象所呈现的，正是成长主体与消费主体的复杂关系。一方面，微博提供了一个重新介入社会政治议题的平台，正如那句流传甚广的口号“关注就是力量，围观改变中国”所暗示的，通过想象性地参与国家进步进程，反抗各种不公的权力关系所造成的伤害，主体获得了“成长”的可能性，以及由此带来的意义感与时间感。但在另一方面，这一平台本身也充满了暧昧与吊诡，140 个字的篇幅限制，条目罗列式的操作界面，高速密集的信息更新，都使得参与者很难对一个具体的事件做出细致的批判性分析。因此，微博上的时政讨论非常容易迅速滑向各种善与恶、官与民，乃至地域之间的抽象对立，从而放过了背后具体的不平等的权力关系。结果使得各种社会事件的意义在这种对立中被迅速耗散殆尽，甚至进一步成为被消费的对象。因此，对微博的分析无法在任何一种单一的面向中展开，它所呈现的，或许正是时代本身的复杂性。

对消费社会的批判几乎已经成为陈词滥调，这篇短文所做的，无非是对这一批判之必要性的再度确认。成长小说的消逝，不仅是一种文类的势弱，更是一种界定生活世界之意义所在的特定方式的失落，社会主义成长小说及其意识形态当然不是理所当然的价值标杆，但当新世纪的林道静们整日宅在家中用 iPad 转发着大学教授余永泽的微博发言，成长小说或许能够提供一个参照性的视角，使我们得以理解、定位青春文学写作及其思想构型，而关于“青春”的议题，恐怕依旧会在由这两者所构成的张力之中寻找自身的位置。

2011 年 12 月 21 日

批评《小时代》的方式

一开始，我对《小时代》的态度跟戴锦华老师对《归来》的态度差不多：“对其意义的任何评价只会抬高它。”本来嘛，世界这么乱，穿貂给谁看，直到有人翻出了郭敬明在某个电视节目上的这样一段讲话。

你的生活决定了你看到的《小时代》是什么样子。比如我那天在网上看到，一个初中的小女孩写的，特别触动我。她说：你们都说这个里面拜金，什么全是名牌，她说我一个都没看到，因为我不认识那些牌子。只觉得衣服很好看、姐妹花很热闹、友情很感人。你们知道，是因为你们在用这些牌子，LV 啊迪奥什么的。你们一边用，一边说这样的生活是不对的，这个逻辑在哪里。

拍出《小时代》的人居然讲起了逻辑，也实在是令人惊讶。不过仔细想想，他说得好有道理，我竟无言以对。LV 我是买不起，但淘宝天猫亚马逊，好像也是经常要刷一刷的，电影里人手一件皮草是夸张了点，但 A&F 火起来的时候，我也还是跟风买了两件的。这样一想，真是细思恐极，我也未必无意之中，不吃了我妹子的几片肉呢！骂《小时代》，骂到后来，自己脸上也有点痛了，这是怎么一回事？

凡事须得研究，才能明白。在讨论拜物教的时候，齐泽克写道：人们非常清楚事物的真正状态，他们知道商品—金钱什么也不是，只是社会关系表象的一种具体化形式，在“物的关系”之下存在着“人的关系”——矛盾在于，在他们的社会活动中，他们仿佛不知道这一点，行动上依然遵循着拜物幻象。

也就是说，一边消费，一边骂郭敬明宣扬消费主义，这正是消费主义的运作方式：它并不需要人们去相信它，人们完全可以假装不知道（甚至还可以批评）社会生活早就已经为消费主义所支配这一事实。在淘宝剁手族“再买就剁手！”的声嘶力竭的自我欺骗里，我们难道不是一再看到这种“明知故犯”吗？一面在淘宝上下单，一面在豆瓣网上批判《小时代》，不正是我们的自我分裂式生活的典型写照吗？我们一方面不得不生活在消费社会中，一方面又不愿意承认消费关系正是自己生活的主导关系，在一篇流传甚广的文章里，作者这样批判《小时代》。

不论是你自己的经历还是你的破逼小说就是在告诉读者们：金钱万能，有钱人能帮你。你所教给年轻人的不是努力靠自己过好日子，而是努力钓到金龟婿，努力和天才帅哥交往，努力交到富二代朋友，他们就会在你危急时刻像救世主一样降临，骗家长的钱，帮助你，而且不是用学识帮助你，是用钱帮助你。然后你就会过上好日子，然后你原谅他们的淫乱和无底线，说我们永远都是好朋友啊大家都是贱人啊都不容易啊。最后大家一起快乐地花钱，多么感人的友谊。

问题是，这些难道不都是事实吗？打老虎打到现在，难道还没有为你揭开权贵资本主义的冰山一角吗？我们的富二代、官二代们，可不就像来自星星的都教授一样，浑身具有超能力吗？批评金钱万能论当然是无比正确的，但要让人相信“努力靠自己过好日子”可以成立，就需要更多的东西来支撑，不然很容易变成情怀党，倒向《后会无期》的逻辑。更何况，《后会无期》里的情怀，最后不也拿出来卖了么？不然江河靠什么当上著名作家，让苏米靠在自己肩头呢。郭敬明的批评者们的自我矛盾正在于，他们一方面无法否认自己身处于消费社会之中，另一方面却又幻想这一社会依旧在按照“努力靠自己过好日子”这样的按劳分配的原则运行。问题是，事实恰如皮克迪在《21世纪的资本论》中所揭示的那样，资本收益的巨大差距，早已取代了按劳分配，而将当代社会分裂成了两个世界，造就了有产者与无产者之间的彻底断裂，在这一境况中，批评者们眼中的变态炫耀——譬如每人一件皮草，不过是郭敬明们的日常生活而已。换句话说，在资本主义消费社会里，金钱当然是万能的，“心若在，梦就在”才是无耻的骗局。

消费主义不是意识形态幻象，否认消费主义对生活的掌控才是幻象。所以郭敬明才可以义正词严地问：“你们一边用，一边说这样的生活是不对的，这个逻辑在哪里。”当郭董、郭总、郭 CEO 掰着手指告诉你，“我的公司每年创造几亿码洋，我交的税，上海的街道、地铁、林荫道都能看到我的贡献。我维护着手下六十多名员工不至失业，我让我的作家们生活得更好”。这个时候，他所呈现出的逻辑恰恰是自洽的：不论是他的生活，还是他的电影，其意义都是通过“码洋”来衡量的。对于郭敬明的批评者而言，除非更进一步地去彻底否定“码洋”的所有意义，否则，他们对《小时代》的否定，将永远是自我矛盾的。

在这个意义上，郭敬明恰恰是那个说出皇帝没有穿衣服的小孩——好吧，他永远是小孩。《小时代》端到人们眼前的，正是人们假装不知道的那个事实：我们除了消费生活，并没有其他的生活，除了消费主义，并没有其他的主义；除了消费社会，并没有其他的社会。除非否定自己的生活方式及其结构性基础，我们无法真正撼动《小时代》背后的主导逻辑。这就好比看 A 片，人们必须假装不知道演员的高潮是假高潮，才能获得快感，而《小时代》告诉我们的是，除了假高潮，已经没有其他的高潮了，所以，与其反抗，不如让我们好好享受吧！爱本是泡沫，如果能够看破，有什么好难过的。

在这里，要消解自我矛盾，与其否认金钱万能、否认 LV，更为有效的做法反而是跟随郭总的脚步，拥抱金钱，拥抱 LV，我们应该追问的不是“你这样对吗？”而是“为什么不是我？”——为什么“我”买不起 LV？为什么“我”没有金钱？为什么底层阶级的努力换不来好的生活？财富的分配机制出现了什么问题？ 1% 和 99% 之间的对立究竟因何发生？资本主义为什么必然造成两极分化？

只有在这时候，人们才能发现，即便只有假高潮，那也是郭敬明们的高潮。只有他们，才可以把消费当真；只有他们，才可以让人真的相信消费可以主导生活的意义；也只有他们，才可以毫无矛盾地生活在消费社会之中。而对于资本主义消费社会中的无产者而言，消费能力的匮乏是一种必然，是消费社会得以维系的结构性基础，如果说消费可以带来意义，那么无产者的生活便注定是无意义的。

郭敬明的批评者们往往重新建构起一个按劳分配、多劳多得的乌托邦，以此否定《小时代》的拜金主义。而这样一种乌托邦式的批评并不具有真正的力量，它无法证明自身的道德原则可以实现于当下社会；相反，它常常遮蔽了资本主义消费社会中的阶级断裂，以及造成这一断裂的政治经济逻辑，从而带来了更多潜在的危险：它将我们的注意力引向了对某个写作者的道德谴责，并由此放过了体系性的贫富分化。

罗兰·巴特在对《码头风云》的解读中指出，揭露个别资本家的残暴，将使我们心安理得地生活在资本主义剥削体系之中。体系的恶被转化成个体的、可清除的小恶，从而遮蔽了问题的根源。对郭敬明的批判同样面临着这样的危险，一旦我们将他视为一个“例外”，一个偶然的拜金主义者，那么，对他的批判就有可能成为一个神话，仿佛将他批倒，我们所存在的社会就将毫无问题地运行下去。

与这样的神话相反，在我看来，批评《小时代》的关键，并不在于控诉郭敬明个人的拜金主义，而应将其视为消费社会的一个结果、一个症候。《小时代》以其对奢侈品的毫不掩饰的跪舔，指向了我们自身所生活的社会的内在法则，它甚至不再试图像《来自星星的你》一样，将资本的万能包装成某种外星人的超能力，而是以一种近乎野蛮的方式，它赤裸裸地揭示了阶级分化的事实存在，迫使人们去直视现实制度的剥削与压迫，由此，它将自身死死地钉在了社会断裂的缝隙处，深深地刺痛了人们在这一断裂面前的无力感，并提示着我们去不断反思断裂的成因与后果。

2014 年 8 月 18 日

去宜家睡觉

宜家商场的格局是和别处不同的：都是当街一个蓝底的大招牌，走进去，电梯直送四楼，顺着地上的标记往下逛——“逛”字其实不太准确，方向与道路都已经规定好了——有闲心的人，这看看、那坐坐，如果你愿意一层一层一层地剥开它的心。像我这样的，目标明确又赶时间，就比较痛苦了。昨天想去买个靠枕，结果不得不从样板间开始，一路经过沙发、书架、烛台、盆栽、厨房七件套和木质玩偶，穿越壮观的提货仓库，（景观社会！）向前向前向前，才终于得见美丽的收银小姐。一入侯门深似海，半小时内出不来。

商家对于消费时间的欲求，当然不是什么新鲜事。通过货架的摆放顺序、电梯位置的设计，重新结构空间，甚至隐蔽窗口，控制灯光，让人无法分清外面的是黑夜还是白天，以此诱导消费者尽量多地在商场停留。这些手段，虽然早经文化研究者反复批判，但至少保留了某种“自由选择”的幻觉，保留了消费者可以“中止”消费时间，随时退出消费空间的可能。这种可能性，被菲斯克提炼为一种对资本主义的微观抵抗策略。他对诸多身处购物广场，而不进行购物行为的团体——如游荡的青年或纳凉的老人——进行了分析，并指出，虽然店主希望购物广场利用者会成为真正的经济消费者，但对于会是哪些人，会有多少人，这样做的人会有多频繁，或能带来怎样的效益，他们却完全无法控制。因此，他乐观地表示，购物广场是这样一种地方，在这儿，强者的策略最容易受到弱者的巧妙袭击。

如果说菲斯克的分析在传统的商场中多少可以成立，因为商家的策略尚且停留在诱导、促销的层面，所在乎的是将消费时间转化为消费金额的效率，那么宜家的出现，则宣告了这种乐观主义的破产。在宜家，不论你是否消费、消费多少，也不论你何时何地决定退出商场，都必须经由唯一的路径，遍历所有陈列的商品，在这个过程中，即便对商品你不看一眼，（但这是可能的吗？）也必须付出相应的时间，才得以全身而退。也就是说，遍历宜家的这半个小时，是所有进入商场者所必须付出的时间，是无论如何也无法缩短的坚硬的时间。这就使得消费时间的付出成为一种强制性的付出，成为一种必然——或许我们可以称之为“社会必要消费时间”的付出。商家当然知道，这些时间不可能完全转化成消费金额，换句话说，这里面包含着大量的“剩余”时间。同时，商家也知道，这种剩余时间的强制积累，完全有可能带来消费者的厌恶心理，乃至对消费金额的伤害。但是，正如齐泽克在作为“超出标准满足的纯快感剩余”的可口可乐身上发现了强制性商品消费的真正动力，宜家对“剩余”时间的要求，也正提示着当代消费主义的秘密所在。

在这里，对消费时间与消费金额之间转化率的准确计算与控制并不重要——这仅仅是一个消费心理学的问题。当菲斯克将转化的失败描述为一种对消费主义的抵抗时，他并没有意识到，这些不购物的团体，他们的主体欲望形成于消费空间之外，因而有能力以自身的主体要求为纲，将消费空间组织进自己的议程之中，对于他们而言，消费空间与外部空间是连通的，主体可以依自身的意志随时在两者之间来往。但是，“社会必要消费时间”的关键在于，它是一个没有外部的时间，它是一段强制的、封闭的、隔绝的、无法逃逸的时间，是消费时间对生活时间的强行转写。社会必要消费时间的出现，或者说，对社会必要消费时间的强制要求，标志着消费时间开始取代消费金额，成为当代消费主义发展的核心目标。土豪们短时间内的一掷千金，已经无法满足当代资本主义的要求，鲍德里亚曾说，我们将进入“消费”控制着整个生活的境地。而宜家提醒我们的是，这种控制正是经由时间的改造而实现的：人的全部生活时间，将被完全改造为消费时间。

宜家的策略，以一种非常原始的、赤裸裸的形式，展现了这一改造的过程：借助商场空间的设计，它将每一位进入商场的顾客生命中的至少半个小时，强行封锁在商场内，成为纯粹的消费时间。然而，正由于其粗糙，它才得以让我们意识到它的存在。在宜家之外，这种改造以更为精致的方式时时刻刻上演着——我说的正是移动购物app、支付软件，以及将来的可穿戴设备。

城市消费主义的兴起，曾以大型购物商场对城市空间的占领为最显眼的标志，其中的典型，正是鲍德里亚笔下的那座“欧洲最大的商业中心”帕尔利二号，它并非占领城市，它就是城市。在那里，人们不仅可以买到从鞋到机票的所有东西，看到保险公司、电影院、银行、医院、展览馆，更重要的是，此地一周七天，日夜开放，“人们不再是时间的奴隶”。在鲍德里亚看来，“这种对生活、资料、商品、服务、行为和社会关系总体的空气调节，代表着完善的‘消费’阶段。其演变从单纯的丰盛开始，经过商品连接网到行为与时间的总体影响，一直到内切于未来城市的系统气氛网”。在这个商场—城市中，人们“处在作为日常生活的整个组织、完全一致的消费场所”。

而现在，马云已经开始全面取代王健林，商人们甚至不用费神投资兴建如此庞大的商场，移动购物的疯狂增长，正在将所有空间时间改造成消费空间时间。在“8 小时工作，8 小时睡觉，8 小时消遣”的标准时间分配中，传统消费主义曾经通过电话推销入侵工作时间，通过户外商场占领消遣时间，通过电视广告占领睡前时间。而现在，一部手机便几乎完成了所有工作，并且更为出色。人们盯着屏幕从办公室出发，乘坐地铁（想想手机是如何迅速地消灭了时代报吧），回到家中，手机贯通公共领域与私人领域，抹除两者的界限，取消两者的功能，侵占所有时间。在这个过程中，人们得以不与外界空间发生有意义的联系，将自身完全封闭于由移动设备所提供的符号世界，一个标准的鲍德里亚意义上的拟像空间之中。在对麦克卢汉的“媒介即信息”的再解读中鲍德里亚提到，媒介所提供的，并不是通过音画展示出来的内容，而是与这些传媒的技术实质本身联系着的、使事物与现实相脱节而变成互相承接的等同符号的那种强制模式。

借助网络技术的不断升级，这一强制模式全面渗透进入人们的公共与私人生活，它使得资本主义终于有能力构造一个没有外部的消费时间，换句话说，社会必要消费时间，终于有可能全面覆盖、取代生活时间，甚至完成前网络时期不可想象的，对睡眠时间的征用——随着可穿戴设备的发展，人机交互技术的应用，以及睡眠管理软件的升级，我们完全有理由想象《盗梦空间》在未来的实现：睡眠管理软件将有能力在我们的梦中植入广告，而消费主义正是我们时代最伟大的造梦师。

这或许正是为什么詹明信会认为，当代的乌托邦可能性，仅仅存在于学校或是军队之类的空间里。消费主义已经在日常社会中构造了自身的总体性，完成了对生活世界的殖民，仿佛一个从入口走到出口需要 24 小时，甚或没有出口的宜家商场。移动设备有能力将主体封闭在消费主义的拟像世界中，生活结构成为纯粹的能指结构，从而取消他/她与真实界的沟通可能。在这里，我们所面对的不是主体的异化，而是主体的真正空洞，它被悬空、被搁置，被取消了遭遇真实、建构想象的能力，在至大无外的消费社会中，主体仅仅成为消费符号的随机组合。

也正是在这个意义上，我们才能理解齐泽克的如下洞见："与认为新媒体将我们转变为被动的消费者，只会盲目地盯着屏幕的通常观点相反，我们应当说，所谓新媒体的威胁，在于这个事实：它们剥夺了我们的被动性和我们真正的被动经验，并因此使我们有可能展开盲目的疯狂行动。"这些"疯狂行动"事实上并不触及主体，也因此不带来任何的"被动性"。换句话说，在这样一个所谓"物欲横流"的社会里，其实并不存在真正的欲望。我们的疯狂消费，或许仅仅是因为当社会必要消费时间的扩张几乎吞噬了所有外部之后，我们除了消费，几乎无事可做而已。

前段时间爆出所谓顾客在宜家的沙发或床上"蹭睡"的新闻，引起了一番关于公共场所行为规范的讨论。"蹭睡"这件事，或许又会被菲斯克当作弱者的抵抗策略之一，但真正的问题在于，当生活时间不可阻挡地被改造为消费时间，我们难道还有可能睡在消费空间以外的地方吗？当我们躺在自家床上抱着电脑刷淘宝的时候，卧室不是已然变成一个消费空间了吗？在宜家睡觉，恰恰表征了消费主义对生活世界的改造，早已取消了公共领域与私人空间之间的界限。归根到底，我们所生活的空间与时间，正在移动技术与消费主义的统治下，逐渐被改造成一个巨大的宜家商场，它没有入口也没有出口，它是一座逛不完的商场，一次 24/7 的消费之旅，一个美丽新世界。

2014 年 7 月 30 日

第二辑　文本与历史

书业的旧梦

——近代上海书业同业组织考

中国文学的近代变革是一个漫长而庞杂的进程，在这一进程中，文学活动所包括的作家、文本、读者三个基本要素都经历了巨大的变迁，过去的研究较多地着墨于作为创作主体的作家，考察其生平、思想与文学创作之间的关系，对文本的考察也更多地展现其思想倾向抑或是语言特征，而以“接受美学”理论为指导的读者研究，则侧重读者群体的教育背景以及对文本的不同反应。这些当然是极为重要的领域，然而对于文学的近代变革而言，还有一个同样重要的关键之处，即文本的制作传播方式的变革，它一方面连接着作家与读者，另一方面也潜移默化地影响着两者创作与接受文本的方式。

文本的制作传播方式受制于社会的物质生产水平与制度环境，其变革也直接源于整个中国社会在近代所发生的转轨，也即通常所谓的“现代化”。一般认为，中国文学的现代化在文学体制的层面表现为传播方式与文学市场的商业化，包括现代报刊业的创生与出版业的革新。中国文学的现代化催生了“文学市场”，而“文学市场”一旦出现，就开始以自身的逻辑不断繁衍发展，更加速了中国文学的现代化进程，两者互相促进、彼此依赖。

然而，仅仅以“文学市场的商业化”来描述中国文学的近代变革是远远不够的，如果不加以更为细致的分析，便只能流于一种宏大叙事，缺乏解释真实历史的能力。近年来出现的大量以晚清至民国的报刊为对象的研究成果，正是试图在更为具体的层面，不断充实着我们对文学市场的“商业化”这一过程在历史中的复杂样态的认知与理解。这些研究的出现，一方面是由于报刊与近代小说之间紧密的关联，另一方面也是由于报人与文人两个群体间巨大的重叠。然而，这两重联系在极大地方便了研究者在既有材料的基础上继续推进之外，也造成了一定程度上的遮蔽：除报业之外，文学市场上另一重要行业——书业的研究，似乎显得相对冷清。

报刊的连载小说固然能够吸引大量的读者，一篇优秀的连载小说甚至能引来整个社会的追慕，然而一个稳定的文学市场，还是以书籍的出版与买卖为主导的。因此，对书业的研究应当获得更大的重视。

上文提到，文学市场的产生在很大程度上源于中国社会的现代化，而作为现代化的桥头堡的上海，也正是近代中国文学市场的重镇，这种“重”不仅表现在其市场的庞大规模、从业人员的数量以及文学产品的产出均独占鳌头，更表现在文学市场体制本身的成熟程度。中国古代就存在个别的出版机构，通过印刻各种作家文集、诗文选本，甚或科举制艺文来谋取利润，如果说在近代以前中国是否存在一个“文学市场”依旧是一个有待考察的问题，那么在近代以后，这一市场的重要地位就毋庸置疑了，作为一个现代经济部门的书业，在某种程度上可以视为晚清以来的特定产物。

可是，在目前的书业研究中，学者们更多地将目光投向了国家的种种法令政策，以及个体书商，尤其是那些历史悠久、实业雄厚的大书商——如商务印书馆、中华书局、开明书店等——在实际历史中的运营状况，然而，通过“国家—书商—消费者”这一线索来把握近代的文学市场体制显然是一种相当简化的看法，它至少忽略了一个极为关键的层次，即由书业同行所构成的同业组织。作为文学市场体制近代化的一个重要标志，书业同业组织在国家机器与个体出版者之间，开辟了一个相对独立的领域。向上，它虽然需要遵守国家的政策条文，但本身并不代表国家意志；向下，它虽然需要迎合读者需求来谋求赢利，但同时也培育、塑造着市场的取向与读者的口味。

本文所讨论的上海书业商会与上海书业公所正是这样一种同业组织，通过对其构成、职能与运作模式的讨论，希望能够展现书业的变革之一斑，并借助这一初步讨论，引发更多的关注，从而拼上中国文学近代变革的历史图景中这缺失的一块。

1. 行会与近代同业组织

上海最早的书业同业组织是成立于1905年10月的上海书业公所，前身是上海书业崇德公所，系1886年，由朱槐庐、黄熙庭、卫辅堂等在同业中募捐一千余元，仿苏州崇德公所，在新北门老街（今丽水路）创立的，其成员多为自苏州迁来的旧书业者。1905年10月，叶九如、夏育芝、傅子濂、裴蓉卿、席子佩、陈泳和、华心斋等人重新组织公所，租浙江路小花园街口12号为所址，制定章程，取名“上海书业公所”。

“公所”这一名称在传统社会中通常用来指称行会组织，“ 商人为自卫，初则互相扶持救济，进而计共同利益之增进……中国社会经济之能有今日之相当发达者，不得谓非会馆、公所等所谓帮的组合制度之适应我国旧时经济组织也”。在中国古代漫长的工商业发展过程中，行会起到了重要的作用，就一般情况而言，传统行会的主要功能与作用，一方面在于通过限制招收和使用帮工的数目，限制作坊开设地点和数目，划一产品价格、规格和原料分配，统一工资水平等措施，“防止业内和业外的竞争”，垄断市场以获取利润，如1904年湖南武冈书业同业订立的书业条规就规定：学徒期为三年，中途而废者，同行不得雇用；另一方面，由于会馆或公所成员一般都是同乡商人，因此，行会还经常通过举行祭祀等活动，联络乡谊，笃实乡情，并救助穷困或年老的同乡。

也就是说，传统的行会由业缘与地缘双重关系所构成，体现出鲜明的封闭（垄断）性与地域性。然而，近代资本主义在中国的迅速扩张使得这一“适应我国旧时经济”的行业组织失去了生存的土壤。尤其在近代上海，五方杂处的移民城市格局使得行会无法继续保持以同乡人员为主要成分，而市场的膨胀与资本的不断流入也使得行业垄断变得难以为继。这一方面导致了原有的行会被迫做出种种调整，另一方面也召唤着新的行业组织的出现。

如果说上海书业公所是前者的体现，那么成立于两个月后的上海书业商会则可被视为后一种情况的代表。然而，两者事实上都是为了适应近代上海文化市场而设立的行业组织。上海书业公所和上海书业商会“既不对立，也不合作，会员也大部分相同。如果要把它的性质加以分别，可以说书业公所是完全旧式书业同行的团体，书业商民协会是灌输新知识的书业同行的团体”。

上海书业商会由俞仲还、夏颂莱、席子佩等十余人发起组织，正式成立于1905年12月，设会所于三马路望平街。会员包括文明书局、开明书局、点石斋、商务印书馆、广智书局、昌明公司、中国教育器械馆、启文社、新智社、会文学社、通社、新民支店、群学会、东亚公司新书店、彪蒙书室、时中书局、有正书局、小说林、乐群书局、普及书局、鸿文书局、新世界小说社等四十余家，以出版新书和教科书的书局（店）为主。

上海书业商会成立之初制定了会内章程，体现出与传统行会之间的鲜明区别。该《章程》第一章总纲共计三条，第一条写道："本会系上海书业同人公同设立，命名'上海书业商会'。"第二条写道："本会以联络商情、维持公益为宗旨。"第三条规定了会所地址。

可见，在总纲中，上海书业商会明确地宣示了自己作为行业公共组织的属性，在组织基础上强调"公同"，在组织目标中强调"公益"，这一属性落实在具体操作中则表现为对入会与出会条件的规定。《章程》第十条写道："新开之店可随时报告，有该店代表人签名簿上认纳月捐并缴入会费即可认为会员，旧店新入会或出会复入会者亦然。"第十一条也写道："反会员苟有意见不合之处自愿出会者，具函声明出会理由即可作为出会，唯捐款概不给还，已出会后不得与闻会事。"不论对入会还是出会，都几乎没有强制性的门槛，上海书业公所的章程同样如此："凡上海一埠内关于图书业之商家，无论木板、石印、铜版、铅版，庄局、坊店以及各报馆、仪器馆之兼售书籍者，皆当认为同业。"

这在事实上打破了传统行会所具有的地域性与封闭性，由于其不再以同乡为主导，各种祭祀与联络乡谊的职能无以为继，情感的联系也被圈定在"商情"的范围内。更由于其自愿入会的开放性，使得它更倾向于寻求整个书业的整体利益，希望带动整个行业的共同发展，而非维持少数人的垄断利益。近代上海书业同业组织打破了族群、地域的壁垒，同时，整个《章程》中也没有对政治理念或思想倾向提出规定，由此我们可以说，它已然转化为纯粹的现代商业组织，与传统的行会截然区隔开了。

2. 上海书业同业组织的内部结构

面对着清末复杂的政治经济变动，上海书业商会所承担的社会经济职能也日趋繁复，这就要求其内部发展出相应的组织机构，将会员、职员、经费、会议等内部要素组成一个有序的有机体，来应对面临的诸多任务。

首先，在基本的制度结构上，传统的行会通常采用司月制，即由行会成员公推司年、司月和执事各一位，轮流主持会务，而推举的理由，则只要是从被推举者的威望、资产以及品性方面考虑。清末的有些书业同业组织继承了这一制度，1886 年上海书业崇德公所创议的八条规程中的第三条规定："司事宜轮流也。举同业中公正之人，挨季轮当以稽出入；另定司月，经理收捐、给发钱洋诸务。"湖南长沙书业条规也规定："择举总管值年，必须殷实老成，方可充理，每岁更换，轮流交接。"但是，这一具有极大随意性的制度显然无法适应上海书业的要求。因此，上海书业商会所采取的是会董制，设正会董一名，对内综理全会事务，对外代表全会举动，设副会董两名，协助正会董不逮之责任，并在正会董因事不到时，代行正会董之责任。会董之下，设有负责各项事宜的专任职员，职员之下则是基本构成元素会员，不设监督机构。

与司月制相比，会董制的分工更为明确，权责更加清晰，虽然内部的权力制衡机制要等 20 世纪 30 年代之后才逐渐形成，但此时的上海书业商会显然已经具备了较为完善的组织架构。

其次，上海书业商会对会员的资格、义务与权利做出了明确规定。文学市场建立之初，书业规模较小，因此，除了书店之外，与之相关的印刷处、仪器、文具店之全权代表人也能加入书业同业组织，只要他们符合所在的店"照章缴纳捐款""本国籍"以及"到会之时须认有该店全权之资格"的条件即可。

这些会员的义务包括"担任本会之经济""尽识见所及筹议本会之事务"以及"如被举为职员应尽力其职务"。而其权利则包括"决议权及选举权""被选举为职员”以及当需要伸理、担保或是著作权受到侵犯时，委托商会出面相助。

除了店家之外，“各店执事及各著译家之表同情者”都被认为是“会友”，除了经济和议决、选举权外，与会员一律待遇，“亦可为推举职员”。

除了会董、会员与会友之外，各职员所担负的责任也被加以明确，除会董外的职员还包括评议员、会计员、书记员、干事员、司事、杂役，对其职责、人数、产生办法与报酬的规定详参下表：

职位	职责	人数	来源	是否支薪	备注
正会董	对内宗理全会事务，对外代表全会举动	1人	投票选举产生	否	—
副会董	协助正会董不逮之责任，并在正会董因事不到时，代行正会董之责任	2人	投票选举产生	否	—
评议员	评议事理、解决问题	4人	投票选举产生	否	须会董认可、会员多数公决然后实行
会计员	筹度经济、综理出入	1人	评议员推举、会董认可	否	特别用项须评议员认可、会董签字方可支付
书记员	掌理往来书信、记事、记言及草拟紧要文稿	2人	评议员推举、会董认可	否	日常文件必由司事呈阅认可始可施行
干事员	承受会董许可实行各事务，开会时并料理招待	4人	评议员推举、会董认可	否	—
司事	司银钱笔札等事	若干	妥人引荐、经会董同意	是	非受会计员、书记员之许可，不能径自行事
杂役	受各职员之指挥，服执役务	若干	雇用	是	—

除由各职员分掌商会日常事务外，整个商会的各项决议则通过定期或不定期的会议来形成。上海书业商会的会议分为例会、年会、临时会与职员会几类，例会一年四次，年会一年一次，临时会遇特别事件则开，而职员会随时可开。通过各个等级的会议，决定商会的应办事件，以及职员的改选或连任。与推举

制相比，决议制与选举制反映了行业组织机构内部民主程度的提高，值得注意的是 1905 年《上海书业商会章程》第二十九条的规定："每家只能有一代表人，各有一决议投票权。"这一规定使得各会员能够充分地反应各自的意见，会员间并不因为资本、规模或者捐款数额的大小而有决议权上的多少之别，而在 1924 年修订的章程中，决议、选举的权力则取决于资本与月捐的数额大小，数额越大，权数越多，这使得少数实力雄厚的企业有能力左右商会的决议，从而损害了其内部的民主。

最后，作为非营利性的行业组织，上海书业商会的运行经费，除了新入会者应缴入会费五元外，基本上都来自各会员的月捐款项，并且对月捐数额不做具体的限定："每家自四元至三十元止，量力认定、按月缴纳"，如有增减，在年终大会上声明即可。如有意外情况需要用钱，先须开临时会加以表决，多数认可后、按月捐比例摊派于各会员。

在开支方面则把关甚严，常用费用由司事支付，月终由会计综核盖印。特别费五元以上须经会计及干事员认可，五十元以上则须经会董认可。所有花销会计员均会按月报告，并刊印年终报告分送各店。

综上可见，上海书业商会已经建立了较为完善的内部建制，足以能够担负起同业组织的种种职责，一方面通过会内手段调节行业内部的矛盾纠纷，另一方面则对外为整个行业争取更大的空间与利益。事实上，包括上海书业商会在内的上海各书业同业组织，均在建立之后就开始发挥越来越大的作用。

3. 上海书业同业组织的职能

对于同业组织的职能，《上海书业商会章程》第四条记载了三项："遵照著作权律维持版权""联络会内会外及他处同业""谋同业之公共利益"，上海书业公所也以"以联合同业，厘定规则，杜绝翻印，稽察违禁之私版，评解同业之轇轕为宗旨"。从这些宗旨可见，对于当时的书业同业组织而言，首要的任务就是协同打击盗版。

文化市场的商业化进程初期，由于市场制度的不完善与法律法规的缺位，不可避免地处于稍显混乱的状态，而其中对书业造成最直接伤害的，便是防不胜防的盗版与私印，“版权之事，我国向不知尊重，贪利者流往往抄袭成书，冒仿翻刻”。严复就因此上书，呼吁清政府保护作者与出版商的利益。然而，国家第一部正式的版权法规《著作权律》要等1910年才颁布实施。在此之前，在文化市场中打击盗版私印，维护行业整体利益的主要力量，便是书业同业组织。以上海书业公所1906年所处理的版权纠纷为例。

发生时间	版权纠纷产生原因及简要经过	调处结果
1906年4月29日	宋鹤林之父曾向东文书社租印《支那通史》《东洋史》要两书，东文书社于1900年将两书版权售与魏天生，1906年3月间，宋翻印《支那通史》，侵犯了魏的权益，诉至公所。	公所竭力劝解，和平了结，由魏给洋125元，宋则将翻印书籍送交公所，由魏销毁，并保证以后永远不再翻印。
1906年5月14日	龙文书局杜鸿高翻印文明书局《中国历史》2000部，事为文明书局查获。	经公所调处，翻书2000部焚去，罚洋5元。此系章程为定妥以前，格外通融。
1906年5月31日	鸿文堂于1906年3月当公所章程甫议未曾宣布之际翻印千顷堂《芥子园画谱》1500部，公所调查属实。	凭公证人理处，着鸿文堂给千顷堂芥子园200部，以作版租，另送50部与公所助作经费。
1906年6月2日	胡爕堂翻印支那书局最新《华算数学》15批，每批2000张。	公议罚胡爕堂136元，由支那书局交公所一半，翻印之书由支那书局如数取回了结。
1906年6月14日	彪蒙书室购鸿文书局《速通灵字法》版权，书已销完。但查得局中伙友私下多印2000部，侵犯彪蒙利益。	鸿文书局补缴租印费64元，多印书籍尽数交与彪蒙收回，以保全利权。
1906年6月14日	文兴局翻印文明局《笔算详草》11批，被文明局查见。	公所照章将翻印书籍送交文明局焚去，外由翻印人罚交英洋75元了结。
1906年7月25日	龙文书局翻印商务印书馆版权书《华英初阶》，尚未印成，仅照相片6张，为版主查出。	龙文书局自认误印，愿罚洋16元，以一半充公所经费，以一半给原版主，龙文以后不得再印商务各书
1906年8月26日	简青斋毕春宝翻印文明书局修身教科书，经文明书局查出，报告公所。	公所公议照翻印未成之罚章罚毕春宝洋180元，此系格外从宽。

1906年11月6日	张、宋报告曾有华生花石印书底一部寄存文新书局，该局去年并未声明擅自印售。	文新书局照1000部数目加一版租出还张、宋两君，因该书已售完，着以“官商便览”30部以抵版租，和平了结。书底由原主如数收回。

版权纠纷数量之多甚至于一天两起，各书业同业组织多方奔忙、不遗余力，上海书业商会称：“书业商会之设盖保同业之版权为同业谋幸福，成立以来，功效昭著，始于乙巳之秋，迄今业已十稔。”事实正是如此，除了国内的版权纠纷外，商会还参与处理了《正则英文》案、《欧洲通史》案等涉外纠纷，援引《中日通商行船续约》和《中美商约》等条款，据理力争，维护了正当的行业利益。

更为明显的例子出现在1913年6月，美国要求中国加入中美版权同盟，对于那些大量翻印了外国著作的各书业成员而言，这无疑会提高自己的运营成本。因此，以出版新书和教科书为主的上海书业商会立刻拟定了《请拒绝参加中美版权同盟呈》，分别呈送北京国民政府教育部、外交部、工商部，请求中国政府拒绝美国的这一要求，呈文逐一列出9条理由，以行业利益为准绳，并举其对教育、工商各业的损碍，直陈弊害，显示出强烈的利益诉求。

除了维护版权这一主要职能之外，书业同业组织还通过一些其他的方式来“谋同业之公共利益”。譬如由上海书业商会创办的学徒补习所，每期定额30人，课程分国文、算术、习字、地理、尺牍、英文等，“无论何业学徒来会补习者，向来一概不取学费”。现代书业的出现和新式学校创办同样都是整个中国现代转型中的组成部分，而由书业同业组织创办的新式学校，不仅是为本行业输送人才，更是在培育现代文化市场的消费群体。因而，之后的上海书业同业工会也曾设立过私立书业崇德小学，招收学生80名。

作为社会组织，书业同业组织同样积极参与社会公益事业。然而此时的公益事业已经截然不同于当初仅仅为同乡提供帮助的行会，而成为真正的“公”益。1919年，由上海书业公所出面组织成立了上海市书业同义会，“以尽同业慈善义务为宗旨”，初期“先从施医药棺木及留养穷老无告者以为入手，其余善事逐渐扩充”。

对公益的尊奉还体现在其对社会公义的捍卫中。1919年6月3日后，北京政府逮捕大批爱国学生，上海书业公所、上海书业商会纷纷致电北京政府表达抗议。而在此前的抵制日货运动中，上海书业公所"公众议决誓言一律不购日货，倘有私自购用、阳奉阴违等情，愿照公所表决罚则办理"，各会员店号签字盖印，决定从即日起由八位调查员"各尽义务，四出调查，初五日后或有违反前议、依旧进用日货，当即报告公所，将日货取出当众销毁外，再予以相当罚款"，并以公所名义"通告本外埠同业不与往来，并请商学各界不购该局店与个人之出版品，报馆不为其刊登广告，报关行不为其运装箱包，并遍登全国报纸声明与众共弃之意"。其措辞之严厉，以及从中反映出的书业公所社会地位之重，同样给人以深刻印象。尤其值得注意的是，面对违反大会决议的成员，组织所使用的惩罚手段全都是商业手段，而不倚重任何国家强制力量，由此，也可窥见市场本身的成熟。也正是在这个意义上，抵制日货运动才能被称为一种社会运动。

4. 个人、市场与国家中的上海书业同业组织

上海近代书业同业组织的建立与发展过程，本身就是商业化的中国近代文学市场逐渐成形的过程，也是在"国家"之外的"社会"缓慢生长的过程。"社会"的出现给了报业、书业等现代文化产业以发展的空间，而报业、书业本身的发展也催使"社会"本身不断成熟，空间不断拓展。因而，书业同业组织的历程，也可以视为观察国家、社会、市场之间复杂互动的极好视角。

事实上，近代各种商业组织的兴起是与清廷的推动密不可分的。1904年1月，清廷颁布《商会简明章程》，在全国范围内劝办商会，国家力量的加入大大加速了各商业组织的形成。商会是跨行业的商业组织，接受同业组织为会员，上海书业商会和上海书业公所都是上海总商会的会员。书业同业组织的制度形式受商会的影响极大，建制上存在大量模仿的痕迹。然而，抛开其与国家的复杂关系不论，书业同业组织对自身行业利益的维护与争取，对中国，尤其是上海近代文化市场的繁荣做出了极大贡献。

首先，在国家法令缺位的情况下，书业同业组织自主对盗版私印的不懈打击，一方面维护了文化市场的秩序，保证近代书业的有序竞争，而市场正

是在竞争的基础上才能得以发展，个体书商由于能够得到同业组织的保护，才能够放心地扩展业务、挖掘新人、翻印新书，在追逐自身利益的同时也为文化市场提供了源源不断的产品。“社会上始知版权受法律保护，懔然罔敢侵害，书业因而大进。”另一方面个体作者也由于有书业同业组织为其著作权提供保护，而敢于放笔创作，并依靠创作收入来维持自己的生活。

其次，书业同业组织的存在给各个书商提供了互相交流的平台，这一交流不仅体现在定期或不定期的成员会议，更体现在其所编制的营业书目。这使得他们能够及时捕捉商情、熟悉市场热点所在，甚至引导市场需求。不然，我们无法解释近代文化市场何以能够在短时间内形成一波波的热潮，以及当时的书业何以如此步调一致。

然而，更为重要的恐怕是由种种市场体制的改变而带来的意识上的变化，也就是说，在我看来，书业同业组织的产生与运作，直接导致了近代中国文化人中一种“市场共同体”意识的出现，取代了之前的“科举共同体”或“乡土共同体”意识。书业同业组织正是这种认同的制度保证及载体，其所建立的一整套规则，规训着其中的成员不断调整自己的行为与认知方式。考虑到近代大量文化人本身就是书局老板、编辑或为书局写作的作家，其影响就更不可忽略。“著作权”观念的推行，写作行为的市场化等，均与此有密切关联。

在科举废除、仕途关闭之后，广阔的文化市场给中国文人提供了另一片生存土壤，如果说在刚开始时他们仅仅是为了生存而来，那么书业同业组织的形成，则标志着一种新的认同感已然悄然出现。文化市场已经不仅被作为生活来源，而更成为某种价值取向与身份认同的载体。事实上，书业同业组织在社会中从事慈善事业，或以集体的名义参与各种社会运动，正是通过这些行为建构着这一共同体自身在社会中的形象，其背后所彰显的，也正是这种共同体意识。

1930年，上海书业公所、上海书业商会和其他一些书业同业组织，正式合并为上海市书业同业工会，其组织方式与运作模式又发生了一些新的变化，限于篇幅，这里不再进行讨论。

和报业一样，上海近代书业的发展构成了近代文学市场的重要一环，这一市场的出现不仅改变了国家的文化生态，更影响了其中每一个个体的自我意识。在这个过程中，个体的思想变迁、国家的政治变局、市场的组织创制等等因素形成合力，一起推动着中国文学的近代变革，本文正是通过对于上海书业同业组织的讨论，呈现变革过程中的一个有机部分，并希望由于这样的呈现，能够使得“文学市场的商业化”这个短语拥有更为具体的历史内涵，从而显得不那么抽象。

2009 年 12 月 26 日

近代文学中的一个组织与一种叙事

——近代上海书业同业组织续考

在《书业的旧梦——近代上海书业同业组织考》一文中，我曾描述了以上海书业商会为代表的，诞生之初的上海书业同业组织的历史作用，并将重点放在了史料整理与归纳上。通过这些史料的展现，近代上海文学文化发展进程中的一个重要部分逐渐浮出历史地表，在国家、社会、市场的多重互动中，上海书业同业组织在国家力量的推动与资本市场的扩张中获得了某种程度上的自主地位，对外打击盗版，对内促进交流，同时，更重要的是促成了一种“市场共同体”意识的出现，取代“科举共同体”或“乡土共同体”，成为维系中国文人集体认同的重要纽带。

然而，文学市场的形成并非一蹴而就，书业同业组织的历史作用也并非一成不变，在这一变迁过程中，尤为值得注意的是市场与国家两者之间的互动关系。事实上，在之前的中国文学近代化进程的研究中，学者所注重的，也大都是这两者的博弈过程。中国文学的现代进程被描述为一个市场逐渐崛起，对抗国家宰制的过程，学者或是站在市场角度，赞美言论自由度的提升与文学样式的丰富，或是站在国家角度，分析统治意识形态的分崩及其原因，然而，不论对这个过程持有怎样的态度，这一国家/市场二元论始终是近代文学研究中支配性的话语方式与主导性的分析范畴，它将“国家”与“市场”清晰地界定为两个自明的、自为的主体，具有明晰的边界与行为特征，由此，对中国文学近代化过程中两者关系的论述，便大量复制着福柯关于主权者与经济人之间关系的说法：“市场”作为“国家”为了防止主权内部变革而划定的一个特区，而登上历史舞台，并衍生出一系列以个体、私有权等为核心的框架与范畴，而它们恰恰是现代意义上的“文学”概念的基础。事实上，离开了这一国家/市场二元论叙事，我们几乎已经无法对中国文学的近代变革加以言说。

不可否认，国家 / 市场二元论确实为我们描述中国近代化变革提供了一个基本的分析框架。但问题在于，与其他经济领域或商业主体不同，文化市场除了具有资本运营与利益争夺的功能外，同时还是一个意识形态的阵地，它不仅关涉人们的经济利益与生活需求，还关涉着人们的思想价值与认同方式，它不仅是经济人纵横驰骋的领地，更是主权者无法回避，必须时刻把持的空间。换句话说，在这里，国家与市场并非两个边界清晰的自明范畴，而是彼此交织、互相勾连的庞大整体，任何简单的二元论都会因此失效，因为在这里，两者或许本就是同一回事。

为了清晰地展现两者的复杂关系，在这篇文章中，我将延续对近代上海书业同业组织的考察，并将视角顺时间线索向下延伸，观察上海书业同业组织在历史中的变迁过程，并通过对组织章程及其历次修订的分析，把握其变迁的历史脉络与动力，展现其在各种力量的牵扯冲突之中不断调整的过程，并着重国家与市场之间的关系，透过这一过程，我将对在分析中国文学近代化进程时占据主导地位的国家 / 市场二元论叙事做出一些理论上的批评与说明，并修正之前的一些论述。

1

1905 年 10 月，上海书业公所成立，两个月后，上海书业商会成立，两会“既不对立，也不合作，会员也大部分相同”。至 1927 年，又有赵南公、李志云、洪雪帆诸人主持的新书业公会成立，然而未被社会局批准。1930 年 5 月，在上海市党部指导下，合并组建上海市书业同业公会并制定公会章程，召开同业大会，选举执行委员 15 人，陆伯鸿为主席。1932 年 7 月，照章改选半数，王云五、沈骏声等七人当选，陆伯鸿仍为主席，增选张叔良等 5 人为监察委员。1934 年 7 月改选，张叔良等 8 人为执行委员，陆伯鸿等 5 人为监察委员，王云五为主席。

与此同时，组织章程也屡有修订。1905 年上海书业商会最初章程至 1924 年修订。上海市书业同业公会成立后，1932 年 6 月会员大会修订章程，同年 7 月上海市社会局批准。至 1936 年 7 月，会员大会第二次修订，11 月由上海市社会局批准，次年 6 月在会员大会上，又遵院部令改正。

以上是上海书业同业组织的历史简述，作为一个由市场主体联合而成的行业组织，这一历史进程很容易被视为一种在国家之外的“市场”逐渐形成自身的独立力量，并开始规范化地运作的叙事，然而稍加注意，我们会发现，中国近代商业市场上的行业组织，并非是在市场竞争中，在市场主体的自由决策下自然形成的，恰恰相反，它是国家力量直接主导或推动的产物。1904 年，清朝政府商部颁布《商部奏定商会简明章程》，仿照欧美日本的商会组织以劝办商会，其目的在于挽救“华商势涣力微，相形见绌，坐使利权旁落”的局面，换句话说，其整饬市场的目的，恰恰在于为国争利。最早的上海书业公所与上海书业商会，正是在这一潮流中登上历史舞台的。

进入民国之后，同业组织也始终没有离开政府的关注，1913 年公布《商事公断处章程》，1914 年修正，1915 年公布正式的《商会法》，1916 年制定《商会法施行细则》。1918 年公布《工商同业公会规则》及《施行办法》，1923 年公布《修正工商同业公会细则》，1926 年制定《工艺同业公会规则》，并于次年公布。这一系列规定在在说明，中国商业市场上的同业组织，在其发展过程的每一个节点上，都与国家意志和国家力量深刻地啮合在一起。

更重要的是，这样的啮合并非是，或者不仅仅是通过制定、完善系列的法律法规，以自上而下地施加压力与影响，如果我们拒绝将国家意志与国家力量视为一种空泛的价值倡导或意识形态宣示，而是作为一系列具体的政治实践的过程与结果的集合，那么，在我看来，“国家”或许是内在于市场体系之中的。换句话说，我试图证明的是，国家与市场的关系，并非是控制 / 被控制的外在关系——当然，我并不试图否认这类表述所指称的事实的存在，比如报批登记之类，只是其运作方式应当得到更为切实的分析——而是一种更为复杂的、互为前提、互为条件的内生性的关系：只有市场发展之后，国家对意识形态的控制才得以可能，只有以同业组织为代表的诸种市场体制出现之后，国家意识形态才得以有效地宣扬：现代意义上的“市场”与“国家”，是同一现代性进程的两个面向，它们内在于彼此之中，很难加以断然的界分与区隔。

2

通过对上海书业同业组织的几份章程的分析，这一点将更为清晰。如果说在上一篇文章中，对上海书业商会最初章程的分析意在还原商会的内部架构和外部职能，是一种对确定历史条件下书业同业组织的历史作用的静态描摹。那么，通过对上海市书业商会和上海市书业同业公会两份章程的比对，我试图展现的是一种历史变迁的过程，在这里，重要的不是章程所体现的静态事实，而是章程之间的分歧差异所体现出来的动态过程，也即对章程的反复修订背后的潜在动力。

如上文所说，1930 年 5 月，上海市各书业同业组织合并成立上海市书业同业公会，这一合并绝非简单的市场联盟，而是对上海市书业的一次整体规制。如果说之前的同业组织只是以“联络同业感情、维护同业公益为宗旨”的“书业同人组织”，那么合并后的书业同业公会，则逐渐抹去了“同人”的“感情”因素，蜕变为一个纯粹制度性的机构。

这一点在两者的入会条件上可以清晰地见到。在上海书业商会章程第三章第七条中，“凡同业各店愿入会者由该店代表人具函报告，认纳月捐并缴入会费方可认为会员，出会复入者亦然”。而在上海市书业同业公会章程中则明确规定：“上海市区域内本国人设立之正当书店均应为本会会员。”可见，前者是市场主体的自愿行为，而后者则是垄断性的、非自愿的规定。这一点在出会行为上亦显昭然，在上海书业商会章程中，“会员苟因意见不合自愿出会者”，只要“具函声明出会理由即可作为出会”。而上海市书业同业公会则严格限制：“会员不得无故出会，因其商店解散或迁移于本区域外营业及商店倒闭等必须出会者，须申诉理由、填具出会书送交本会审查认可。”

这一差异必须从两个层面来加以认识。一方面，一个统一的行业组织符合市场主体的利益要求。这一点从同业公会章程规定的各项会务中可以清楚地看出，这些会务包括：（一）筹议发展书业、促进文化事项；（二）维持、增进同业共同利益及矫正同业弊害事项；（三）同业之征询及通报事项；（四）教育家及社会采用各书至介绍及建议事项；（五）各书之调查、宣传、统计及刊布总目录事项；（六）同业之建议事项；（七）同业之调处及公断事项；（八）

依法保护同业著作权、版权及代办其注册手续事项；（九）公告同业事项。

对内而言，统一的行业组织能够覆盖更多，乃至所有市场主体，在规划市场导向、协调市场各方以谋求更大的共同利益上有更大的作为空间。对外而言，统一的行业组织具有广泛的代表性与更强大的利益背景，有助于提高整个行业对外的议价能力，降低整个行业的运作成本，回避或抵抗整体性的风险或压力。一旦其不能达到统一，或是覆盖范围过小，或是在其之外还有一个独立的行业组织，那么以上这些利益均会失去立足之地。

换句话说，一个统一的行业组织是商业化市场发展的必然逻辑，它的出现，不仅有助于行业整体利益的提升，譬如制定规范、争取空间等，也有助于单个的市场主体在更完善的平台上追寻自己的利益，譬如信息沟通、调停矛盾等。也正是在这个意义上，上海书业同业公会的出现，很容易就被纳入到一个自足的“市场”的诞生叙事中去。

3

然而在另一方面，一个统一的行业组织同时也是国家意志运作下的产物。1918 年颁布的《工商同业公会规则》第五条规定：“同一区域内之工商同业者设立公会，以一会为限。”1923 年的《修正工商同业公会规则》第九条进一步明确规定：“前项公所行会或会馆存在时，于该区域内不得另设该项同业公会。”

这一规定并非仅停留在纸面上。据沈松泉回忆，1928 年秋，张静庐、沈松泉联络同业组成上海新书业同业公会。在光华书局召开筹备会，到会的有赵南公（泰东）、李志云（北新）、洪雪帆（现代）、汪孟邹（亚东）、王云五（商务）等十一二人。会后向市社会局申请备案，社会局批示一个行业不能有两个同业公会组织，新书业应当参加老的书业公会。因此，该会未能成立。这些书局俨然是当时书业的台柱，以这些人的资历与能量，依旧未能如其所愿，可见该规定之严格。

这样的严格正是因为，对于国家意志而言，一个统一的行业组织恰恰是其行使自身政治意愿的先决条件。在上海市书业同业公会章程第三章第七条关于会员资格的规定中，增加了“褫夺公权者”和“有反革命行为者”“不得充本公会会员代表”两条。这些规定当然是国家意志的极端体现，然而这里值得注意的是其体现的具体方式、在一个行业组织的会员准入中写进与“公权”和政党意识形态相关的条款。也就是说，在那些政权本身无法直接管理的领域中，由行业组织代为管理，执行一个代理人的角色。反过来说，如果缺乏这一中介，所谓的“国家意志”将很难达到其预想的范围——在这里，一个“市场”的组织机制，使得“国家”的管理成为可能。而这里的行业组织，当然必须是统一的、全盘覆盖的行业组织，因为只有在行业组织统一了之后，这样的规定才有可能生效：就算在上海书业商会的章程中加入这一会员资格条款，那些“褫夺公权者”和“有反革命行为者”依旧可以在上海书业商会管辖范围之外的书局中自行其是。

通过更进一步的分析，我们会发现，这里的所谓“国家意志”，并非纯然地来自上级政府的规定，有时候它甚至是行业组织自身诉求的表达。譬如政府向市场主体下发的通告，只有通过统一的行业组织，才有可能真正达到底层运营者手中，而著作权、版权及代办注册手续等事项，也只有通过统一的行业组织才能够有效执行。对于这些通告与法令的遵行，不仅是对国家公权的回应，同时也是对自身行业利益的维护和保障。

总而言之，在对上海书业同业组织的章程及其修订的分析中，我们可以清楚地发现，“国家”与“市场”不仅不是两个自明的范畴，相反，在实践中，两者的行为与目标不断地发生重合。一方面，大量历史措施的出现背后同时闪烁着国家与市场两者的诉求；另一方面，不仅市场本身的出现是国家力量直接推动、培育的结果，而且，国家也只有通过市场才能实现自身，国家实践本身是市场内部的事件。这也就是我上文提到的，两者互为前提、互为条件的内生性关系。

4

通过对一些具体事件的观察，我们能够更清楚地发现两者间的关系。这里我所选取的是两件看似截然相反的事：一是一次合作事件，1936 年 4 月，教育部训令划一图书售价，上海书业同业公会发布《为划一图书售价办法公告》及《划一图书售价实施办法》以配合之；二是一次对抗事件，1930 年 9 月 30 日，国民党中央执行委员会秘书处向国民党政府文官处发出第 15889 号公函，批准中央宣传部上报取缔社联、“左联”、反帝大同盟等若干“反动组织”。11 月 11 日，上海市市长张群发出第 2159 号密函，向国民政府文官处报告：“敝部分饬本市各书局暨印刷同业公会，凡有此等反动组织之刊物，一概不得代售及承印，并派敝部职员袁清平再行前来接洽，拟请贵府暨淞沪警备司令部派员会同严密侦查。”

在前者中，我们发现的是两者深刻的同谋关系。值得注意的是，要求划一图书售价的国家意志来自教育部，除了规定“所有书籍”要“一律标明定价”外，特别指出：“教科图书定价，应以编辑印刷纸成本为准，酌量订定，务求低廉。”在这里，“教科图书”作为一个特定的区域被划分出来，其背后是“教育”这一特殊意识形态领域的要求，它一方面联系着普遍的现代民族国家意识的规训，另一方面也必须符合特定政权的价值导向，两者共同决定了一国人民的政治认同与意识形态取向。换句话说，对于教育领域的争夺，是现代国家的首要任务之一。因此，自晚清以来，每一任政府都在试图掌控教育及其相关的教科书领域，而通过出版部门达到这一目标，无疑是极为便利的选择。对于国家而言，出版部门——以书业同业公会为代表——的所作所为，能够被完全置于国家强力的控制之下，正如训令第十条所载：“如有违反者，得由该地同业公会或任一同业呈请地方官厅为有效之制裁。”

通过上海市书业同业公会，国家强力得以有能力将其触角伸及教育领域。而对上海市书业同业公会而言，国家强力的介入，也是其维护自身利益的有力武器。在《为划一图书售价办法公告》中清晰地体现出了这一点，对于书业而言，“图书售价参差不一，或抬高定价、大打折扣，或巧立名目、标榜廉价”的行为，损害了其正常的行业秩序与竞争格局，“酿成无谓之纠纷与损失，且使顾客受愚，反出较高之代价，而出版物改进之图，亦难免受其窒碍”。

国家强力的介入则为书业的自我整顿提供了良好的契机，在整个《划一图书售价实施办法》中，提到与教科书相关的条款仅有四项，绝大多数规定都指向市场定价规范方面的内容，与其说是在遵行教育部对于教科图书的规定，不如说是借“有效之制裁”的国家强力，行维护自身行业利益之事。换句话说，对于教育部训令划一图书售价这一事件而言，我们无法对其做出“国家”行为或“市场”行为的界定，两者的目标与手段彼此混同、形成共谋，我们固然可以说，国家借市场推行意志，市场借国家整顿秩序，但在这里我要问的是，没有市场，“国家意志”何以可能？同样地，没有国家，“市场秩序”何以可能？也正是在这个意义上，国家与市场的关系，才需要更复杂的理解。

5

另一个事件，是遍布整个 20 世纪 30 年代上海文坛的禁书现象。1927 年国共合作破裂之后，在公开层面上，左翼言论成为国民党意识形态统治的最大威胁，秘密追查与公开查办从未停止。而左翼人士则利用上海相对自由的文学市场，继续发表、出版宣言自身政治主张的报纸与书刊，这种“国家”与“市场”间的对抗性叙事，已经是每个人都耳熟能详的故事。然而如果我们进一步分析禁书行为的历史过程，或许会发现，“国家意志”之所以能够起到封禁的作用，恰恰是因为“市场机制”的完善。

1930 年 9 月 30 日，国民党中央执行委员会秘书处向国民党政府文官处发出第 15889 号公函，批准中央宣传部上报取缔社联、“左联”、反帝大同盟等若干“反动组织”。10 月 2 日，国民政府文官处发布第 6039 号密函，要求淞沪警备司令部和上海市政府照办。11 月 8 日，陈立夫再发 17759 号公函催促办理。1 月 11 日，国民政府发出 605 号密令，令淞沪警备司令部、上海市政府“务遵前案，严密执行为要”；同天，国民政府文官处发出第 7057 号公函，复称已“即转陈”。也是在这天，上海市市长张群发出第 2159 号密函，向国民政府文官处报告：“敝部分饬本市各书局暨印刷同业公会，凡有此等反动组织之刊物，一概不得代售及承印，并派敝部职员袁清平再行前来接洽，拟请贵府暨淞沪警备司令部派员会同严密侦查。"

经过这一轮禁书令的层层发布过程，我们可以清晰地看出其执行的轨迹由代表政权意志的中宣部上报，国民党中执委秘书处接报后，下达至代表政府机关的文官处，再由文官处下达至警备司令部和上海市政府具体执行，至此，禁书令还只是在高层流转，并未落到实处，对于两个执行部门而言，淞沪警备司令部是一个典型的暴力机关——如果我们还记得"左联"五烈士事件的话，其职能规定其无法主动地完成"禁书"这一任务，最多起到辅助执行的作用。因此，上海市政府的作为，才尤为值得关注。

借助市长张群的2159号密函，我们得以洞悉当时的禁书令真正得以施行的方式：上海市政府通过"分饬本市各书局暨印刷同业公会"，才得以使得"此等反动组织之刊物，一概不得代售及承印"。如果我们还记得之前对于上海书业同业公会之所以必须是一个"统一的""排他的"同业组织的论述的话，那么，此处的案例正可作为最好的补证。一个统一的行业组织，在更好地维护行业利益的同时，也给国家政权在意识形态上的排他性统治提供了操作的空间。或者不如反过来说，国家政权意志之所以能够在现代民族国家继续把持意识形态领导权，正是由于现代市场体制——以行业组织为典型代表——的出现与完善，离开现代市场体制，国家的思想垄断几乎是不可想象的。

通过对"本市各书局暨印刷同业公会"的督导和监控，20世纪30年代持续不断的禁书行为才得以为继，意识形态上的控制内在于市场体制的职能之中，在"禁书"这一看似"国家"与"市场"的对抗行为背后，是两者在更深层面的媾和，是两者在实践层面无法区分的交错与啮合。由此，不论是一般意义上的合作性实践（教科书定价），还是一般意义上的对抗性实践（禁书），都说明了国家与市场彼此间的内生性。

6

通过上文对上海近现代书业同业组织章程文本及其修订的分析，以及对教科书定价和禁书两个历史事件的深入剖析，我们一再遭遇到传统的国家/市场二元论所无法解决的问题，这促使我们认真地反思这一二元论叙事所存在的缺陷，并试图对其加以理论说明。

如我文章一开始所说的，“国家”与“市场”这两个基本范畴确实构成了我们分析中国近代文学的基本框架，也提供了一系列重要的洞见。然而，如果我们不刻意回避这两个范畴的历史渊源的话，便应当承认，这些范畴内部的基本特征都来自现代西方的特定历史实践。在这样的实践中，一系列经济主体的、行业组织的、逐利的、自发自为的行为，都被归入“市场”的范畴，作为“市场”的典型行为，与此相对的那些政权的、政治性的、官僚化的、统筹性的、压制性的行为，则被归入“国家”的范畴，作为“国家”的行为特征。

然而，当我们将这两个范畴不加区分地引入中国近代文学转型中加以使用时，便会遇到如我上文所述的那样一系列的问题。在这组定义框架下的“国家”与“市场”之间的关系，在中国近代文学的历史实践中，事实上无法真正清晰地加以界定。在上海近现代书业同业组织章程的修订历程中，“国家”与“市场”的利益诉求时刻处于纠结缠绕的状态中，对同一条款的增加或修订，甚至无法做出其是出于“国家”还是“市场”驱动的严谨判断，两者的目标或许从一开始就是一致的。

同样地，在上文提到的教科图书定价和禁书事件中，不论在传统的合作性关系还是对抗性关系下，“市场”和“国家”也始终是彼此的目标与诉求得以实现的前提条件。“国家”不是外在于“市场”的强制性力量，而“市场”也不是“国家”之外的，自发自为的经济人主导的商业领域。

经过我们的分析，可以清晰地发现，一方面，“国家”意志之所以有推行实现的可能，恰恰是由于市场机制的完善。另一方面，“市场”的完善与利益的竞逐，也只有在现代国家的参与、推动和保障下才得以实现。因此，在国家/市场二元论的框架内，我们所能得出的结论仅仅是：“国家”内在于“市场”，而“市场”也生长于“国家”，两者不仅不是二元对立，而且分享着同样的诉求、机制与利益。

市场/国家二元叙事长期支配着我们对中国文学的近代变革的认识，而真实历史的复杂性则呼吁着概念的不断创新。在这个意义上，本文对近代书业同业组织的分析，不仅意在继续发掘同业组织这一重要文学组织所发挥的作用与产生的影响。更希望以此为契机，重新思考市场/国家二元叙事，思考这一叙事对我们的历史认识的遮蔽，并以此推动新的叙事方式的更生与出现。

2010年7月3日

鲁迅的“油滑”和他对传统的态度

——读鲁迅的《故事新编》

1

鲁迅的《故事新编》出版于1936年，按照鲁迅自己的说法，这八篇小说无非是“拾取古代的传说之类”，并且“只取一点因由，随意点染，铺成一篇”（《故事新编·序言》）。然而就是这些“无须怎样的手腕”的小说历来却争议颇多。1937年，茅盾在为宋云彬小说集《玄武门之变》所作的序言中对鲁迅该书做出“历史题材的文学”之“开拓者和成功者”的高度评价。而到了夏志清那里，《故事新编》却成为鲁迅走向没落的标志：“《故事新编》的浅薄与零乱，显示出一个杰出的（虽然路子狭小的）小说家可悲的没落。”尽管这样的评价可能与夏志清浓烈的意识形态色彩有关，但如此南辕北辙的结论，也正反映了人们解读《故事新编》时所遭遇的困难与迷惑。

作为鲁迅研究先驱的竹内好也显出同样的迷惑，“竹内好的《鲁迅》对鲁迅文学所作的评论，于有确信处，酣畅淋漓，充满激情，而唯对《故事新编》则游移不定、缺乏自信。或言‘我以为恐怕是不足取的不成其为问题的多余’，或存疑念，在论述《故事新编》的过程中，保留又保留，几乎没有定论之处。竹内好很少有这么徘徊不前的时候，不过也倒正好说明了《故事新编》的不好理解。”

在我看来，理解《故事新编》的困难来自理解鲁迅对待传统的态度。不论作为“历史小说”还是“寓言体讽刺小说”，《故事新编》浸透了鲁迅对于传统文化的态度这一点是毫无疑问的，“《故事新编》的创作是鲁迅对传统文化的一次再阅读、再创作、再想象的过程，也是鲁迅试图在传统文化中寻找价值资源的一次努力”。而在这些“神话、传说及史实的演义”中，则鲜明地打上了鲁迅自己的烙印，加入了鲁迅自己的现代体验与现代想象，是鲁迅独特的主体性深刻介入传统文化的结果。

2

鲁迅在《故事新编·序言》中写道：“这就是认真陷入了油滑的开端。油滑是创作的大敌，我对于自己很不满。”“而且因为自己的对于古人，不及对于今人的诚敬，所以仍不免时有油滑之处。”

鲁迅一面表示对这“油滑”“很不满”，一面又坚持了13年之久，不免引人深思。我认为，这“油滑”正是鲁迅介入传统书写的方式，是鲁迅改写经典文本的独一无二的路径，是“一种观察人生事相的特殊眼光，是一种对社会、历史、文化独特的认识方式”，是我们理解《故事新编》的钥匙。

《奔月》中后羿与老太太的那段对话，从文本表面来看，不过是一段普普通通毫无乐趣的对话，讲述了一位误伤母鸡的猎人（姑且如此称呼）与母鸡拥有者某老太之间的纠纷。但偏偏这位猎人是后羿——在传统文化中，在庙堂话语包装之下以神圣不可侵犯的英雄面目出现，传说中曾射九日、封豕长蛇而济天下苍生的人物。这种对于经典文本的颠覆性书写使原本无趣的故事显出其“油滑”的一面。包括《理水》中的大禹，《非攻》中的墨子，《出关》中的孔子、老子，《起死》中的庄子，无不如此。鲁迅在消解了这些人物身上的神圣性之后将其打回人间，并且迫使他们面对现实中的种种尴尬遭遇而显示出某种荒诞感。与此同时，在“去年就有45岁了”，“你真是白来了一百多回”，“有时看上去简直好像艺术家”等对话中，我们很容易读出这段对话的第三层含义，即隐喻了鲁迅与高长虹之间的某些恩怨。从一个方面讲，这当然可以看作鲁迅对高长虹的顺手一击；而从另一方面，这也表明鲁迅在历史文本的书写中投注了强烈的现实关怀。除了高长虹之外，《故事新编》诸篇中对现实生活的影射比比皆是，如《理水》中的文化山诸学者、《补天》中的古衣冠小丈夫、《非攻》中对国民党打着种种旗号募捐的讽刺（“走进都城，又遇到募捐救国队，募去了破包袱”）以及对现代词汇的频繁借用等等，如严家炎所说：“《故事新编》所收的小说，大体上都寄托着作者不同境遇中的不同心态和不同意趣。”

至此，我们大致可以发现这“油滑”的出处，即文本表面的叙述与文本内容所包括的历史、现实之间的悖谬与张力。这种同一文本隐喻的不同语意流向正构成了“复调小说”的核心内容。这里不难看出陀思妥耶夫斯基对鲁迅的巨大影响，这点早已被严家炎先生注意到，他曾将其归纳为三个方面：“一是写灵魂的深，二是注重挖掘出灵魂内在的复杂性，三是在作品中较多地用全面对话的方式，而不是用单纯的独白的方式加以呈现。”

这三个方面相互作用，构成了复调小说的基础。这种多流向的语意构成了多声部的复合与对话，“有着众多的各自独立而不相融合的声音和意识，由具有充分价值的不同声音组成真正的复调”，复调中的多种声部在一个开放的环境中对话，构成了一个“众声喧哗”的叙述图景，人们在多声部的喧哗、齐鸣、冲突中感受到“油滑”的力量。与此同时，叙述中的各个主体也由于这种语言在场的开放对话而打破了主体的封闭，走向间性主体。

3

“众声喧哗”的概念最初始于巴赫金对于“狂欢节”的分析，巴赫金指出：在民间广场的狂欢节中，一切等级与秩序都被取消了，“与官方节日相对立，狂欢节仿佛是庆贺暂时摆脱占统治地位的真理和现有的制度，庆贺取消一切等级关系、特权、规范和禁令。这是真正的时间节日，不断生成、交替和更新的节日。它与一切永存、完成和终结相对。它面向未完成的未来”。在狂欢节中，国王、臣子、百姓得以相互调笑嬉戏，并通过不断地“脱冕”与“加冕”的仪式化的行为强化这样的戏谑与颠覆。

值得注意的是，狂欢节本身并非一种暂时的想象生活的方式，而是作为生活本身而出现。“基本狂欢节内核完全不是纯艺术的戏剧演出形式，一般说也不能纳入艺术领域。它处于艺术和生活本身的交界线上。实际上，这就是生活本身，但它被赋予一种特殊的游戏方式……在狂欢节上，人们不是袖手旁观，而是生活在其中，而且是所有的人都生活在其中，因为从观念上说，它是全民的。在狂欢节进行当中，除了狂欢节的生活以外，谁也没有另一种生活。”“在狂欢节上是生活本身在表演，而表演又暂时变成了生活本身。狂欢节的特殊本性，其特殊的存在性质就在于此。”

于是“平等”“自由”等辞藻不再作为某种价值而存在，而是作为生活的实际，活生生地在每一个人的实践中存在着。在鲁迅的文本中，大禹、女娲、孔子、老子、墨子、庄子等等高不可及的传统形象一一被拽下神坛，参与到那个“众声喧哗”的语境中，与每一个凡夫俗子平等地、开放地对话，读者也因自己脑中对于历史传统的“成见”而参与其中，使得整个场景显得无序、开放，充满颠覆、戏谑与未完成性。

然而，如果仅仅把狂欢理解为一种颠覆与拆解显然远远不够。狂欢的意义在于它在毫不留情地解构严肃性、教条主义、传统秩序的霸权的同时，提供了一种建构的可能性。在这种“众声喧哗”中，个体世界的自我封闭与自足性被一种对话的、开放的、平等的、自由的狂欢结构所替代，这种结构本质上符合于哲学本体论意义上的“主体间性”。多声部主体间的共在打破了主客二分基础上的主体构造、征服客体的模式，代之以自我主体与对象主体间的交往、对话。

正如巴赫金所说：“狂欢化提供了可能性，使人们可以建立一种大型对话的开放性结构，使人们能把人与人在社会上的相互作用，转移到精神和理智的高级领域中去。”

在《故事新编》中，鲁迅笔下的传统不再作为一种被尊奉的对象而存在，更非作为一种被打倒的标靶而存在，而是作为与现代的、琐碎的、平民的地位相同的对象，人们（现代人）得以以前所未有的、平等的、对话的方式重新对其加以审视。这种平等对话取消了“传统”与“现代”之间相互存在的某种权力关系，同时，又由于其多元共存的特性而超越了“主体—客体”“传统—现代”之类的二元对立的思维，从而孕育了更大的包容性与建构性。“鲁迅绝没有将他们的思想性格现代化，也没有使他们脱离特定的历史环境。而只是剥去了他们的‘神气’和‘圣气’，将他们还原成了普通的‘人’。”所以，鲁迅的目的并不是简单地打碎偶像，而是在这样的祛魅之后，提供了一种认识传统与现代，构建当下生活的崭新的可能。

4

与鲁迅同代的郭沫若也创作过大量的“故事新编体”小说，并于1936年以《豕蹄》为名结集出版，“其中所写人物在历史上都实实在在确有其人，所叙事情除了某些细节描写掺进了作者的想象，进行了一些艺术加工外，也基本上都有其事”，“今语为古所无的断断乎不能用，用了只是成了文明戏或滑稽戏而已”。相对于此种“教授小说”，鲁迅对待历史传统以及现代观念的态度则远为复杂。这里，我借用贝尔纳关于“站在巨人肩膀上的侏儒”的著名比喻来对此做一点粗浅的分析。

这个比喻最初出现在索尔兹伯里的约翰的《元逻辑》中：“沙特尔的贝尔纳曾经把我们比作站在巨人肩膀上的小侏儒。他指出，我们比前辈看得更多、更远，不是因为我们有更敏锐的视力或更高大的身材，而是因为我们被抬了起来，高踞在他们巨大的身躯之上。”

这个比喻表达了一种微妙而含混的意义：生于当下的现代人比他们的先辈更为进步，但同时却又不及先辈们有所作为，这是因为一方面，通过知识、经验的积累，现代人知道得更多；而另一方面，由于现代的颓废，现代人对于知识的贡献与古代人相比是如此之少，以至于他们在古代人面前就像一个侏儒。

一方面，对于这个时代来说，传统仍然是唯一可靠的价值源泉；另一方面，基于线性不可逆的历史性时间意识所构筑的现代观念又时刻提醒着现代人，他们处于进化的更高阶段。这不免让人想到鲁迅的老师章太炎先生著名的“俱分进化论”，这种进步与颓废的微妙统一提供了理解鲁迅的某种可能。

鲁迅说：“我想，百年前比现在好，千年前比百年前好，万年前比千年前好……特别在中国或者是确凿的。”（《华盖集续编·无花的蔷薇之三》）对于现代的颓废的认识使得他看穿了“鸟头先生”之类文化山诸学者的无力与浅薄，于是乎“无论如何，止不住有一个古衣冠的小丈夫，在女娲的两腿之间出现了”。（《故事新编·序言》）同时，对于中国古代典籍的熟谙和中国传统文化的长期浸淫更造就了他独一无二的精神世界：一方面使他超越了无数同代人对于西方现代性的毫无保留地拥抱与追慕，另一方面也使他远比别人更为深刻地理解传统文化所包藏的糟粕，深知它们如何贻害着中国。

对于传统的平视使得作为“中间物”的鲁迅不得不反省自己“未必无意之中，不吃了我妹子的几片肉”，这种对自身的传统的检视与批判——“不以啮人，自啮其身”，“决心自食，欲知本味”——未免使他陷入痛苦，而对于现代人、现代价值的逼视更使他毁弃一切对教条、秩序、禁锢的信任，毁弃一切对封闭的、自足的意义体系的追逐，而将所有的价值与观念置入“狂欢”的场景中对话、冲突，从而进入一种永远开放的、未完成的状态——“还是走罢”“只得走”“还是走好”。

5

李长之在《鲁迅批判》中说：“然而他毅然能够活下去者……这就是在他有一种‘人要得生存’的单纯的生物学的信念。鲁迅是没有什么深邃的哲学思想的，倘若说他有一点根本信念的话，则正是在这里。”正是本着这样的信念，使得鲁迅能够不断地“走”，以至于走出一条路来——所谓的“反抗绝望”的人生哲学——而不至于失去存在的价值。反观今日繁乱驳杂的世界，种种声音固然不少，然而仔细聆听之下，却远非“众声喧哗”的开放对话，而不过是各人退回自己的底线——如果有的话——之后的喃喃地自说自话，也因此，我们大概仍然绕不开这个名字而只“管自己生活”。

2007 年 1 月 29 日

如何再现底层

——读老舍的《月牙儿》

1

我之所以注意到《月牙儿》，是因为在老舍创作的初期做过这样的表态：“老不敢放胆写这个人生最大的问题——两性间的问题……在题材上不敢摸这个禁果。”这恐怕与老舍自己为人处世的态度也有关系，宁恩承在谈到老舍时说过：“他守身如玉、处事严谨。他没有女友，没有任何风流案。”老舍自己也说：“我怕写女人，平常日子见着女人也老觉得拘束。”然而在这个短篇中，老舍用大幅的笔墨刻画了一个少女在近二十年的时间跨度中的沉浮，以至于最后的沦落。故事的主人公被描述成一个因生活所迫而不得不下水为娼的底层女子，在小说中，老舍这样解释“我”下水的原因：“我出去找事了。不找妈妈，不依赖任何人，我要自己挣饭吃。……我差不多要决定了：只要有人给我饭吃，什么我也肯干；妈妈是可佩服的。我才不去死，虽然想到过；不，我要活着。我年轻，我好看，我要活着。羞耻不是我造出来的。”

这段话出现在“我”被胖校长家的青年占有——某种意义上，这可以被视为“我”成为暗娼的起点——之前不久，似乎是为了向读者解释“我”下水的原因，从而获取同情与谅解。因此，从这个角度出发，后来的论者在讨论这个中篇时，大都以耳熟能详的现实主义术语来诠释这段文字，将“我”下水的原因归结于社会环境的不公与黑暗，以及这样的环境对于故事主人公的迫害。也正是在这个意义上，老舍历来都被不容分说地归入所谓现实主义作家的阵营之中。

但问题并不这么简单，正如上文所说，老舍是“守身如玉”的，因此，这样的老舍自然也不可能与娼妓发生关系，“我只是不嫖……什么我都可以点头，就是不能再往‘那里’去；只有这样，当清夜扪心自问的时候才不至于把自己整个的放在荒唐鬼之群里边去。”他曾说。

这就提醒我们，老舍并不拥有关于底层娼妓生活的真实经验，也就是说，在这样一个中篇中，读者所遭遇的，与其说是对底层娼妓生活的“真实再现”，不如说是老舍在符号层面对于底层生活的建构。在这里，我所关注的不是老舍再现了“何种”现实，而是他“如何”通过对符号的调用再现现实，在罗森博格看来，所谓的“现实主义”，仅仅是“政治现实的一种决定性建构，其中包含着一系列潜藏的命题和症候式的沉寂”。那么，我们应当如何理解老舍的中篇背后的这些“潜藏的命题和症候式的沉寂”呢?

在这里，安敏成(Marston Anderson)的提醒可能或多或少对我们有所启发，他在论及中国现代小说时写道：“所有的现实主义小说都坚持认为自身与现实有特别的联系，因而赋予自身以权威性。然而这一主张不仅仅是一个消极的、先验的假设，它同样也是一个形式上的决定因素，我们在所有的现实主义小说中都可以辨别出这一决定因素的作用。每一部新的作品，必须亲身复制这一主张，由此肯定它对现实的独一无二的控制。因而，在悬置棘手的认识论问题的同时，可以检验这样一种表述行为，它作为一种思想活动，其特有的痕迹可以在文本中发现。‘真实’至少暂时可以被视为小说的一种效果。”

因此，通过对于文本的分析，我试图回答的是：老舍在为底层代言的过程中，是如何达到作为一种“效果”的“真实”的?

2

首先必须回答的是，作为小说的题目，“月牙儿”这一符号究竟指涉着什么。显然，“月牙儿”这个意象同故事主人公的人生状态之间存在着某种奇特的对应关系，“我”与“月牙儿”的每一次对视都在不断复述与强调着这种关系的存在，我们注意到“月牙儿”的第一次登场。

那第一次，带着寒气的月牙儿确是带着寒气。它第一次在我的云中是酸苦，它那一点点微弱的浅金光儿照着我的泪。……我独自在台阶上看着月牙，没人招呼我，没人顾得给我做晚饭。我晓得屋里的惨凄，因为大家说爸爸的病……可是我更感觉自己的悲惨，我冷，饿，没人理我。一直等我立到月牙儿落下去。什么也没有了，我不能不哭。

“我”与“月牙儿”的视觉对话让人想起黑格尔在《精神现象学导论》中对“看”与“被看”的分析，在他看来，“看”与“被看”的视觉经验是人发现自身主体性的方式，人们在这样的视觉经验中确认自身的主体存在，也就是说，在“我”看着“月牙儿”—“月牙儿”照着“我”的状态中所滋生出来的，乃是我对自身的发现与认知：“我心中的苦处假若可以用个形状比喻起来，必是个月牙儿形的。”

因此，我们不妨将“月牙儿”视作“我”在彼岸的一个镜像符号，是“我”的个人主体在茫茫夜空中的一个投影，“我”能够借着这个投影转化自身的生活经验，发现自身的存在状态。也正因为如此，我们或多或少能够借助对于“月牙儿”这个镜像的分析，窥破老舍对于“我”的一些设定。

文中反复出现的“月牙儿”给我们的第一印象便是寒冷，“带着寒气”的放着“冷光”的“像一条冰似的”“月牙儿”，随着“我”的生命起伏不断闪现，这种对寒冷的体验本质上是“我”对于自己生活的一种总结，我计算了一下，主人公与“月牙儿”一共发生过八次真正的对视，而它的每一次出现似乎都预示着“我”在生活中更趋孤独，在人群中的孤独体验也轻易地令人联想到在茫然黑夜中独自释放着寒光的“月牙儿”，从登场时的失去父亲、典当首饰、母亲的二度出嫁，直到“我”决定“出去找事”、被校长家的青年占有，直至最后的入狱，如果说刚开始失去父亲的“我”至少还有家中不多的资财和“走不动便背我一程，到城门上还给我买了一些炒栗子”的母爱的话，那么最后的狱中的“我”则已经完全一无所有——典当财产、失去母亲，直至沦落为娼、失去自我。

于是我们发现，“我”的苦难史其实是一部逐渐走向孤独、走向个体的历史，老舍在整个故事中不断剥去“我”所拥有的一切事物，而这恰恰意味着“我”与整个世界的联系被一一切断，从而归于一个单纯的、绝对的个人，最终成为一个“个人主义的末路鬼”。由此，老舍完成了对于一部底层苦难史的完整叙述。

而在符号层面，老舍所做的，实际上是不断在剥离“我”这一符号所蕴含的价值。将其一步步抽出由家庭、学校、社会所组成的符号结构，以至于无法在其中任何一个结构中得到明确的定义，找到栖身之所，也就是说，最终，“我”这一符号成为一个空洞的能指。

3

刘禾在分析《骆驼祥子》时曾使用过一个“经济人”的概念来界定祥子与其所生活的世界之间的象征关系，这个经济学假定认为所有人类的行为都是合乎理性的，从而可以被理性地理解。在她看来，祥子的一切行为指向一个明确的目的，即买一辆属于自己的洋车。在这个目的支配之下的祥子无时无刻不在“算计”着自己的行为方式与结果，从而可以看作一个标准的“经济人”。然而祥子所拥有的前资本主义的心智结构——包括不相信银行及其所代表的商业契约关系——与他对生活所采取的合乎资本主义精神的“经济人”态度之间的悖反最终导致了他的悲剧。

这一分析范式提供了一个全新的角度来看待《月牙儿》中“我”与“我”母亲的悲剧人生。一方面，“我”这一符号一步步流失其在原来的家庭社会结构中得到定义的可能性，最终成为一个“零余者”；另一方面，老舍又召唤出一种新的组织社会的逻辑，不断地试图接管“我”这个符号。通过后文的分析我们发现，后者正是所谓资本主义社会的运转逻辑。然而，资本的逻辑完全由男性所宰制。吊诡的是，在这个故事中，老舍却将女性的身体作为主要的书写空间，文首父亲的逝去指涉着传统的自上而下的意义系统的不复存在，故事中的两个女人必须独自面对整个社会、面对整个资本主义的组织方式，以及它摧毁一切的力量。

她们首先接触到的是当铺及其所秉持的“利益之上”的商业原则，冰冷的生活将母亲留到最后的“姥姥家给的一件首饰”——可以视为在母亲这里中断的传统记忆的象征符号——盘剥殆尽，割断了她与自己过去生活的最后联系，而对于当铺来说，这个东西不过是“一号”而已。

此时的母亲意识到自己所面临的不可名状的威胁，她意识到自己和女儿无法在这个社会上正常地生存，本质上，社会的组织形式并没有给她们留出适当的位置——她意识到她们无法融入社会的正常秩序之中。这种焦虑感迫使她开始找寻进入社会的方法："整天地给人家洗衣裳。"读者不难发现其中的矛盾一面是进入正常社会组织，获取符号价值的欲望；一面却是不得不经历的深刻的异化感。可是这样的异化并未达到它的目的，而在"新爸"的庇佑再度消失后，"母亲"更是不得不进一步地下水为娼，甚至割断与女儿的联系来获得社会的参与权，从而不至于被其彻底抛弃。

然而在另一个层面，对于当时年幼的"我"而言，母亲的异化意味着"我"与这个社会最后的关系的断裂："妈妈就在暗中像个活鬼似的走了，连个影子也没有。即使她马上死了，恐怕也不会和爸埋在一处了，我连她将来的坟在哪里都不会知道。我只有这么个妈妈，朋友。我的世界里只剩下我自己。"

与此同时更为重要的可能是，从"洗衣机"到暗娼，失落了"母爱"的母亲——甚至让女儿代她为娼挣钱——展示了一种如她们这般的女人进入社会的渠道，在老舍笔下，对于"我"来说，"妈妈所走的路是唯一的"。

4

在这一层面上，"我"对于自己身体的发现便显得尤为重要，一开始，这样的发现对"我"来说还很陌生。

我在他们的眼中是更解馋的，我看出来。在很短的期间，我忽然明白了许多的事。我知道我得保护自己，我觉出我身上好像有什么可贵的地方，我闻得出我已有一种什么味道，使我自己害羞、多感。我身上有了些力量，可以保护自己，也可以毁了自己。我有时很硬气、有时候很软。我不知怎样好。

然而不久"我"便认识到了自己身体的意义，生活剥夺了"我"的一切原始资本，使"我"成为一个一无所有的人，而想要参与这个由资本逻辑所组织的社会，"我"必须有所投资才能获得生活必需品以及再生产所需的生产资料，而身体的发现使得"我"认识到自己唯一具有转换能力的物品便是自己的身体，"女人得承认自己是女人，得卖肉！"于是它被毫不迟疑地投资出去，以购买某种生产工具——更本质的，以参与某种社会运转。这一点发现使得"我"极为珍视自己的身体。

我老注意我自己，我的影子是我的朋友。“我”老在我的心上，因为没人爱我。我爱我自己、可怜我自己、鼓励我自己、责备我自己；我知道我自己，仿佛我是另一个人似的。我身上有一点变化都使我害怕，使我欢喜，使我莫名其妙。我在我自己手中拿着，像捧着一朵娇嫩的花。我只能顾目前，没有将来，也不敢深想。

如同祥子一样，对于自我身体的迷恋与对于它的使用密不可分，“我”把它投资了出去，“我和妈妈一样了！”在“我”看来，这只是一项纯粹的买卖行为，“要卖，得痛痛快快地。我明白了这个”。之后，老舍开始大量使用商业符号。

是的，我开始卖了。把我所有的一点东西都折卖了，做了一身新行头，我的确不难看。我上了市。

搬了家以后，我的买卖很不错。连文明人也来了。文明人知道了我是卖，他们是买，就肯来了；这样，他们不吃亏，也不丢身份。……有的很有钱，这样的人一开口总是问我的身价，表示他买得起我。他也很嫉妒，总想包了 我。

这样的叙述策略中，“我”被暗示为一件纯粹的资本运营者，贩卖着自己的身体，从而成为资本社会的一部分。进一步分析，一方面，“我”已然学会如何操弄资本符号，因而，作者所表达的是，只有通过对于资本符号的占有与使用，“我”才能真正被纳入这个社会之中；另一方面，这同时也是资本逻辑接管、填充“我”这一符号的意义的过程，“我”在资本符号的结构中重新得到定义。在这里，小说作者通过描述这一符号的暴力，建构了资本逻辑与底层经验之间的对立。

而当“我”觉得自己把握了社会运转的本质——“世界就是狼吞虎咽的世界，谁坏谁就占便宜”——时，真正的打击悄然而至：“我发现我身上有了病。这叫我非常的苦痛，我觉得已经不必活下去了。”

身体的滥用使得它迅速地贬值，“我的皮肤粗糙了，我的嘴唇老是焦的，我的眼睛里老灰渌渌地带着血丝。我起来得很晚，还觉得精神不够”。而对于身体贬值的恐惧又反过来加速着它的滥用，而这背后的逻辑依旧是纯粹的理性计算的结果："能多弄一个是一个，咱们是拿十年当作一年活着的。"然而，尽管"我打扮得简直不像个人"，肉体终究是无法再生产的，无法被组织进人类关系的个体，只能被以"物—商品"的方式组织进入社会，而"商品"的命运，无非是在买卖与使用之后被人丢弃。

所以，当这个社会面临一次小规模的重整——城里来了新官儿——时，这些不再能够产生剩余价值、不再能够流通于市场的人，自然而然要被"扫清"。在我看来，结尾处入狱的设置尤为意味深长：监狱，不就是专门设置用来收容那些处于社会运转体系之外的、不为社会所容纳的人们的地方吗？

5

至此，我们可以做一个小小的总结。《月牙儿》之所以显得如此的"现实"，并未因为它"真实"地描摹了一个底层娼妓的心声，恰恰相反，作为"我"的原型的那个女子本身是无法言说整个故事的，我们还记得这样一段。

我对校长说了。校长是个四十多岁的妇人，胖胖的，不很精明，可是心热。我是真没了主意，要不然我怎会开口述说妈妈的……我并没和校长亲近过。当我对她说的时候，每个字都像烧红了的煤球烫着我的喉，我哑了，半天才能吐出一个字。

这似乎在告诉我们，"真实"的主人公本身是无法言说的、沉默的大多数，与其说老舍书写了来自底层的声音，毋宁说他充当了一个"代言人"的角色。事实上，这一角色正是他所期待与认同的现实岗位。他在《我怎样写〈骆驼祥子〉》中写道。

我所要观察的不仅是车夫的一点点地浮现在衣冠上的、表现的言语与姿态上的那些小事情了。而是要由车夫的内心状态观察到地狱究竟是什么样子。车夫的外表上的一切，都必有生活与生命上的根据。我必须找到这个根源，才能写出个劳苦社会。

因此，这里的真正问题，实质上是知识分子如何言说底层的问题。在知识分子的“启蒙”姿态遭到无情的清算时，“代言”的言说方式便逐渐受到关注。然而，这一方式却没有得到应有的分析。而老舍的这一文本，恰提供了一个很好的“代言”范例。

一方面，老舍展示了资本与商业的符号如何一步步侵占底层人物的领地，通过建构关于底层的叙述，对抗着宰制性的资本主义逻辑，试图为底层话语打开通道。但在另一方面，在这一叙述之中，底层本身却是“哑”的，他们没有属于自己的符号价值，在资本逻辑到来之前，他们只能是一些空洞的能指。这就是斯皮瓦克警惕的现象：“知识分子本身可能共谋将他者塑造成自我的阴影。”在她看来，底层本身并非是一个固定不变的整体，它包含着多种社群，由于地域、文化、宗教以及社会经济地位的差异，他们有着不同的政治诉求，根本无法用一种统一的声音发言，或者形成一种固定的阶级意识。

然而，知识分子在“代言”过程中，却很容易将底层构建为一个统一的大写主体（骆驼祥子背后的车夫群体，“我”背后的底层女子，等等），在“资本逻辑/底层经验”的二元对抗中，消弭了底层本身的多样性与差异性，同时，也不断再产生着两者之间的不平等关系，以及资本的强大力量。

最后，对于这一言说方式的分析本身，并非是一种取消其合法性的努力，而是吁求着一种更为复杂的理解与叙述方式，诚如赛义德所说的：“知识分子是以表述/再现的艺术（the art of representing）为业的个人……知识分子的代表是在行动本身，依赖的是一种意识，一种怀疑、投注、不断献身于理性探究和道德判断的意识；而这使得个人被记录在案并无所遁形。知道如何善用语言，指导是以语言介入，是知识分子行动的两个必要特色。”充斥报端的打工仔与打工妹的境遇提醒我们，这样的“介入”远未过时。

2007年6月28日

陈子展写杂文

1

陈子展写杂文，是他逃到上海之后的事。

1927 年，陈子展年届三十，在湖南几个高中辗转任教，迎来送往的朋友中，不乏李维汉、徐特立、谢觉哉这样的中共党员。“马日事变”爆发，“左”倾人士一概遭殃，谢觉哉躲进陈子展房中，隔壁住着周竹安等人。为防搜捕，陈子展出面担任保长，以身家性命担保邻里无异党分子。此间，谢、周二人介绍陈子展入党，还没来得及宣誓，监誓人彭公达遇难，二人遂避走他乡，入党一事不了了之。很快，通缉名单下来，陈本人也榜上有名，情急之下，这一年冬天便携家出逃，经武汉到达上海。其时，老朋友田汉正在准备办南国艺校，于是，陈子展与欧阳予倩、洪深、徐悲鸿、徐志摩、冼星海等人一起加入筹办工作。发聘书，任教授，编讲义，收学生，不仅担任庶务工作，更亲自登上讲台，开授文学史、戏剧史等课程，作为副产品的《中国近代文学之变迁》和《最近三十年中国文学史》，至今仍是研习此间文学者的案头必读书。

陈子展的杂文写作，也正是由此起步。1929 年，南国社办《南国周刊》，从第四期起，以《孔子与戏剧》为总题，陆续刊出他的一系列文章，从《史记·孔子世家》一路谈到林语堂的《子见南子》，钩稽历代关于孔子扮戏的记载，以及由之产生的争论。然而，这些叙述绝非无的放矢，在对历代典籍的熟稔背后，蕴含着鲜明的现实指向，其背景正是现代文学研究者们所熟悉的《子见南子》案。林语堂的《子见南子》在曲阜二师扮演后，孔家后人大为不满，斥为“辱孔”，一路告到蒋介石那里，后者下令“严究”，最终，校长被调职，相关学生被开除，一时引起舆论哗然。陈子展由是写道。

封建社会是以君师与天地先祖合为所谓礼之“三本”的。于是我“大成至圣先师孔子”就得与天地君主先祖同尊并列了。而“君师者治人之本”，所以孔子治人之学首在尊君，君主治人之术重在尊孔。汉高祖改正溺儒冠之旧习，岂徒然哉？袁皇帝穿起祭天服以祀孔，良有以也！在封建势力还在挣扎它的最后一息的时代，它所依赖以为护符的“大成至圣先师孔子”自然是不许你犯着大不敬地来把他扮戏，而拉下他最后的尊严的。

同是这一年，南国社排演的《孙中山之死》也被政府“婉为制止”，国民党中央执行委员会宣教部还特地致函南国社加以解释。不过在陈子展看来，两者“不妨看作一件事”，他引了戴季陶的《孙文主义之哲学的基础》一文，证明在国民党看来，“原来孙中山先生是继承尧舜禹汤文武周公孔子这个‘道统’的人物”。那么，既然“孔子的戏不好上演，自然孙中山的戏也就不能上演了”。由此，他在两起貌似无关的事件中，点出了某种一以贯之的逻辑：对所谓“道统”的尊奉背后，正是统治者的“君主治人之术”。通过钩沉这一治术在中国历史中的反复出现，陈子展不仅揭示出在所谓“现代”政府的金字招牌下依旧隐绰着的“封建”魅影，同时也使自己的杂文超越了一般的社会现象批判，并具有某种“文明批判”的品格。

陈子展的这一路文章，很容易让人想起鲁迅的自陈：“因为从旧垒中来，情形看得较为分明，反戈一击，易制强敌的死命。”事实上，陈文最大的特点与妙处，正是这一套借古讽今、引史喻世的看家本领。他以孔融的礼教吃人之说，为反礼教思潮提供例证；他历数史书上“国术救国”的谬状，讽刺当时山东省政府主席韩复榘的所谓“国术考试”之举；他总结中国的历代马屁文人，讥道：“读书安全之法，至为简易，曰奉命读书是也。”他更举出聂夷中、于濆两位唐代诗人之作，慨叹“在现代的中国文坛还缺乏一种农民诗人，这是事实……我们并不奢望有杜甫白居易那样的大诗人，能够有一点闲情，偶然写几首社会问题的诗，只要有于濆聂夷中一流不为社会所重的小诗人，也就够得我们文坛的夸耀了”。诸如此类，实在是字字玄机，刀刀见血。细看他笔下的种种史事与现世，实在很难让人不起故鬼重来之感。鲁迅在读过陈子展的《正面文章反看法》后评价，“这是令人毛骨悚然的文字。

因为得到这一个结论的时候，先前一定经过许多苦楚的经验，见过许多可怜的牺牲”。诚哉斯言。

2

也正因如此，在20世纪30年代上海日益发达的媒体市场上，作为杂文家的陈子展甫一登场，便凭借其词锋之犀利、讽刺之辛辣与识见之广博，确立了自己的文名，也成为各家编辑争相约稿的对象。曹聚仁办《涛声》周刊，陈子展成为供稿最多的作者之一。陈望道办《太白》，将陈子展拉入十一人委员会，与郁达夫、鲁迅等同列。此外如《青年界》《芒种》《立报·言林》《宇宙风》《中流》《大晚报·火炬》《新语林》《论语》《中华日报·动向》等等，陈子展的名字几乎从不间断。而其中最有名的，大概就是黎烈文的《申报·自由谈》。

1933年初，黎烈文接手改版《申报·自由谈》，摒弃以往的鸳蝴派文人趣味，大量邀约新文学界作家作品，风气为之一新，老乡陈子展当然不能放过。《自由谈》这份副刊的影响力，对任何稍涉中国现代文学史的读者而言都毋庸多言，而其中不可谓没有陈子展的一份功劳。这一判断，决非笔者的私心偏好，几乎是当时读者的共识。林语堂办《人间世》，自述有两个人的文章最欣赏，一为曹聚仁，一为陈子展，因为他们读书多，文章也耐读。1948年，耿庸曾询问过黎烈文《自由谈》稿费问题，黎烈文答，最高每篇可拿十元，除鲁迅外，陈子展单篇也拿十元，专栏六元。陈文所受欢迎程度，由此可见一斑。

1933年2月11日起，陈子展以《蘧庐絮语》为名，在《自由谈》上开辟专栏。有趣的是，作为新文学最知名的舆论阵地，《自由谈》上的陈子展专栏，偏是用文言文写作的，据金性尧先生回忆，在该报刊载文言文的，“仅陈公一人而已”，这对于研究杂文的学者而言，实在是极为宝贵的材料。

不过在当时，这些文言文确曾引来许多批评，乃至被指责是给“文言复兴”壮了声势。穆木天就不指名地批道：“如《新师说》一文出世，文言文就乘时机走了幸运，之乎者也竟又成了商品，充斥于市场了。于是玩凤凰砖者有人，抄明人尺牍者有人，文言文于是一天比一天扬眉吐气了。……虽作者戏拟无心，自以为与人无涉，然而结果家传户诵，而其坏的影响确为不小。自然，在助长封建意识的复活之点，一篇《新师说》，两首打油诗，确实是值得受指摘的。”

这里的“两首打油诗”，说的是周作人的《五十自寿诗》，而《新师说》的作者，正是陈子展。1934 年前后，在周作人、俞平伯、施蛰存等人的提倡下，中国文坛确曾重新出现了不少的文言写作者，惹来新文学家们的警惕，疑心“今日的学校之所以教学文言文，就是拘束学生的思想的自由活动”，更由此引起了新一轮的文白之争。以此看来，穆木天的批评，绝非无的放矢。不过，把矛头指向陈子展，却是瞄错了靶子。1933 年 10 月 18 日，魏猛克在《自由谈》上撰文批评决澜社的画展，随后决澜社刊出一份启示，意谓魏猛克此举乃是诋毁其师。《新师说》一文即由此而来。此文虽以文言写成，并且从《师说》引到《语林》，颇掉了一下书袋，但其锋芒所指，依旧是这些“新文化”中人身上的“旧”主义。为人师者一面以己为尊，一面又忌惮弟子，此种逻辑，不见容于现代文化的平等观念，与“天降下民，作之君，作之师”的君师主义，倒是相合。

在这里，陈子展将现代文人的文学文化实践，置诸前现代的文化—政治逻辑中，两者非但毫不扞格，反而呈现出某种一致性，而文言文体，正成为这种一致性的外在表征。换句话说，语言的整体性本身，反衬出“新文化”的自我悖谬。这里的问题并非文言或是白话的非此即彼的选择，而是新文化在 20 世纪 30 年代的重新“文言”化，正是在这个基础上，我们才能够理解陈子展的文言写作中所具有的批判性。以往以“文白”之体来区分“新旧”思想的惯常思路在这里失去了有效性，而这也迫使我们必须重新面对现代文言写作内部的丰富性与可能性，以及文白之争在 20 世纪 30 年代重新展开时所面临的新的历史语境。

3

在写作杂文的同时，陈子展兼任多个大学的古代文学课程，并以讲义为基础，陆续出版了三册《中国文学史讲话》。然而，尽管以古典文学为业，陈子展对新文学作品与作家的阅读和批评却从未间断。他表彰胡适、梁宗岱、老舍的新诗，并认为沈从文的《旧梦》“写这种柔弱的性格，潦倒的生活，所遭的命运，所演的悲剧，自伤自嘲，曲折描绘，有很动人处”。他批评丰子恺的《缘缘堂随笔》对乞丐、工人与战争的屠杀无动于衷，“他在这茫茫苦海里偏能忘却当前的一切苦，反以观赏那些浮沉挣扎于这苦海里而尚无以达其彼岸的为乐”。他讽刺徐悲鸿、刘海粟善吹牛，“论者谓中国幼稚之艺术界中有牛皮派，刘海粟倡之，其徒徐悲鸿继之，岂不然耶？”他讥讽钱基博的《现代中国文学史》充满遗老气，不妨改题为《让清遗老文学史》，更指斥施蛰存之推荐《论语》，“我很怀疑就是有人读了《论语》，而且郑重其事地劝人读《论语》，他的‘道德修养’还是成问题的”。

在诸多文人学士中，陈子展对周作人似乎“情有独钟”。周作人写《五十自寿诗》时，他就曾和诗一首，极尽讥讽之能。

先生何事爱僧家，把笔题诗韵押裟？
不赶热场孤似鹤，自甘凉血懒如蛇。
选将笑话供人笑，怕惹麻烦爱肉麻。
误尽苍生谁欲责？清谈娓娓一杯茶。

周作人被判刑之后，他又写下《由周作人谈到辽金时代的汉奸》，撮抄点评辽金时期汉奸的诗文，讽刺道：“这一类知识分子为了个人的利害打算，民族国家的观念远不如一般民众的坚强。”不过，两者主要的对立还是集中在文学观念方面。《中国新文学的源流》发表之后，陈子展写下多篇文章与之立异，尤其对周之推崇公安竟陵，大加挞伐。《关于中国文学起源诸说》一文较为学理化，也较为平实，在部分同意周氏的文学起源于宗教说外，又举出艺术冲动说与劳动起源说与之并列。而之前的《不要再上知堂老人的当》

《公安竟陵与小品文》和《什么叫作公安派和竟陵派？他们的作风和影响怎样？》，就远没有这么客气了。在他看来，“公安、竟陵本来是以诗成派，今人却标榜他们的散文”实在可笑，而其小品散文的成就本也有限。以此为据，歪曲史实，杜撰“文统”，翻印作品，造成声势，只能是别有用心，“我想怕是他做了这次新文学运动的元勋之一还不够，再想独霸文坛，只好杜撰一个什么‘明末的新文学运动’，把公安竟陵抬出来，做这次新文学运动的先驱”。

这里可以见出，陈子展对于文坛人事的批评，并不从抽象的理念流派出发，而是以具体、当下的资本 / 权力关系为据。正如鲁迅将京海两派称为官的帮闲与商的帮忙，在《京派的起源》中，陈子展写道：“破落户的子弟，爱夸祖上家当。暴发户的人，也想抬出几个有面子的先人。做了文人，就不能不述祖德、不能不夸天才，从屈原以来就是如此，那也不足怪。天才无凭，自然可以瞎夸。祖德难于假造，也许还是盘瓠氏之苗裔，家族渊源是说不过去了，只好夸师友渊源。诗哲是我的同伴，博士是我的朋友，学者是我的熟人，名流我曾拜访过，他们都曾住在北京，我也属于京派了。这就是京派的起源。”

与此同时，陈子展虽然始终追随以鲁迅为标杆的左翼进步文艺运动，但对左翼人士，他的批评也是一以贯之。1941 年初，他在《大风》半月刊上连载长文《请看今日之文坛竟是谁家之天下？》，直言批评胡风在《七月》上自居“权威者”与“指导者”，是“戏台里自己喝出的彩声”“夸大狂患者发出的狂妄的呓语”“古文家的‘私署头衔’”，而归根结底，则是“文坛上的地位主义市侩主义”作祟。

需要补充的是，周作人之“独霸文坛”也好，胡风之“地位主义”也罢，两者在事实层面上是否成立，或有进一步讨论的空间，在这里更值得关注的是陈子展这一批评的内在逻辑。他试图揭示的，始终是文人学者的批评和理论话语与当时的文坛权力格局之间的关系，是象征资本在这类“文坛登龙术”中的运作方式。他提醒我们，对于立场、流派、文统的叙述，不仅是思想理念的展开，更是文坛权力关系的不断整合，对于“理论”问题的批评，也必须不断返回到其实践语境中去，才有可能展开一种“及物”的文学文化批评。

4

有趣的是，陈子展虽然对周作人大有不满，他杂文中的很大一部分，却隐隐有知堂体的风貌。从草木虫鱼到方言土语，从歌诗联语到乡俗土产，仰赖着他的旧学功底，这一类的写作对于陈子展来说，简直就是随手拈来、倚马千言。他从唐诗宋词出发，追索鸦片、茶叶的种植史，写出“中国人吸烟考”，他考订最早的莲花落诗人，谈起桂戏、花鼓等民间戏曲，他勾稽与“放屁”有关的古诗古文，写六朝的裸体运动。此外，他更以撮抄评注的形式，谈“文人与虱”、谈“文人相轻”、谈“文人笔名”、谈“蚌壳生罗汉”、谈“抄书”、谈“蚊子”等等，无不涉笔成趣、兴味盎然。

更体现这一类文体之特点的，是陈子展围绕其故家湖南乡邦人、事、物所写的一系列杂文。包括追溯梁启超在湖南的行迹言论，整理湖南的维新运动史，搜罗研究湖南的民间俗语、地方戏剧，详述湖南种橘、产橘、食橘的历史，在《话说傻瓜》一文中，陈子展胪列湖南方言中骂人痴呆愚笨的语辞如“块老”“五十三两”“粲头”“憨子”之类，并引述《大戴礼》《九辨》《晋书》《江邻几杂志》《归田录》等等文献，一一考订其源始与流变，读来令人拍案发噱，实在是此类文体中的上品。凡此种种，不仅显示出陈子展作为学者的渊见博识，更展现了他在文史掌故乃至名物考据方面的功力与趣味。如若有人有心整理现代中国文学中的学者散文这一文体的发展脉络，陈子展所留下的这批作品，当是不可绕过的材料。

尤其值得注意的是，随着时间的推进，陈子展笔下文言文的数量越来越少，白话渐成写作的第一选择。不仅如此，他还积极参与了 1934 年前后的大众语运动。据曹聚仁回忆，1934 年夏，陈望道、叶圣陶、陈子展、徐懋庸、乐嗣炳、夏丏尊、曹聚仁 7 人在上海福州路印度咖喱饭店讨论大众语运动。这一讨论针对的是汪懋祖的“读经运动”与许梦因的“提倡文言”。7 人决定轮流在《自由谈》上发表意见，并抽签决定发表文章的顺序。陈子展抽到第一，曹聚仁第二，以下分别为陈、叶、徐、乐、夏。陈子展《文言—白话—大众语》一文即由此而来。除此以外，他还连续发表《旧货新谈——从历史上看大众语文学》《大众语文学史的追溯》《大众语与诗歌》等文章，从唐宋元明的变文、平话、诗、词、曲乃至花鼓、摊簧、弹词、宝卷、歌谣、谚语一路讲来，如胡适写《白话文学史》一般，试图为大众语文学奠定坚实的历史起源与理论基础。“总之，我们要建设大众语文学，对于过去用大众语写作的东西，以及目前的白话文学作品，各地流行的大众读物歌曲，都有清算的必要。”

而在实践方面，除了白话杂文的写作，陈子展开始在《自由谈》和《人间世》上连载他的白话译《诗经》，其目的在于“尽可能地使用比较接近大众的语言文字翻译一部上古的诗歌集，决不故意模仿外国诗歌，也不存心夸耀古典辞藻，但要看大众语是不是可以创作诗歌”。这一方向上的努力，一直延续到了20世纪80年代的《诗经直解》。除此之外，他还创作了《龙船曲》《蝉儿曲》《龙灯曲》《打柴歌》《背纤歌》《舂米歌》等一大批清新可喜、朗朗上口的歌曲，成为大众语文学运动的重要创作实绩。

1933年6月9日，《自由谈》上刊出一则启事，称“昨得子展先生来信，现以全力从事某项著作，无暇旁骛，蘧庐絮语，就此完结”。这则启事被鲁迅收进《伪自由书》的后记里，作为压迫文艺的证据。不过，按照现存各种报刊所提供的材料统计，陈子展的杂文写作非但没有“就此完结”，反而愈演愈烈，成为当时最高产的杂文作家之一，如陈福康先生所言：“只要稍稍翻阅过30年代文学报刊的人，就不应该视同未见。”

事实上，陈子展杂文的创作总量之大、涉及话题之广、平均水准之高，在同时代杂文作者中，恐怕也是屈指可数的。更进一步说，他的写作实践、语言选择与文体转变，对于现代文学史的研习者，尤其是杂文、散文的研究者而言，实在是不可多得的宝贵例证。一方面，如前所述，他以文言撰写的社会批判性的杂文，对以往以“文白”之体来区分“新旧”思想的惯常思路提出了挑战，打开了我们重新理解语言形式的空间；另一方面，他自身的文体转变，以及他在整个20世纪30年代文白之争、《庄子》《文选》之争，以及大众语运动等文坛事件中的深度参与，为我们提供了一个珍贵的样本，来考察五四之后中国现代文学余波不断的文体之辩，以及写作者在其中的选择。

可惜的是，陈子展的创作至今未曾得到过系统的整理与出版。1930年，上海太平洋书店出版陈子展的《孔子与戏剧》一书，其中收入了近20篇以孔子为主题所撰写的文章，而这竟是陈子展唯一一部自编杂文集。（后来陈子展曾编选过自己的文集，收入文章120篇，编成甲乙两集。然而，由于无法忍受当时重庆图书杂志审查处的删改，最终放弃出版。）之后，他的杂文再未结集成册，殊为遗憾。自五六年前起，我便留意收集陈子展的杂文创作，虽然不成系统，但也陆陆续续攒下一些。2012年，我选出其中的53篇，编成《蘧庐絮语》一书，交由海豚出版社出版，其中收入了他在《自由谈》上以“蘧庐絮语”为题发表的全部专栏文章，以及部分同刊发表的其他杂文。然而，与他所有的杂文创作相比，这本小书所涵，尚不及什一。

1949年新中国成立后，陈子展回到复旦大学任教，直至去世。此间，他的兴趣渐渐转向诗骚研究，锱铢积累，终成《诗经直解》与《楚辞直解》两部皇皇巨著。也正因为如此，陈子展首先是作为一位古典文学研究者而为人所识的，尤其这两部著作，被他称为“余一生微尚所在”，可见其重。遗憾的是，或许正是他在这一领域的建树之辉煌，遮蔽了他作为杂文创作者的成就，其创作的数量之大与价值之重，也长期湮没不彰。金性尧在《忆陈子展先生》一文的结尾写道：“悠悠百年，墓木已拱，只有文章才能长留人间。”饶是如此，一个作为杂文家的陈子展的形象，恐怕依旧有待我们的发掘与勾勒。

2014年7月23日

战争、创伤与自杀

——读丘东平的《通讯员》

1

在这篇文章里，我试图从丘东平的一篇小说入手，谈及中国文学，尤其是现当代文学中的创伤书写问题。由一个短篇论一种文类，中间自然充满了跳跃与疏漏，但我仍然愿意做一次尝试，因为这关涉到我自己对文学的一些基本看法和倾向，并希望得到更多的讨论。

我选择的这个短篇名叫《通讯员》，最初发表在《文学月报》第一卷第四期，故事的大致内容，是讲在战争中，一位叫林吉的通讯员带领一个少年执行任务，结果少年不幸被捕遇难，林吉虽然逃生，却不堪内心负罪，最终饮弹自尽。

或许有一点小题大做的意思，但这短短的一篇小说，确实让我想到了那些必然会被视为“宏大叙事”的主题，比如战争、死亡与创伤。小说作者丘东平是熟悉战争的，1927 年参加海陆丰起义，1931 年“九一八事变”后进入十九路军并参加一·二八淞沪战役，随后投身“左联”，发表大量以战争为背景的作品，《通讯员》正是其中最引人瞩目的文章之一。

20 世纪中国的绵长历史与延续不断的战争体验始终彼此纠缠，而战争也从来不仅是一个军事事件或政治事件，从甲午海战给中国知识分子带来的精神冲击，到“救亡”与“启蒙”间的曲折变奏，“战争”已然成为此间中国文学的一个基本母题，一代代作家不断书写着自身的战争经验，也由此构建出中国现代文学中丰富的战争话语。

其中，《通讯员》给人的感觉依旧是与众不同的，胡风说他读后“不禁吃惊了”，其内容与当时的一般作品相比，“几乎是出于意外的” 。石怀池说它“结构严谨而艺术力很深”。而彭燕郊则“一下子被抓住了：革命原来可以这样写，也应该这样写”。1934 年，鲁迅和茅盾应美国作家伊罗生之邀，编了一本“现代中国左翼作家短篇小说集”——《草鞋脚》，也收入了这篇小说，尽管一年之前丘东平和鲁迅之间有过笔战，但对这篇作品，还是极为肯定的。

拉来那么多名人做托，只是为了表明自己初读之下的惊异并非个人幻觉，在丘东平的这篇小说中，确实潜藏着某些与众不同的东西，那么下面我就尝试着直接进入文本，看看能不能把那个隐隐闪光的东西讲出来、讲好。

2

小说的第一节比较短，我不妨抄在下面。

林吉的门口，长着一株高大的柠檬树。六月初间，曾在这柠檬树下杀死一个收租的胖子。他的尸身横架在树根上，嘴巴还在一下一下地张合着；但是背步枪的已经回去了。在四面站着的人，望着林吉腰边带着的皮盒子说：

“哼，我说你哪里去！——来啦，你的曲尺到现在还不曾用过？……还不来，你这傻瓜！”

于是，林吉拔起了他的曲尺，对准那胖子的前额。

“砰！”林吉觉得手里有点震荡，那胖子的头颅便裂开了一个角。

“第一！”许多人都举起手来，挺着一个大拇指。

经过这样的事情以后，林吉便被大家称作一个最有胆量的人了。

从小说第一行开始，作者便不由分说地将“死亡”推到了每一位读者的眼前：林吉杀死了一个收租的胖子。但是，与这样的迫不及待形成对照的，是作者在“死亡”原因上的漫不经心：那个胖子叫什么？什么身份？有什么罪过？为什么要杀死？在文本中，除了“收租的”三个字，读者几乎找不到关于死者的信息，然而，这三个字与其说是一个理由，不如说反而衬得这一次杀戮更为随意、散漫。换句话说，作者没有对这次杀戮的正义性做出任何的说明，它是一种未经讨论的，不由分说的强加，读者在毫不知情的状况下旁观了一次杀戮，却对杀戮的原因茫然无知。

但是，死亡从来不是一个纯粹生物性的事件，它的周遭总是围绕着种种原因、目的和意义的赋予。而在这里，提示着这一信息的，是作者对杀戮现场的两个对象——林吉和围观群众——的细致描摹：前者是杀戮行为的执行者，而后者则不断煽动、表彰着前者的杀戮行为，前者是一系列沉默的动作（拔起、对准）与触觉（震荡）的组合，而后者则是一系列嘲讽、激励与评价的言辞。换句话说，在这里，我们发现，死亡本身是沉默的，而与沉默的死亡同时登场的，是对死亡的言说。

在这一描摹中，我们不难听出鲁迅笔下的“示众图”的回响，而更重要的，正是这些言说行为，在不断试图赋予死亡以意义，将死亡纳入某种可以接受的逻辑加以阐释，试图平复毫无道理的杀戮所带来的“震荡”，正如“经过这样的事情以后，林吉便被大家称作一个最有胆量的人”这句话所暗示的，这次死亡事件最终被“大家”视为一次胆量测试，而非生命的剥夺，消散在一片庸常的赞誉之中。而死亡本身，却始终以沉默的姿态，处于各种话语、言说的包围之中。

但是，以他人的生命来对自身的勇气进行测试，这是可以接受的吗？这个问题被悬置了起来。而随着故事的推进，在这次死亡事件中出现的“沉默—言说”二元关系，将一次次复现在人们耳边，像是盘踞在文本中的幽灵，并最终逼迫读者重新认识死亡的意义。

3

在第二节中，战争正式登场，并介入了林吉的生活：“林吉当了江萍区的通讯员，很少回到家里来。他每天都是跑路。就是回到家里，至多也是吃一餐饭。”

而与战争同时登场的，依旧是关于战争的言说，它们来自那些“邻居的人”，他们对战争有着不厌其烦的猜测与想象，他们倾心于打探“一些秘密的事”，津津乐道各种流言蜚语，他们甚至开始幻想自己在战争中的机敏策略。

在这样的言说中，战争不仅无涉于任何意义上的死亡和恐惧，反而成为茶余饭后的谈资，成为流传山野的传奇故事，成为这些言说者日常生活中的点缀。换句话说，战争在这些言谈中被娱乐化、传奇化了，它被转换为一种不在场的经验，外在于人们的生存实践，修饰着庸众的“日常生活”——今天大多数的战争电影所使用的，不正是这一策略吗？这一策略，使得战争事件得以安全地、平稳地被纳入人们的生活之中，而避免了任何创伤与威胁。

然而，正如第一节中所展现的图景一样，作者这一节的表述中再一次使用了“沉默—言说”的二元结构。作为战争的实践者，林吉的日常生活所受到的冲击是内在的、实际的。但是，与周边聒噪的喧哗相比，他却“只是对他们把箸微笑，从来是不多说话的”，这一意味深长的沉默将他与邻居们区隔开来，同时也将战争与对战争的言说区隔开来，在我看来，这种近乎偏执的沉默，不仅昭示着两者清晰的界限，也提醒着人们后者对前者的侵占与挪用。

值得注意的是最后林吉的那句“那是一定”，它肯定的是“这全靠我们自己变化就是了”，也就是说，对于林吉而言，战争始终是一个“我们自己”的事情，是内在于个体生存实践的事件。因此，由战争所带来的诸种体验，便必然是个体内部的生命体验与“变化”，而非来自外部的“谈资”与“传奇”，它不可能被这些外在的言说所表述，也不可能同意这些言说对战争所做的娱乐化与传奇化的操作。

因此，林吉的这一“回答”，不仅没有赞同对战争的言说，反而是对其不可言说性的重申与强调，在这样坚定的沉默中，邻居们连篇累牍的发言，开始显出空洞与虚弱。

假设我们可以认同，任何对战争的言说，都是一种符号化操作，一种话语体系——同时也是意义体系——的建构过程，那么与之相反的沉默则标定了对这一言说行为、这一符号体系的拒绝，一个话语的失败之所。在这前话语的、前言说的、前符号的位置中所充溢的，正是特定的言说行为所无法陈述、无法自圆其说、无法被“操作”掉的部分，这也正是沉默背后的意义所在。

更值得注意的是，不论是第一节中的死亡事件，还是第二节中的战争话语，“沉默”始终是林吉这一具名的、单数的、个体的沉默，而“言说”却是围观者和邻居们的匿名的、复数的、群体的言说，前者是对个人主体性的坚持，而后者则标定着一种压抑性的力量，它抹平了个体经验的差异，将其纳入众数的共鸣之中，试图淹没每一个沉默者孤绝的身影。

至此，我们可以做一个阶段性的总结。在上述文本中，“沉默”与“言说”构成了最基本的叙事结构，其中，“言说”指向对战争的合法化阐释，它是一整套普遍性的、外在于个体生命的话语，目的在于通过意识形态修辞，构建一套圆融的说辞，使得死亡与战争能被平滑地纳入日常生活之中；而“沉默”则标定着这套修辞的裂隙，它拒绝外在的命名与叙述，也拒绝任何意义上的合法化企图，顽强地标定出言说的缺损。两者之间的对峙与拉锯构成了文本的基本叙事动力。然而，这里留下的问题是，在那前话语的、前言说的、前符号的地方始终沉默着的，究竟是什么东西？

4

那便是死亡。是战争中无处不存、无所不在的死亡，以及这一死亡给人带来的、内在于特定个体生命实践中的创伤性经验。在小说的第三节中，战争—死亡终于降临了。

在分析文本之前，请允许我荡开一笔，先对战争本身做一点补充的说明。与其他的历史事件不同，战争之所以为战争，正是因为它始终与大规模的暴力、杀戮和死亡紧密相连。这也就决定了对战争的叙述，同时也必然是对死亡的叙述，而丰富的战争话语，也必然是同样丰富的死亡话语。

正是在这样的话语空间内，诸种意识形态力量反复争夺着对战争—死亡的起源、性质与目的——尤其是对战争—死亡合法性——的阐释权力。如果我们依旧记得那些对“牺牲”行为的意义的书写的话，那么可以说，在战争—死亡合法性的建构背后，是诸种政治诉求、权力集团以及思想倾向对自身合法性的表达或重申。

然而，死亡在存在论意义上的否定性决定了它始终无法被真正的合法化。如果说“文明”的合法性永远建立在捍卫并优化人们的“生”的基础上，那么“死”就必然构成对任何一种合法性说明的终极否定。你无法以毁灭生命的方式来使得生命变得更加美好，与此同时，这样的毁灭反而会成为任何一种“美好承诺”所必须加以说明的问题，成为每一种“文明”合法性中触目惊心的伤口。这也就决定了，死亡所造成的创伤，与文明对这种创伤的修复之间的反复拉锯，构成了战争—死亡话语的基本特征。

换句话说，“战争—死亡”这一事件，始终处于重重的意识形态修辞包裹之中，而这些意识形态修辞的统一特征，是将“战争”——这一充满杀戮、恐惧与死亡的事件——不断纳入“文明”的逻辑中加以表达，赋予其中出现的暴力以崇高的目的与价值——不论这些目的与价值是什么，似乎战争—死亡是为了实现这些“文明”的目的，而必须经历的历史阶段。在这一修辞中，“文明”仿佛具有全面修复战争创伤的能力，严丝合缝地填补了死亡在文明的庞大躯壳上拉开的伤口。

现在，让我们回到文本之中，在一次执行任务的过程中，林吉所带领的一个担任政治工作的少年，在前往梅岭的途中被敌人捕杀。这是一次真正意义上的战争—死亡，也正在这一死亡之后，紧接着“那被捕的少年怎样结果”，文明修辞术开始迅速调集各种意识形态资源，试图修补这个新出现的裂隙：一次次新的“言说”又开始了——

首先出现的是林吉的同志的说法，在他看来，“一个同志遭遇了意外，其实这算得了什么！……这样的事情是十分平常的”，换句话说，一条生命的存在与否，已经被纳入战争机器的成本核算体系之中，被作为一种日常性的“失误”或“差错”。在这里，重要的不是生命本身的逝去，而是这次“损失”对整个战争机器造成的影响，生命的意义在于对战争机器这一大他者（other）的贡献，在于成为机器中一个个匿名的、量化的螺丝钉，从而在理性化的逻辑中消解掉任何超越性的意义指向。

也正是在这个意义上，战争恰恰揭露了文明的自我悖谬，一方面，它向人们承诺以理性的力量推动人类生活的日趋美好；而另一方面，正是这一理性的力量，在消解着人类生命本身的价值与尊严。

关键是，这一逻辑并非仅为战争中的同志所拥有，在后文邻居们的说辞中也昭然可见。为了平复林吉内心的“愁苦”，邻居向林吉讲述了一个与林吉的经历类似的故事：一个叫李潭水的交通员带着一个叫吴石龄的少年送文件，结果被敌人发现，吴石龄狼狈逃窜，最后幸而被李潭水救起。而邻居的结论是："倘若我是李潭水，我一定一剑结果了他——留了他有什么用呢？"

对于邻居而言，李潭水的救人行为是不可理解的，因为吴石龄对于战争机器的运行而言没有"用"，也就是说，这样的理性化逻辑不仅是参战人员的专利，同时也已经深入这片土地的方方面面，深入每家每户，甚或我们邻人的思维方式之中。也正是这样一种思维方式，试图以"无用"为理由，掩去战争—死亡给文明带来的创伤与裂痕。

这一点更清晰地体现在林吉的"同志"给他讲述的另一个"譬喻"中：他将死去的少年比喻为快要死的病人，将林吉（作为战争机器的代表）比喻为医生，试图说明林吉对这个少年是没有责任的。在他看来，少年的死亡是由他内在的"病"——"无用"——所导致的，而与战争机器的运作无关，但问题在于，对少年之"无用"的判断，本身就是由战争机器给出的，换句话说，正是战争机器使少年患上了"快要死"的病，却试图撇清与这种"病"的关系，给这样的战争—死亡贴上"咎由自取"的标签，告诉人们少年可以死，但战争"是不能跟随你死去的"！

5

而这些故事却无法说服林吉，"这样的故事除却增加林吉内心的痛苦，也没有半点用处"。在目睹了少年的死亡后，林吉"心里便好像起了不可排解的痛苦，他的形状是突然改变了"。在这里，战争—死亡在林吉的生命体验中划出了一道创口，死亡这一事实的极端性使他无法继续保持先前的"沉默"，此时，仅仅拒绝外在的命名与宰制已经不够，他需要主动向外探寻，去质疑那些围绕这一死亡事件而形成的话语和言说，去洞穿它们的虚妄。

然而，这样的洞穿绝非以构建另一套话语体系的方式而展开，绝非一种体系性言说对另一种体系性言说的批判（譬如我们很容易想到的国共两党对同一战争的不同版本的叙述），而是站在"沉默"之所，对所有言说行为的不断地质疑与询问，去撕扯那些话语和言说表面上的圆融平滑，揭露其背后的逻辑。

因此，这些询问与质疑绝非癔语，而恰恰是一种批判性的实践，需要加以特别的关注。那么这样一种批判性实践如何展开呢？我们注意到，林吉在最初开口时所询问的，是少年“叫作什么名字”。在我看来，这一对于命名的追问是意味深长的。正如前文所说，在战争机器的运行逻辑中，生命是一个个匿名的、量化的符号，而追问姓名的行为，则与此恰恰相反，它将生命拽出战争逻辑，通过对它的命名，赋予它具体的、独一的“名字”，在生活的版图中占据一个特定的符号位置，建立起有机的联系，从而拒绝被隐匿与量化。

在此，林吉试图说明的是，战争机器中被匿名与量化的对象，事实上本身就是一个鲜活的、具有个性的生命主体。对他们而言，战争非但没有兑现其改善生活的承诺，反而剥夺了他们年轻的生命，这些人恰恰是战争言说所无法说明的部分。是战争言说试图通过将他们降格为螺丝钉而加以掩盖、藏匿的部分，然而，对这些主体的命名行为，正暴露了这种“降格”操作的不合理，这些有名有姓的生命主体，刺穿了战争言说圆融的外表，成为文明修辞术的光滑表面上一座座扎眼的墓碑。

也正因为他点到了战争机器的痛处，才会得到“你这王八”这样恼羞成怒的斥责。而这样的斥责并未终止林吉的实践，因为战争—死亡的创痛无法愈合，“那少年临死时的各种叫声，总是存在他的心头。这样，他便暗暗的惶急起来，因为，无论如何，他总是没有办法抛去这件痛苦的事情……”

自此以后，“他无论碰到什么都拉着，告诉他那一夜的事”。这样不断地“告诉”起先还能挣来大量的听众，“在他的四围堆成墙堵”，但后来，就“只存有几个孩子”了。作者对这一段的描写轻而易举地让人想到了鲁迅笔下的祥林嫂，而其悲剧性也如出一辙。如果说在《祝福》中，祥林嫂的存在成为鲁镇“无限的幸福”的新年景象中一道刺目的创伤、成为礼教的祭品，那么在这里作者试图表达的是，对于战争中的人而言，不仅阵亡的兵士（少年）是“被吃”的对象，每一个幸存下来的人，也将永远背负着战争的创伤性体验，成为战争的活着的牺牲品。

6

通过上文的分析我们发现，林吉与他人的对立已经从“言说”与“沉默”的对立，转向了“言说”与“质疑”——也即“批判”——的对立，从消极地坚守战争创伤的不和修复性，转向了主动挑战对战争—死亡的各种文明修辞。而在这样的批判实践中，林吉重复最多的一句疑问是：“少的死了，大的却逃了回来，你说这是对的事吗？”

从这句质疑出发，我们得以窥见这种批判的基点，及其激进性所在。在文章所揭示的战争逻辑中，对人的区分标准始终是“有用”与“无用”，而非“老”与“少”。两者的区别在于，正如前文中对少年的命名行为一样，在林吉这里，对人的价值与地位的认定，始终在一组具体的实践关系中展开，人的生命是它自身的名字、个性、年龄、行为等诸多因素的组合，是从生命自身出发加以评判，而非来自任何外在的大他者的命名、来自外在的“有用”与“无用”的评断。

更进一步说，将个人生命的价值纳入战争逻辑中加以考量的做法，不仅将个人阉割为一个个匿名的量化对象，更丧失了在具体的、人与人的互动实践中去做出价值评价的可能，而这一丧失，正是对人的主体性的扼杀：对于一个行动的主体而言，其主体性不仅体现在对行为本身的选择，也体现在对行为所造成的后果的承担。

而恰恰在林吉这里，他与少年的“人的”与“少的”之间真实的互动实践，构成了他反思自身行为的出发点，对他而言，“他现在所需要的是一种药石般的责罚；对于认罪的人，安慰是没有用处的”。也就是说，他试图揭示的，是在具体的实践关系中，人与人之间所应当承担的责任，而战争逻辑的问题，恰恰就是对承担责任的回避——它将战争—死亡包装成一种必然的成本，消解在一次次具体的死亡事件中，战争的参与者所应当承担的责任，对他人的责任。对这种责任的承认与回避，正是林吉与他人之间的真正分歧所在。

稍作总结，我们发现，林吉正是通过强调个人对他人的、列维纳斯式的责任，一次次质疑着文明修辞术对战争—死亡的合法化言说，而后者所力图回避的，正是这种责任的丧失对文明造成的伤害，正是这种以伤害文明、取消主体性为手段，来争取文明的进步、主体的解放的意识形态谎言。林吉的批判性实践所揭示的，是这样一种生存论责任，永远无法被言说行为所消解，无法被符号性操作所消解，无法被文明修辞术所消解，它将始终成为战争逻辑无法自圆其说的裂缝。

7

也正是在这个意义上，我们才能够理解林吉的自杀所具有的激进性的批判意义。对林吉而言，战争—死亡从来不是一个符号层面、话语层面的事件，不是其他人滔滔不绝的说辞——我们不难发现，在文本中，几乎所有人都在不断地说话——所能够阐明的事件，而是一个实践事件、行动事件，由战争—死亡带来的“罪感意识”，也只能从实践、行动上给出回应。

在文本中，对战争—死亡做出实践性回应的人只有两个，除了林吉的自杀外，还有林吉妻子的“讨魂”，然而后者“没半点效果”，原因在于，后者的实践是“瞒了一总的人”的实践，是与战争—死亡中所牵涉的各方毫无关系的实践，而真正的责任承担，恰恰要求战争—死亡事件的参与主体自身去凛身受责，只有林吉自己的实践，才具有这样的意义。

因此，林吉的自杀应当得到细致的分析。林吉之所以产生自杀的念头，是因为他被诘问道：“为什么你那时候不开枪还击他们？身上的曲尺，不是碰见敌人的时候拔出来用的吗？哼，你这傻瓜！”

这句诘问之所以具有力量，正是因为它点出了林吉在实践上承担责任的可能性——开枪还击，换句话说，它让林吉真正切实地意识到，自己的失责与少年的战争—死亡事件之间存在的不可分割的联系。这种联系催逼着他做出实践性的回应，催逼着他对自身的责任加以承担。

因此，林吉的自杀需要从两个方面来理解。就正面而言，正如上文所说，它是个人对他人的责任的履行，是以生命本身回应生命的罪责。而从反面而言，生物性的自杀行为，本身是一种强烈的拒绝表达，对文明修辞术所提供的疗伤方案的拒绝，是对所有版本的战争合法性说明，以及在这种合法性宰制下的安稳生活的拒绝。

与此同时，林吉的自杀行为本身也造就了一次新的战争—死亡，与之前的死亡事件不同，这次新的死亡无法被纳入战争合法性论述之中，因为它正是以战争的不合法性为前提的，它不是对战争中某一方的否定，而是对战争本身的否定。换句话说，林吉的自杀就像一柄利剑，深深地刺入了“言说”的平滑表面，使它总体化、和谐化的理想永远无法实现。自此之后，林吉的死亡就会以一种幽灵的姿态，始终飘荡在战争话语上空，在这个意义上，这种自杀行为恰恰不是退让与逃避，而是一种真正的激进性的批判实践，将自己转化为一中“不在场”的“在场者”，深深嵌入战争—死亡事件之中，不断给文明修辞术以“过激的震荡”！

8

至此，对于《通讯员》的文本解读已经结束，我不知道自己能够在多大程度上把自己的意思传达出来，学术写作总是不如文学文本那样具有直撄人心的能量，但又不得不勉力为之。接下来要谈及的，便是中国文学中的创伤书写的问题。借助上文的分析，这里的创伤书写的概念，应当已经较为显豁，基本上，这些书写总是把重心放在那些总体性的意识形态修辞所无法囊括的部分，并通过对这一部分的充分展现，暴露总体性意识形态修辞的缺损、悖谬，甚至谎言，在其中不断拉锯的，始终是“言说”对“沉默”的侵蚀，和“沉默”对“言说”的抵抗。更重要的是，这种暴露与批判，并不以另一套意识形态修辞为前提，并不基于一个乌托邦，而是基于生活于总体性意识形态之中的、人们的实践经验。

在我看来，丘东平在《通讯员》对于战争创伤的书写绝非横空出世，而其最典型的师承代表，便是文中提到的鲁迅。《祝福》里的祥林嫂，几乎是林吉的角色原型：首先是沉默，“不开一句口”“不很爱说话”“整日紧闭了嘴唇”；其次是不断重复着自己的创伤体验，对别人讲述着悲惨的故事；然后，则是对外界的令人不安的质疑，比如“一个人死了之后，究竟有没有魂灵的”？

可见，两者之间的承接关系，是显而易见的。更重要的是，不论是祥林嫂还是林吉，都并非代表着另一套意识形态话语，他们生长于那个将他们置于死地的世界之中，各有其角色和使命，作为通讯员的林吉是战争机器的一部分，而祥林嫂更是始终认同于捐门槛一类行为所代表的价值。然而，面对他们在这个世界中所遭遇的生活悲剧，他们所处世界的总体性意识形态，却无法安顿这些创痛，无法将它们自圆其说地纳入自身的逻辑之中。于是，他们便只能与这些创伤相伴相终，他们的悲剧生长于那些世界内部，而他们的存在本身，也成为战争之中、成为鲁镇街上一道刺目的疤痕，提示着那些意识形态话语的破裂。

因此，与其说创伤书写展现了对总体性意识形态的外部批判，不如说展现了它的自我瓦解。在鲁迅与丘东平的文本中，书写的核心始终是行动与实践，而不是言语和修辞，或者不如说，是言语和实践之间的错位（“我”无法回答祥林嫂的问题、邻人无法安抚林吉的痛苦），是实践对言语的突破。他们从不与空洞的意识形态修辞交手，进行语词的搏斗，而是“突入”到生活实践之中，揭示言语的虚妄。我隐隐觉得，这里与胡风的所谓“主观战斗精神”之间或有关系，当然，这还需要进一步的考察，不过，那已是另一篇文章的题目了。

9

从鲁迅和丘东平延伸开去，可以隐隐地发现一条创伤书写的漫长传统。近世中国的动荡格局，使得既有的意识形态体系一次次遭到颠覆与摧毁，赵园先生在晚近的著作里再三致意于明清之际的遗民论述，朝代更迭与满族入主，士大夫的创伤经验亦成为触动思想嬗变的直接动因，从中我们得以窥知儒学中人如何与之转圜周旋。甲午一役，更带来3000年未有之大变局，殉文化者辈出，震荡所及，今日犹存。此后的屡次战争，一波未平一波又起，也使得国家与个体伤痕累累。此间多少创痛，都是文学书写取之不尽的材料。

新中国成立后，创伤书写式微，代之而起的，是我称为神话书写的文类，最典型的便是黄子平先生所谓“革命历史小说”：“在既定意识形态的规限内讲述既定的历史题材，以达成既定的意识形态目的：它们承担了刚刚过去的‘革命历史’经典化的功能，讲述革命的起源神话、英雄传奇和终极承诺，以此维系当代国人的大希望与大恐惧，证明当代现实的合理性。”

同是战争文学，对革命历史小说而言，总体性意识形态所提供的解释永远是完满的、圆融的，小说家所需要的，仅仅是填补曲折的情节与对话，使之令人喜闻乐见而已。而另一边的张爱玲，写战争里的倾城之恋，说“也许就因为要成全她，一个大都市倾覆了”，也是另一种圆满。独独丘东平的《通讯员》，无端端把战争的荒唐暴露在外，除了死亡与创伤，没有带来其他东西，在此与以上两种神话——国家的或个人的——拉开了距离。

有创伤，终归会有创伤书写，20 世纪 70 年代末开始的伤痕文学，是这一传统的再次抬头，当然，这里面包藏着更多的变化和歧义，不是在这里能够讲述得清楚的。

然而，创伤书写还有更为复杂的面向需要讨论，这里只能简要地勾勒一下。如前文所说，创伤书写本身，是以拒绝总体性意识形态的符号体系为前提的，“沉默—言说”的二元结构所暗示的是，创伤不是对某一符号体系的拒绝，而是对意识形态修辞本身的拒绝，它始终是前话语的、前言说的、前符号的、沉默的界碑。

但是，正如“书写”二字表明的，这一对符号言说的拒绝，恰恰要以符号的形式加以表达，要站在话语的裂缝中发言，要用“言说”去表达“沉默”。换句话说，创伤书写所要求的，正是以语言去捕捉那些不可言说的东西，而一旦后者被固化为纸面的文字，便很容易成为另一套意识形态符号体系。这也就解释了，为什么伤痕文学中对之前意识形态创伤的暴露，会那么容易地成为对之后意识形态合法性的论证。

创伤书写的冲动，来自作者的生命体验与外在的意识形态之间的碰撞与摩擦，而创伤书写要保持自己的品质，便需要不断地继续这种摩擦，不断地回到生命体验与生活实践，不断发现新的裂缝与谎言，去执行那不可能完成的，却又必须完成的任务。这一过程几乎不可中断，因为一旦中断，便会成为新的总体性、新的神话。

言说那些不可言说之物，书写那些前符号的体验与感触，这是创伤书写的宿命，也是文学本身的宿命，相对于神话书写，这里充满了更多的困难与粗糙。然而对于我自己而言，神话书写固然可能跌宕起伏，但终归过于轻巧和容易，我更愿意阅读那些困难与粗糙，因为正是在这些困难与粗糙里面，我才发现了生命的滞重与体量，发现了自己始终流连痴迷于文学的原因。

最后回到大会的主旨，传统而活在现代，自然有其不得已的理由，这理由中有我们对思想资源的珍视、对文化精神的保护、对知识智慧的追寻，似乎也应该有我们从古到今始终在面对的种种不堪，比如挫折、疼痛、创伤和苦难，这些体验以及对于它们的表述，也终归算是一种活在现代的传统吧。

2010 年 8 月 10 日

你看你看领袖的脸

——新中国成立后领袖像的出版与发行

中共领袖像在政治实践与民众日常生活中的使用与普及，从根据地时期就成为党的意识形态工作的一部分。在毛像下的诉苦与批斗场景，亦成为土改小说中的经典画面。领袖像作为缺席的在场者，不仅是中共政治形象的日常展演，更提示着中央权力的无处不在，起到塑造政治认同、确立政治权威的作用。也因此，领袖像的人物选择与绘画内容，从来都是中央文化部门关注、管制的对象。1949 年以后，中共得以逐步控制全国的出版系统，对领袖像的印刷、发行的统一管理，尤其是内容上的标准化，也终于成为可能。管理部门不仅处理基层上报的问题，更主动发起调查、收集情况、形成意见、指导工作，由此积累的大量官方文件，也成为我们观察此间文化政治动态的独特材料。

1. 清除私营出版者

1950 年 2 月 25 日，政务院文委报批了《关于绘制出版毛主席像暂行办法（草案）》，其中第一条便规定："业经规定之毛主席标准像，由出版总署责成新华书店统一印制发行。"由此，标准毛像的印制发行便成为国家垄断的事业，私营出版商在需要复制标准像时，必须取得出版总署允许。在非标准像方面，私营单位也必须先将欲印的照片或画稿呈交当地所属省（区、市）政府的文教主管机关审阅，审阅批准后始能付印。同样需要报批的，还包括"塑造、浮雕、刺绣及瓷制等等之毛主席像"。除此以外，《办法》还特别提到了政治活动中使用的毛像："凡属开会游行时应用之毛主席画像，均须依照新华书店印制之画像（不限于标准像）绘制，并须精心制作，不得潦草。"

《办法》出台以后，效果似乎不甚理想。次年4月，出版总署下发《印制毛主席像应注意事项》，其中写到，现有印刷品对毛主席像的印制依旧存在“不郑重，不严肃”的情形，除了印刷模糊、摹绘失真外，还常常被作为商标印在广告或招贴上，有的甚至“与国内外反动人物像并列”。由此，总署做出五项规定。

一、摹绘、复制应以人民出版社及人民美术出版社或其他国营出版社最近印行的毛主席图像为标准。

二、印刷必须清晰。

三、不得用作商标。

四、不得印在营业广告、营业招贴和各种装饰品上。

五、不得与反动分子并列在一起。

由这五项规定可以看出，领袖像的印制发行在当时已有成为某种逐利行为的趋势，成为招揽顾客、吸引眼球的工具。为了反拨这一倾向，加强、纯化其政治性，私营单位进一步被清除出领袖像的印刷发行领域，“国营出版社”成为唯一的标准制定者。

1953年，出版总署审查了上海的东方红、华美、长春等几家私营出版商，发现了大量问题，除了图像失真与排列次序不对等老问题外，还有的随意附加不准确的领袖“传略”，图片底下的说明文字也多有错误，“甚至有把斯大林像标为列宁的”。在国家看来，“这些私营出版商出版领袖像纯以投机营利为目的，不顾及出版领袖像的政治严肃性，影响很坏，不应任其流行”。在此调查基础上，出版总署下发《关于处理私营出版商出版领袖像的通报》，对私营出版业的管控，可谓层层递进。首先，对于没有图片出版资质（如本身无绘画人才）的出版者，“原则上只准其按印刷业登记，不准其按出版业登记，通知其只准承印印件，不得自行出版图片画册”。其次，对于原有图片出版基础的出版者，准许出版一般的图片画册，“但要口头通知他们，不得出版领袖像（包括我国党政首长、各国共产党领袖及各兄弟国家政府首长）”。对于个别由于经济原因，坚持要求出版的，发给领袖像的标准样张，“令其务必按照标准像出版，并不得擅加文字说明，或用任何形式排列在一起”。然而，这也仅限于个例，“在公开宣布时，应该坚持说明私营出版社一般地不得出版领袖像的原则”。

这里提到的领袖像标准样张，由人民美术出版社供给。不过，人美并未因此获得多大的自主权，一方面，它不得直接与私营出版社联系，而必须以出版行政机关名义发给。样张的给予也要严格控制，“不要自动送样张给私营出版业”，只有符合条件者前来索取时，“才酌情给予”。与此同时，总署责成人民美术出版社出版八开以上不同开张的领袖像，并尽量降低定价，以填补私营出版社留下的空白。另一方面，人美自己出版的领袖像（如《毛主席和农民谈话》），也时常需要送中宣部审批。

在满足以上要求之外，私营出版者出版的领袖像范围，不得超过每年五一、十一游行抬像的规定。在上述范围之外的任何人的画像，“均不得称为‘领袖像’或‘伟人像’”。违者将予以处分。”在销售渠道方面，文件也规定，“各地新华书店的中图公司以后一般不得再进私营出版商出版的领袖像”。由此，领袖像的绘制方式、图下所附的领袖“传略”、图片的印刷发行，乃至“领袖像”这一名词本身，都被纳入了管控的范围之内。直至1964年，工商行政管理局、文化部、商业部、新华通讯社发出联合通知，规定：“为了保证革命领袖照片的印制质量，今后由新华社统一印制，新华书店发行。图片社、照相馆以及其他单位和个人一律不准印制。”私营出版者彻底失去了创作、阐释、发行领袖照片的空间。

2. 领袖像在农村

领袖像的国家化、标准化过程，除了涉及对私营出版者的管控、删汰之外，对农村地区领袖像的审查、改造更是重中之重。领袖像与各种农村民间信仰形式的结合，在中共的农村政治中历来发挥着重要作用。此后，这一传统也得以延续，各地农村画报常常在封面、插图或报头上刊印毛主席的照片或画像。但是，“这些画像的印刷绘制大多不好，不但不能起到良好的宣传作用，反而给读者很坏的影响”。对于以农民运动与基层动员起家的中共而言，这自然是事关重大的政治问题。1951 年底，出版总署检查了当年 6 月至 10 月各地所出 11 种 89 期农村画报，涉及江苏、山西、湖南、河南、陕西、内蒙古等地，各类画报刊印毛像 176 幅，其中大像 15 幅，画得不好的 3 幅，小像 161 幅，画得不好的 92 幅，问题比例最高的苏南《农民画报》所刊 50 幅毛像，有 39 幅不合要求，甚至还出现了将照片印反的情况。

在这次检查的基础上，出版总署形成了《各地出版的画报绘印领袖像有很多缺点应予改进的通报》，归纳了“随意勾画”“画得不像”“印反照片”“用色不当”等四种主要问题，批评画报绘制态度不严肃、编印工作粗枝大叶，督促其“提高政治责任心，认真做好领袖像的编绘工作”。《通报》虽未涉及具体的处罚措施，但其中对农村领袖像问题的审查之仔细、态度之重视，由此可见一斑。

领袖像在农村的发行与传播，始终是中共在农村的意识形态工作的重要部分。1982 年，中宣部发文要求出版部门多印毛泽东、周恩来、刘少奇、朱德四人合影以及他们同邓小平、陈云的六人合影像，“在今年春节充分供应广大农村，使农户能够挂上四人合影或六人合影像”。次年春节前，新华书店发出内部通知，要求认真贯彻落实中宣部文件，通知特地提到，“春节将临，农村历来有打扫宅院、迎旧辞新的习惯，各地书店要组织运用各种发行力量，主动宣传、供应，将这两种像及时足量地送到广大农村山区”。

在《安源——发掘中国的革命传统》一书中，裴宜理将共产党在革命过程中对农村的大众民间文化的利用称作“文化置入”（cultural positioning）的策略，并视其为革命成功的重要因素。在上述通知中可以明显地看到，一直到 20 世纪 80 年代，宣传部门依旧试图主动将自身的政治诉求置入农村的风俗习惯与日用常行之中，由此，我们也得以观察到中国革命传统在当代的延续。

对公开出版物中领袖像的审查工作，并不限于农村。1959 年 11 月，文化部出版局的《出版通讯》就曾指出编绘印制毛主席像不够严肃的状况，“希望再一次引起出版工作者和美术工作者的严重注意，严肃地改进领袖像的编绘印制工作”。1960 年 2 月，文化部下发专门通知，批评沈阳好党员杂志社出版的《好党员》杂志 1960 年第一期封面刊印的毛主席像“形状很不严肃”，文中措辞比前述《通报》严厉许多:“我们认为在杂志或书籍上刊印毛主席像,必须政治挂帅,必须严肃认真,既不能马虎草率,又不能追求趣味。”在这里,领袖像的问题与“政治挂帅”明确联结起来,这一联结在日后将带来各种意想不到的后果。

3.“禁止任何形式的个人崇拜”

自1966年10月以后,领袖像开始减半降价出售,造成了大量亏损。只算政治账不算经济账的背后,当然是在“文革”中达到顶峰的个人崇拜现象。正因此,在“文革”后通过的《关于建国以来党的若干历史问题的决议》中,明确写到了“禁止任何形式的个人崇拜”一条,与之相关的领袖像,也成为棘手的问题。

1981年7月至12月,国家出版局连续下发通知,要求各地新华书店“立即停止陈列和出售华国锋同志的标准像”,店里现存的标准像,“可就地作化浆处理”。由此造成的经济损失在各地书店当年利润中冲销,“先冲损失后,再计提利润留成”。同时,在计算书店职工的奖励与福利时,这一部分也可以剔除计算。

在《决议》提到的华国锋所犯的“左”的错误中,包括了“在继续维护旧的个人崇拜的同时,还制造和接受对他自己的个人崇拜”。上述这些措施,可算是对《决议》内容的贯彻执行。然而更为复杂与敏感的,则是毛泽东像的处理方式。

早在1979年,中宣部在关于停止发行《毛主席语录》的通知中就附带提到,印有“万岁”“万寿无疆”等失时题字和风黄污损的毛主席像应停止发行,作化浆处理。此举或许影响了基层毛像的存量。1981年8月,云南会泽县委员会的赵大荣致信中共中央办公厅,提出了“还是应该印发毛主席画像”问题。信中提到当地有传言说“以后毛主席像买不到了”,在要求继续印发毛像以满足群众要求的同时,赵大荣特地解释道:“像林彪‘四人帮’搞极‘左’和搞个人崇拜那样,不分地点场合,甚至满山遍野都有,那是错误的。而适当地点应该挂他老人家的像,以表示他老人家是中国共产党、中华人民共和国、中国人民解放军的主要缔造者之一。”

对毛像的印制出售所做的这番曲折辩护提醒我们，对个人崇拜的批判在当时或许已经影响到了领袖像的发行。此信稍后被转到新华书店总店，总店为此下发了《新华书店总店关于毛主席标准像在门市部必须经常有售的通知》，肯定“毛主席是中国共产党和中国各族人民的伟大领袖”，反复强调：“毛主席标准像，新华书店门市部必须经常有售。……毛主席像应是新华书店的常备品种，不能脱销，此点务必请各地书店注意掌握。”此后便未见毛像缺货的报告。

20 世纪 80 年代中后期，除了一些零星的批复外，领袖像的问题渐渐退出了出版工作的视野范围。与此同时，各种各样的政治波普、伴随“毛泽东热”而出现的怀旧收藏，以及戏谑夸张的流行商品也日渐取代了领袖像的地位，成为人们“观看”领袖的普遍方式，不过，这又将是另一个故事了。

2014 年 8 月 9 日

侠客不行

——20世纪80年代对武侠小说的出版控制

1989年2月，赵清阁写信给远在美国的韩秀，抱怨国内出版界“很令人恼火”，她所编的《现代女作家小说散文集》要重印，版都排好了，却被出版社搁置，因为不赚钱，“他们只着眼于经济效益，热衷于武侠、性爱作品”。

这样的抱怨，大概并非只此一家。在整个20世纪80年代的出版市场中，武侠小说的持续走红乃至泛滥，不仅使得出版社趋之若鹜，招致知识分子的批评，同时也引来了文化宣传管理部门的关注与担忧。从1981年起，关于控制旧侠义小说、新武侠与武打连环画的文件就不断见诸出版业。然而，从赵清阁的信中可以看出，直至1989年，这一问题依旧没有得到解决。一面是管理部门的三令五申，一面是出版界的屡教不改，其中的困难，不仅源自市场利益与宏观管理之间的斗争，更源自管理者自身在尺度把握上的为难。如果说“性爱作品”可以一刀切地进行严厉打击，那么武侠小说所涉及的，则是一片更为暧昧不明的空间，它一方面包含暴力、凶杀的成分，另一方面又满足了读者对阅读趣味的需求，乃至对某种正面的家国大义的宣扬。在出版市场化的过程中，对这样处于灰色地带的作品要不要管、如何管，成为摆在出版管理者面前的难题。

1. 旧小说：是市场读物还是学术资料

武侠小说第一次进入出版管理部门的视野，是由于旧小说的翻印成风，其中主要涉及的就是以绿林豪侠为主角的侠义、公案小说，《施公案》《彭公案》等书广为流行，《三侠五义》的印数甚至突破了百万册。为此，国家出版局下发了《关于从严控制旧小说印数的通知》，其中对这类旧小说的评价是，它们“虽然也反映出一些封建统治阶级的黑暗、残暴，但书中大多宣扬封建道德观念，存在着因果报应等消极思想，有的艺术水平也不高”。因此，这些书虽然可以印出一部分作为研究资料，但“几十万、上百万地印行，大量向读者推销，就不妥当”。在此基础上，出版局要求各地出版管理部门对这类书的出版计划与印数进行一次检查，并上报结果。

《通知》虽然提到要对这类书的印数“加以控制，加强计划和合理供应”，但并未拿出具体的办法、制定详细的标准。因此，广东省出版局致函国家出版局，询问具体计划。1981 年 2 月，国家出版局复函列出两条具体方案并抄送各地出版局。

一、今后对有关公案、侠义、言情等旧小说，请不要租型。已经租型出去、尚未开印的书，亦请通知租型单位停印。

二、对上述这类旧小说，必须严格控制印数。一般不要超过二三万册，主要发给文艺研究方面的专业工作者。如印数超过三万册，需经省出版局审议批准并报国家出版局备案。

武侠小说的报批备案制度由此确立，但这仅仅是第一步，因为从实际上看，这一策略似乎完全起不到作用。仅一年以后，国家出版局就不得不再次出手，下发《关于坚决制止滥印古旧小说的通知》，措辞强硬，一面痛批少数出版社“就是不听招呼，继续滥印滥出”；一面出台八项措施，对现状加以整改，要求所有新旧武侠，以及据其改编的连环画“不许继续出版”，正在印刷的“一律停印”，已经印好的“暂行封存”。理工农医等科技专业出版社和院校出版社不准出版古旧小说。新华书店要限制陈列与销售，不要宣传推荐。更重要的是，今后所有古旧小说的出版，“要纳入统一规划，待规划制定后再分配给有关出版社出版”。

从报批备案到计划出版，对旧武侠的控制步步从严，在之后各年度下发的要求报送出书计划、制定出版规划的通知中，也反复强调对古旧小说的出版要加以严格控制。但即便如此，出版社仍在想方设法地寻找出版空间，也由此触动了市场出版、学术出版与出版管理之间的复杂关系。1982 年中，国家出版局要求各出版社制定今后两年内文学古籍的整理出版规划，半年后，共有 23 家出版社上报选题，其中又出现了大量古旧小说，为此，出版局不得不再度重申“对侠义、言情、公案类继续从严控制，印数不得超过三万册”，并要求各社“选择应慎重，着重考虑选题的学术价值”。最后强调“今后出版单位不得在统一规划外自行安排出版此类书稿”。

借古籍整理的名义出版古旧小说，原来是出版者为出版此类书籍而找到的空子，之后却反而成为管理者管理此类书籍出版的门径，在催报 1986 年出书计划的通知中，出版局明确表示：“古旧小说限于古籍及有关文学专业出版社出版，选题需由上级主管部门审核并专题报我局批准后，方可着手出版工作。”这一审核工作并不是走过场。1985 年，吉林文史出版社要求出版“晚清民国小说研究丛书”，涉及一些旧小说代表作的编辑出版，出版局在回复意见中，一面同意丛书出版，一面强调作品选择要力求精当，“如张恨水、顾明道等所选似嫌过多”——这两位都创作过大量的言情、武侠小说。而到了 1988 年，上海图书公司要求影印《晚清小说大全》时，出版局表示，晚清文学的研究已经有了比较全面的出版计划，此书选题重复，因而予以拒绝。

在这里，国家管理的对象从出版物本身转向了出版单位，由此，古旧小说不再是所有出版者可以自由选择的出版对象，对出版单位的控制，有效地遏制了旧小说的发行空间。更有趣的是，这类书籍被纳入了所谓“学术出版”的范畴，在这些关于旧小说的文件往返中，“学术出版”成为市场出版与出版管理的中间地带，既开出了出版旧小说的转圜空间，又方便了国家的介入与管理，市场与国家在这个空间里达到了某种微妙的平衡。

2. 禁不住的新武侠

如果说对古旧小说的控制，还可以通过将其纳入“学术出版”领域而实现，那么面对新武侠，国家的管控可谓屡战屡败、屡败屡战。早在 1981 年，邓小平会见金庸的消息就已经使后者成为家喻户晓的人物。1984 年前后，以金庸作品为代表的港台新武侠大举进入内地出版市场并蔚然成风，由于当时大陆尚未加入版权公约，各家出版社争先出版金庸著作。据媒体报道，仅《射雕英雄传》就出了 7 个版本，再加上金庸剧在电视台的热播，金庸、梁羽生、卧龙生、古龙成为出版市场上炙手可热的摇钱树，风头一时无二。各种盗印乃至冒名，更加不计其数：在 1987 年 7 月下发的一份《部分非法出版物目录》的“淫秽图书”部分，一共 6 本书中就有 3 本冒了金庸之名，1 本冒了卧龙生之名，新武侠作者的市场价值，由此可见一斑。

这一风潮迅速引来了管理部门的关注，并连续采取一系列措施，试图对其加以控制。1985 年 3 月 19 日，经中宣部批准，文化部下达《关于当前文学作品出版工作中若干问题的请示报告》，明确规定新武侠、旧小说以及据此改编的连环画须专题报批后方能出版。4 月 3 日至 12 日在北京举行了全国出版局（社）长会议，会上专门强调了不要滥出新武侠小说。5 月 2 日，出版局发出《关于几类文学作品征订发行的通知》，要求上述几类图书在征订时必须有出版局批准文件，否则不予征订。出版社不得交集体或个体单位批发，未经批准亦不得自办批发。6 月 18 日，文化部发文重申从严控制新武侠小说，批评一些出版社对之前的规定“置若罔闻，拒不执行”，“目前这类图书大有泛滥之势”，并规定未经批准的图书，一律“停排、停印、停装”，未发行的一律封存，违规者实行经济制裁，措施之严厉，前所未见。9 月 2 日，出版局发文批评有些出版社“迟迟不按规定进行处理”，督促全面贯彻上述文件规定。9 月 18 日，出版局要求纠正“哄抢出版新武侠小说和古旧小说改编的连环画的做法”。在 9 月 21 日下发的催报 1986 年出书计划通知中，特别单列一条，要求自 1986 年起两三年内，“各出版社一律不得再安排此类品种”——对新武侠小说终于由“管”走到了“禁”。

此间，分管宣传工作的中央领导胡启立在《国内动态清样》第 156 期的批示中要求文化部、出版局对滥出新武侠小说等问题进行调查研究，9 月 14 日与 23 日，出版局分别上送两次报告，完整地表达了管理部门对这一问题的看法、分析与试图采取的措施。在总体态度上，报告认为新武侠小说“不是不可以择优出一些”，但现存的问题是“出得太多太滥。品种多，印数大，参与出版社广，出书时间集中，出书单位庞杂，都是前所未有的”。在分析问题形成的原因时，报告提到一些非常有趣的细节。譬如说，首先有些出版社会以“梁羽生、金庸是统一战线对象为理由”，要求大量出版新武侠小说。由此模糊了统战需要与社会主义原则之间的界限。其次，有些人会将武侠小说的泛滥“说成是通俗文学的兴起”。再次，电影、电视剧的播放对出版的影响很大，有人会问，既然电影、电视可以放，“为什么出版部门要限制出书？”最后，全国性的大报发表梁羽生的长篇专访，也造成人们对新武侠的热捧，“甚至把出版新武侠小说说成是打破‘禁锢’，是双百方针的胜利”。

这些林林总总的回应，勾勒出一幅异常生动的画面，使我们可以观察到，在出版部门的市场化改革过程中，出版者如何在经济利益的推动下，巧妙地征用旧有政治意识形态框架中的话语资源，将它们转化为自身行为的合法性证明，并由此悄然改写这些话语的内涵。在这里，统一战线、双百方针、发展通俗文学等政策统统变成了资本增值的外衣。对这些说法背后的动机，管理者事实上心知肚明。因此，在要求控制新武侠的出版，“警惕和防止资产阶级自由化和唯利是图思想的干扰”的同时，报告也建议解除出版单位的经济压力，减免所得税，免除营业税，并在贷款上给予优惠，以及拨款成立出版基金或对亏损出版社予以补贴。

事实却证明，这些手段还是无法解决新武侠的泛滥问题。1988 年 6 月，新闻出版署发文重申新武侠小说、古旧小说需要专题报批的通知，提到依旧有一些出版社擅自翻印出版这类作品，“而且印量很大”。1990 年 4 月，新闻出版署发出《对目前出版发行的新武侠小说的处理通知》，指出这类图书仍然“泛滥于书刊市场”，要求继续加大力度，从严处罚，对 1989 年 2 月以后出版的，要从重处罚。1990 年 9 月，出版署查处了文化艺术出版社违规出版新武侠小说的问题，该社与 7 家单位协作出版了 11 种新武侠小说，“为不法书商所利用，错误是严重的”。

在国家的补贴与处罚背后体现的非但不是成功，反而是一种无奈。书商群体的出现与协作出版这一形式的流行、标志着出版系统已经基本完成了市场化转型。通过资金补贴的方式来满足出版方对资本的追逐，就更显得自我矛盾，它是市场逻辑的产物，而不具有改变这一逻辑的力量。在此前提下，国家管理体制与新武侠的缠斗注定了失败的命运。1991 年，三联书店与金庸签下 10 年合同，正式将金庸作品完整引入内地。1992 年 8 月，新闻出版署发出《关于调整部分选题管理规定的通知》，决定下放古旧小说、新武侠小说的专题审批权，“按照一般选题管理程序安排出版”。至此，出版市场对武侠小说这一灰色地带的蚕食终告完成，各路江湖好汉，也终于可以在神州大地上弯弓射雕、倚天屠龙。

2014 年 8 月 11 日

第三辑　知识与知识人

学者鲁迅

——一个建构史的回顾（1936—1966 年）

1. 章太炎："学问"与"革命"

1936 年 6 月 14 日，章太炎逝世。

当时鲁迅正在病中，"精神委顿，便不能按日写日记"，因而无从知悉他当时的想法。病情转好后，鲁迅挥笔写下《关于太炎先生二三事》和《因太炎先生而想起的二三事》两文，特别提出章太炎的革命志向与实践："先生则排满之志虽伸，但视为最紧要的'第一是用宗教发起信心，增进国民的道德；第二是用国粹激动种性，增进爱国的热肠'（见《民报》第六本），却仅止于高妙的幻想。"将章氏最为人称道的佛学与国学研究，置于增进国民道德与爱国热肠的目的之下，意在揭出章氏的学术与革命之关系，并慨叹"先生的业绩，留在革命史上的，实在比在学术史上还要大"。

鲁迅早年留学东京时，于民报社亲炙章太炎，对章氏的学问根底，当然不会漠然无识，此时特别突出其作为"革命者"的一面，显然另有措意。后人对于死者的描述，不免是一种建构，建构的方式，也总是随时代环境与个体心境而发生改变：或突出不同的方面，或对同样的现象做出不同的阐释。因此，对于这些描述，不能做本质主义（essentialism）的理解，将其视为"从来如此"的"事实"加以接受，而应将这些"突出"与"阐释"置入具体的历史境遇中做出分析。

鲁迅的这一写法，周作人是有所领悟的，他在《民报案》一文中写道："太炎的有些文章，现在收在《章氏丛书》内，只像是古文，当时却含有革命意义的，鲁迅佩服太炎的可以说即在于此，即国学与革命这两点。太炎去世以后，鲁迅所写的纪念文章里面，把国学一面按下了，特别表彰他的革命精神，这正是很有见地的。”

学问与革命，既不能偏废，全然舍去学问一面，又有所强调，突出“革命者”的形象，在周作人眼里，两者缺一不可。

值得注意的是，在鲁迅这里，“学问”的合法性，未必如此牢固。“盖使举世唯知识之崇，人生必大归于枯寂”，鲁迅始终对“知识”以及“唯知识之崇”有所警惕，“文学家的根本态度”使其在“教书”和“写东西”之间选择了后者，这背后是“3000 年未有之大变局”所带来的学问的合法性的动摇，对这一合法性的怀疑与重建伴随着鲁迅的一生，也伴随着后人对“学者鲁迅”的建构。

2.“学者鲁迅”的浮现与知识论体系的转换

1936 年 10 月 19 日，鲁迅逝世。

“人们最初面对他的背影，首先认定的，他是一位‘青年的导师’，一位‘被压迫民族与民众的代言人’。” 这些认定所依据的文本，多是鲁迅的小说、散文、诗歌、杂感、翻译以及书信。然而，这并不是鲁迅留下的全部著作。

在鲁迅逝世 8 天前的日记中，还留有这样的记载：“十一日。星期日。晴。上午孔若君寄赠《中国小说史料》一本。”鲁迅生前不止一次地表示编一本较好的文学史的愿望，并为此做了不少准备，这本《中国小说史料》是否也是准备之一，现在当然已无从确认，但说他对此保持了一生的兴趣，恐怕是不错的。

对文学史的兴趣立刻让人想到《中国小说史略》，而鲁迅的学术著作却远不止此，至少还包括《会稽郡故书杂集》《后汉书》《辑谢承》《嵇康集》《岭表录异》《汉文学史纲要》《古小说钩沉》《小说旧闻钞》《唐宋传奇集》《汉画石刻》等等，这批作品，隐隐勾勒出一个潜在的“学者鲁迅”的形象，此时，如何对其加以命名与叙述，给予正面的或负面的评价，便成为一个可能的问题。

在鲁迅去世时的众声喧哗中，蔡元培的挽联颇引人注意：“著述最谨严非徒中国小说史，遗言太沉痛莫作空头文学家。”重视鲁迅的学术著作，似乎是蔡元培的一贯思路，他在《鲁迅先生全集序》中写道："鲁迅先生本受清代学者的濡染，所以他杂集会稽郡故书，校《嵇康集》，辑谢承《后汉书》，编汉碑帖，六朝墓志目录，六朝造像目录等，完全用清儒家法。"

同样注意到鲁迅在考据辑佚方面的功夫的，还有赵景深、郑振铎、台静农等人，赵景深称《古小说钩沉》"采辑审慎、搜罗宏富、比类取断、删汰伪作"，郑振铎谓鲁迅的辑佚工作具备"周密小心的校勘和博大宏阔的披览"，台静农则赞《唐宋传奇集》曰："先生是集，则将一切纷误，廓面清之……《稗边小缀》……多精心之考证。"

然而，"清儒家法"本身绝非某种单纯的治学工具，有清一代在考据辑佚上有严格的方法论限制，是今文经学和古文经学之间复杂历史关系的产物，通过对经典的阐释来回应现实命题是儒学的基本特征，而清儒对于古代典制的细密考掘，实际上也正回应着清代帝国政治的不断变迁，正是这样一种特定的思想背景，支撑着"清儒家法"的传承与使用，也赋予其中的知识产物——也即"学问"——以合法性。

换言之，特定的思想背景与知识论结构，规定了学术研究的意义归宿：也即什么样的知识是有意义的知识、什么样的学者是有意义的学者。同样的方法，在不同的知识论结构中，也会被赋予不同的意义，而所谓"为考据而考据"，正是抽去了一切知识论结构的结果——成为无意义的知识产物。

随着清王朝的解体与民国的建立，"清儒家法"失去了其知识论背景，仅仅停留在继承清儒的考据辑佚之法，无法赋予"学者鲁迅"以真正的合法性，从而存在着沦为"为考据而考据"的危险。因此，在蔡元培等人的叙述中，必须对考据辑佚之法的目的与意义给出进一步的说明。

正是在这一动力之下，蔡元培写道："唯彼又深研科学，酷爱美术，故不为清儒所囿，而又有其他方面的发展，例如科学小说的翻译，《中国小说史略》《小说旧闻钞》《唐宋传奇集》等，已打破清儒轻视小说之习惯。"《中国小说史略》由此成为"现有的三种同类书中最好的一部"，而"学者鲁迅"，则"能得风气之先，为近世学术界导夫前路"。1936 年 11 月，蔡元培又建议许广平捡出鲁迅搜辑的汉碑并设法印行，因为其"于中国艺术史上，很有关系"。

这一叙述中，“学者鲁迅”因为发展了小说史或艺术史研究而获得了意义。小说史研究属于文学史研究的一个分支，而“文学史”的创制，则源于现代教育体制在中国的兴起，教育的普及与知识的累积将会带来社会的进步这一现代性承诺，赋予了现代大学中的学术研究以意义，在这一新的知识论背景下的学者分享着这一承诺，因而无须为自身的知识生产给出其他的合法性论证（比如它对现实问题的直接作用）。同时，学界内部对于学者的评价体系，也由此有权获得相对独立的地位，正是在这一层面上，身为北大校长的蔡元培构筑了“学者鲁迅”的形象：在现代学科体制——“近世学术界”——之中，通过符合学术评价体系要求的精神与智力上的创造，从事知识生产的学科研究者。而支配着这一建构的，是其背后所存的从清学到现代学术体制的知识论的重大转换。

3. 周作人：“把他当作一个人去看待”

周作人的叙述却与此大相径庭。鲁迅逝世后，周作人接连发表了《关于鲁迅》和《关于鲁迅之二》，无独有偶，他也将鲁迅的“搜集辑录校勘研究”置于创作之前，但对它们的评价，却别有所旨。在周作人看来，鲁迅的“治学与创作的态度与别人颇多不同，我以为这是最可注意的事”。随后便开始追述鲁迅童年的阅读经验，从对书画、野史的喜爱，到抄了“陆羽的三卷《茶经》和陆龟蒙的《五木经》”的实践，这些“琐屑”的内容，“‘奠定’了他半生学问事业的倾向，在趣味上直到晚年也还留下了好些明了的痕迹”。

具体而言，对于古小说“十几年的用力”，“其动机当然还在小时候所读的书里”，“对于画的爱好使他后来喜欢外国的版画，编选北京的诗笺”，而辑录古逸书则是受张介侯《二酉堂丛书》的影响，为了“笃恭乡里”而辑录乡邦文献，“庶几供其景行，不忘于故”。

在这一叙述框架中，“学者鲁迅”的意义既不在传承了“清儒家法”，也不在“为近世学术界导夫前路”，相反，它紧密关联着鲁迅独特的个体经验以及由此产生的主观兴趣。主观兴趣在时间轴上的绵延以及“乡邦文献”所划定的特定的地域范围，共同将“学者鲁迅”规制在一个特定的时间与空间维度中，其意义也只能产生于这一个时空的内部。同时，周作人对鲁迅的“不求闻达，但求自由的想或写”的反复强调，正是阻断某种外部的、社会的普遍性价值对鲁迅之意义的命名，进而强调产生于“学者鲁迅”内部的个体性，才真正规定了其学术思想的价值与意义。

周作人总结道：“他做事全不为名誉，只是由于自己的爱好。这是求学问弄艺术的最高的态度，认得鲁迅的人平常所不大能够知道的。”“以这种态度治学问或做创作，这才能够有独到之见、独创之才，有自己的成就，不问工作大小都有价值，与制艺异也。”

“学者鲁迅”的价值在于其“独到之见”与“独创之才”，“独”与“众”相对，既标示着对鲁迅个体经验的凸显，也标示着对于个体中的社会性因素的驱逐。“个体”——它可以且有能力独立于社会，并构筑自身的时空维度——在这里成为一个先验的意义来源，无须再为自身寻求证明，“个人主义的人间本位主义”的影子在这里依稀可见，学问与创作作为个体的实践成果而存在，其合法性也由此得到保证。

和鲁迅对章太炎的评价一样，在周作人对鲁迅的评价中，也不免存在有意的“按下”与“表彰”。将“学者鲁迅”建构为一个不求闻达，自外于现实而专注于个人兴趣的形象，从而彰显其个体性的一面，背后的意识形态动机是显而易见的。晚年鲁迅成为各方争夺的对象，外界对他的命名也曾使他自己“为之吃惊”，觉得“我成了大家的公物”，这种集体对个体的吞噬不论对鲁迅本人还是周作人而言都是不可接受的，周作人作为旁观者，尤能直觉到此中所存的“众数”对“个人”的威胁，在《关于鲁迅之二》中，周作人有意无意地写道：“一个人的平淡无奇的事实本是传记中的最好资料，但唯一的条件是要大家把他当作一个人去看待，不是当作‘超人’。”结尾时又说自己关于鲁迅的叙述“差不多全是平淡无奇的事情，假如可取，可取当在于此，但或者无可取也就在于此乎”。仿佛已然预感到后人的过度阐释，并对此加以严防死守。

4. 王瑶：犹在“战士”与“学者”之间

周作人对“学者鲁迅”的建构，事实上是从其“个人主义的人间本位主义”出发，对个体独立性的一次重申，这当然深为其意识形态上的对手——当时的左翼知识分子——所诟病，而后者的出发点，又与蔡氏等学者不同。

在1936年10月23日的《清华周刊》上，刊登了王瑶《盖棺论定》一文，锋头直指“他那位文坛知名的令弟”，并写道：“反正盖棺论定，人死无对证，上海市市长还送他个花圈，大家妨于此时痛痛快快地说说，来几声狞笑。”不满之情溢于言表。

两天后，王瑶发表《悼鲁迅先生》，给出了自己对于鲁迅“思想行为好坏”的看法。文中将鲁迅作为“《新青年》时代的诸战士”之一，更重要的是，他“不但是创作了文学作品，而且是领导了中国近十余年来的文化运动”。

在王瑶这里，和用来暴露黑暗的杂文一样，鲁迅在翻译和版画木刻上的成绩也被抽离出“学术研究”的领域，而纳入现实逻辑加以评价：鲁迅的翻译工作使“国内对苏联文学才有了一个较为完整的认识”，而对版画与木刻的介绍，则体现了其为“中国读者”所做的贡献。然而，《中国小说史略》等书却没有得到重视，仅以“对于中国旧日材料文献的科学研究，也有不可磨灭的地方”而附于其他事业之后。在1937年10月19日的《申报》上，郑振铎发表了《鲁迅先生的治学精神》一文，修复了这一叙述上的缺损。他开宗明义地写道：“鲁迅先生不仅是一位最热情的战士，也是一位最冷静的学者。”在简要介绍了鲁迅的学术著作之后，郑振铎表示：“他的治学精神，和他的最勇敢的战士的精神一样，黑白分别得很清楚。”鲁迅在研究工作中的冷静与深刻，被认为是“在学问上也是决不妥协”的表现，而校订考据上的严格，则因“校书如对仇敌，决不肯宽恕一点”而体现了战士的特征。

一个饶有趣味的对比是，王瑶和周作人都提到了鲁迅对稿费与名誉的轻视，在周作人这里，这是其“但求自由的想和写”的表现，而王瑶则视之为“为了青年作家的鼓励和向上，为了中国新文化的建设前途”。

判然二途的背后，是两种知识论结构的区分。在王瑶等人处，周作人所建构的独立于社会的个体存在是不可想象的，“学者鲁迅”的价值，则更多地由于其体现了“战士鲁迅”的某些特征而获得，其意义也更多地纳入“领导时代”与“服务民族”的逻辑中加以阐发。此种“学者鲁迅”的形象，成为一个以学术之研究不断参与现实斗争的知识分子，而在其研究行为中，也无时不体现着其在现实斗争中所展现的战士的品格。知识的生产通过回应现实斗争中的问题与任务，而获得牢固的合法性。

这一“学者鲁迅”形象的出现，是因为在这些知识分子中，学问与学术的意义，不仅与周作人的不同，也有别于上文所述学院派思路。对于他们而言，现实任务，或曰国家民族的要求对于学术研究的影响，不仅不是“外来”干涉，反而更类似于一种“内在”要求。在他们看来，个人由于其天然的社会属性而无法独立于社会（如周作人所述），因此，学者的“学术”与“现实”事实上无法彼此分离，现实所带来的焦虑成为学术内部的支配动力之一，而学术研究的工作也成为一个整体的进步的社会工程的一部分，“学问”的合法性，正建基于两者的互动之上。

对这些知识分子而言，“学者鲁迅”形象的建构，事实上反映了他们对自身的价值期许，一方面使得他们眼中的“学者鲁迅”与“战士鲁迅”相互重合，以此赋予其学术研究以合法性；另一方面，他们在自身的学术研究过程中对鲁迅的师法，也正是对这一合法性的继承与重申。这一建构过程中存在的“学者”与“战士”的复杂互动，正是我们理解这类知识分子在之后岁月中的学术实践的关键所在。

1942年，王瑶在清华大学开讲汉魏六朝文学史，其授课讲义后来编成《中古文学史论》，这一著作的思路和方法，“深深受到鲁迅《魏晋风度及文章与药及酒之关系》的影响”，而王瑶也坦陈自己长久以来都“以他（鲁迅）的文章和言论作为自己的工作指针”。在后世学人来看，这一“由鲁迅开出的话题，经过王瑶的进一步论说，从纯粹学术角度去看，显然规整了许多”。“更重要的是，经过像王瑶这样的规范与提升，反而变成了学院里的教学和研究的典范。”

5. 延安："学者鲁迅"的缺位及其意义

1937年的"七七事变"，拉开了全面抗战的帷幕。

此时距鲁迅逝世不到一年，在"学者鲁迅"建构背后凸显的种种分歧无暇得到充分的展开与辩论，时局的紧迫使得鲁迅的"战士"形象一再被强调与高扬，郭沫若的呼声极具代表性，他以惯有的热情写道："鲁迅并没有死！目前在前线作战的武装同志，可以说个个都是鲁迅，目前在后方献身于救亡活动的人，也可以说人人都是鲁迅。鲁迅是化为复数了。"

"战士鲁迅"形象的极大感召力在抗战动员中被充分释放，带着对革命的向往和对国民党的失望，大批知识分子在这样的感召下奔赴延安。延安也成为战时中国延续"鲁迅叙述"的核心地区。

1936年鲁迅逝世时，中国共产党中央委员会发表了《为追悼鲁迅先生告全国同胞和全世界人书》，文中将鲁迅定位为"中国文学革命的导师、思想界的权威、文坛上最伟大的巨星"，并极力表彰其"一生的光荣战斗事业"。日后延安对鲁迅的塑造，也大体上是在这一基础上的延续或强化。

在延安鲁迅的形塑中起到决定性作用的，无疑是毛泽东的鲁迅论。1940年1月9日，毛泽东在陕甘宁边区文化协会第一次代表大会上做了题为《新民主主义的政治与新民主主义的文化》的长篇演讲，自1937年10月的演讲之后再次提到了鲁迅，他说：

> 鲁迅是中国文化革命的主将，他不但是伟大的文学家，而且是伟大的思想家和伟大的革命家。鲁迅的骨头是最硬的，他没有丝毫的奴颜和媚骨，这是殖民地半殖民地人民可宝贵的性格。鲁迅是在文化战线上，代表全民族的大多数，向着敌人冲锋陷阵的最正确、最勇敢、最坚决、最忠实、最热忱的空前的民族英雄。鲁迅的方向，就是中华民族新文化的方向。

这里明确地提出了作为"文学家""思想家""革命家"的鲁迅形象。然而值得注意的是整段论述中频繁的军事修辞："主将""战线""敌人""冲锋陷阵""民族英雄"等等，后文中又称其为"文化生力军"的"旗手"，因此，在我看来，这里的“文学家”“思想家”“革命家”实际上是统一于作为“战士”的鲁迅之中的。换句话说，“战士鲁迅”逐渐压倒并收编了其他的鲁迅形象，对鲁迅思想或精神的阐释或传承，都必须以此为基本的前提，在“人民自己”与“人民的敌人”之间做出清晰的敌我分界。这一分界，后来成为批判王实味——这位自视为鲁迅精神的继承者的知识分子——的重要论据。事实上，在整风运动之中，不论在批判者还是被批判者的叙述中，“学者鲁迅”始终是一个空白的存在。

需要指出的是，此处的“战士”与上文所述王瑶等知识分子所建构的“战士”之间存在着重要区别。在王瑶等人的论述中，“战士”泛指致力于推动社会进步的奋斗行为，而在毛泽东这里的“战士”行为，则被更为详细地规定为具有明确政治立场，面对具体的斗争目标，并且依据特定的意识形态律令而进行的实践。这一区别之所以重要，是因为对于前者而言，学术研究的现实意义来源于个体内部的社会属性，其中包含了对于社会环境的个人经验与回应。而在后者这里，对于现实社会的描述方式，则被完全限定于一种特定的意识形态内部，从而取消了前者所蕴含的多重可能性。

如前所述，“战士鲁迅”的形象确立于“整风运动前的延安”，并主导着延安对于鲁迅形象的建构，而“学者鲁迅”的形象基本上是缺失的，即使稍有闪现，也被立刻纳入战争逻辑中加以叙述。学术研究的重要性完全由斗争中的实际需求来加以评判。这一标准的存在是延安“学者鲁迅”形象缺失的重要原因。

历史中的某些“沉默”与“空白”往往比实际发生的事件更富意味，“学者鲁迅”在延安的缺位正是这类意味深长的历史“空白”之一，其背后凸显的是延安时期对于知识以及知识分子的定位、评价以及筛选的标准。这一标准不仅体现在对鲁迅学术著作的阐发中，也体现在整个延安的出版与教育体制中。

根据曾严修先生的回忆，“在延安真正起了作用的……是张闻天指导主编的这两本书……一本《鲁迅论文选集》，一本《鲁迅小说选集》，编辑是刘雪苇”。查《鲁迅论文选集》的目录，没有一篇是与其“国故”研究有关的。这些“选本”中的鲁迅，自然与“学者”形象相去甚远。鲁迅在《选本》

一文中说，“评选的本子，影响于后来的文章的力量是不小的，恐怕还远在名家的专集之上”。他们使读者“得了选者之意，意见也就逐渐和选者接近，终于‘就范’了”。

1936 年 4 月 1 日，鲁迅艺术学院正式成立，其目标为“训练适合今天抗战需要的大批艺术干部，团结与培养新时代的艺术人才，使鲁艺成为实现中共文艺政策的堡垒与核心”。可见，这是一种与西式的现代大学截然不同的教育体制。贯彻中共的战时文艺政策是其知识生产的合法性保证，在这一框架中，考据辑佚之类的工作显然未被纳入其中。

以“战士鲁迅”为核心的思想评价体系、出版体系中的筛选标准以及教育体制中知识生产的合法性根基，三者共同决定了“学者鲁迅”的形象无法在延安得到真正的确立与展开，而这一“缺失”，也标志着理解延安文化的特定方式，1949 年之后的共和国文化与这一特定方式之间存在着深切而复杂的勾连。

6. 延安之外：“道统”与郭沫若的双重标准

如果排除其特定的政治立场，“战士鲁迅”的主导地位并非仅限于延安。毛泽东在延安开讲“鲁迅论”的两天前，胡风写下了一篇题为《关于鲁迅精神的二三基点》的文章，不断叙述鲁迅的“战斗方法”“白刃血战”“战斗力量”“打硬仗”“战斗气魄”，并在最后总结道：“鲁迅一生是为了祖国底（的）解放、祖国人民底（的）自由平等而战斗过来的。”无独有偶，一年之后，阳翰笙在香港纪念鲁迅逝世两周年大会上的致辞也强调：“鲁迅的一生，是战斗的一生！从开始文化活动直到最后呼吸的一口气，他都没有放弃他的战斗的任务！”总之，“战时中国作家眼中的鲁迅，自然首先是一个斗士”。因此，鲁迅的梓印《会稽郡故书杂集》《百喻经》《北平笺谱》《珂勒惠支版画选集》等，虽各有偏重，但总的目的都在于“不忘这本好书所能及于人类社会的影响”。这样一份用心，“倘使他还领兵打仗，决和战之大计，那就更容易被测量”。

在我看来，这一阶段中值得注意的是荆有麟 1941 年的《郭沫若与鲁迅》

一文，他将两人“所贡献到社会上的工作”分列为译介、创作、研究、编辑四部，力证其“殊途同归”，并在结尾处写道：“总之，他们两人无论在近代中国学术上，还是思想上，都称得起伟人的，这两颗巨星，虽然有许多‘异曲’的地方，但那只是大同中的小异罢了，他们一个忌辰，一个诞辰的今天，来纪念一番，不为无理罢？”

忌辰与诞辰的前后相接，极富象征性地暗示着某种精神上的延续。巧合的是，周恩来在重庆举行的郭沫若50周年寿辰庆典上，也以几乎同样的方式将鲁郭二人并置叙述，他说道：“郭沫若创作生活25年，也就是新文化运动的25年。鲁迅自称是‘革命中军马前卒’，郭沫若就是革命队伍中人。鲁迅是新文化运动的导师，郭沫若便是带着大家一道前进的向导。鲁迅先生已不在人世，他的遗范尚存，我们会感觉到在新文化战线上，郭先生带着我们一道奋斗的亲切，而且我们也永远祝福他带着我们奋斗到底的。”

这段话被后来的学者视为共产党在战时中国社会建构“道统”的表现，而荆有麟却是国民党方面的文化官员，由此我们发现，国共两党虽然当时在政治立场上针锋相对，但在争夺“文化领导权”的方式上，竟然出奇地相似。

道统的建构是一种政治宣示，一方面体现了政治集团自身的立场与理念，另一方面也是其对于文化发展方向的预示，通过提出“学者鲁迅”，在道统的建构中纳入学术研究的部分，表达了政治集团对于学者从事学术研究的意义的尊重与承诺，在当时的历史条件下，也承载着争取知识分子的目的。

有趣的是，郭沫若自己对“学者鲁迅”的叙述，也同样是在一个比较的视野中展开的。在《鲁迅与王国维》一文的开头，郭沫若就直陈：“在近代学人中我最钦佩的是鲁迅与王国维。”鲁王二人的个人履历、思想历程和治学方法及态度“相似到实在可以令人惊异的地步”。但事实上，文章的重点却在于，“在这相同的种种迹象之外，却有不能不混淆得断然不同的大节所在之处”，也即“王国维停顿在旧写实主义的阶段上……鲁迅则从此骎骎日进了。他从旧写实主义突进到新现实主义的阶段，解脱了一切旧时代的桎梏，而认定了为人民大众服务的神圣任务”，因此，“对于王国维的死我们至今感觉着惋惜，而对于鲁迅的死我们却始终感觉着庄严。王国维好像还是一个伟大的未成品，而鲁迅则是一个伟大的完成”。

一个“学人”谱系中的传承关系在这样的比较中得以展开，在“新时代/旧时代”的巨变中，鲁迅在王国维“停顿”之处“骎骎日进”，并终于成为“一个伟大的完成”，这一比较在当时的意义，是对鲁迅之后的学人前进方向的预示，而郭沫若自己当然也是这些“学人”中的一员。

然而，细读文章我们会发现，“从旧写实主义突进到新现实主义的阶段”“认定了为人民大众服务的神圣任务”这些句子在结尾处的出现是稍显突兀的，至少文本本身无法给出有力的依据，从而成为一些空洞的能指，漂浮在文本之中。而真正在文本的叙述结构中得到彰显的是另一种标准。在学术研究方面，不论是鲁迅还是王国维，“旧学都在幼年已经储备了相当的积蓄”，“大抵两位在研究国故上，除运用科学方法之外，都同样继承了清代乾嘉学派的遗烈”，“他们用科学的方法来回治旧学或创作，却同样获得了辉煌的成就”。因此，“王国维的《宋元戏曲史》和鲁迅的《中国小说史略》，毫无疑问，是中国文艺史上的双璧。不仅是拓荒的工作，前无古人，而且是权威的成就，一直领导着百万的后学”。

换句话说，真正赋予“学者鲁迅”的研究实践以价值的，与其说是“认定了为人民大众服务的神圣任务”，不如说是“用科学的方法来回治旧学”，成为“中国文艺史上的双璧”。这实际上延续了1936年蔡元培等人所给出的标准：现代学术体制中的知识生产。学术研究的“科学性”是内在于现代学术体制中的一个基本预设，它以西方近代实证主义为宗，规定了学术研究必须以材料的真实性与逻辑推导的严谨性为基础，并相信由此得出的知识产物才是客观有效的，此种知识的积累能够增进人们对社会与自身的认识，推动学术的进步。

因此，对学术研究的“科学性”的强调本身，是对现代学术体制，以及由此产生的知识成果的合法性的重申。换句话说，在郭沫若的文章中，并置着两种对“学者鲁迅”的判断标准，这种并置构成了文本的内在张力，在今后的日子里，随着历史语境的不断变化，这两种标准之间的碰撞、调适、融合，构成了“学者鲁迅”形象构建的基本动力之一。

7. 1949：时间开始以后怎样？

1949年10月，“时间开始了”。

新中国的成立会带给“学者鲁迅”以怎样的变化，此时还无人知晓，14日凌晨，胡风写下了这样一段话：“对于战斗者，特别是纯真的年轻战斗者，鲁迅是一个神圣的存在，一个代表了人民革命底（的）庄严的性格的存在，不容许敌人诬蔑他，也看不得有谁去轻佻地接近他的。”“鲁迅是一面旗，一面坚持战斗的旗，一面指向解放的旗，一面迎接人民革命的旗。”

这篇题为《鲁迅还在活着》的文章发表在1949年10月25日的《人民文学》创刊号上，这期刊物以“纪念鲁迅逝世十三周年”为题，刊登了四篇关于鲁迅的文章，在这个既不“逢五”也不“逢十”的“周年”对其加以纪念，显然别有用意。显然，这位敏感的作家似乎也已经意识到，关于鲁迅的叙述早已超越了对于一位作家或学者的纯粹怀念，而成为与叙述者的自身状况息息相关的行为，反映着叙述者本人的立场、境遇、焦虑与期待。而后“学者鲁迅”形象的建构，正是这些“鲁迅叙述”中的一个重要部分。

除胡风的文章外，同期《人民文学》还刊登了郑振铎的《中国小说史家的鲁迅》一文，这是“学者鲁迅”在新中国的第一次登场。文中，郑振铎主要介绍了鲁迅的《中国小说史略》《小说旧闻抄》《唐宋传奇集》和《古小说钩沉》，极力表彰其“校辑的周详精密”，“搜集之功极深，选择的眼光极严，所网络的范围也极为广博”，“一举而奠定了研究的总方向”。一方面，带有其独特的审视角度；另一方面，则基本上承袭了蔡元培等人从现代学术体制角度出发做出的评价。

然而，如前所述，“沉默”与“空白”同样具有追问的价值。如果我们还记得他在1937年10月19日的《申报》上发表的《鲁迅先生的治学精神》一文的话，就会发现，所有关于“战士精神”的描述，不论是在“学问上绝不妥协”，还是“校书如对仇敌，决不肯宽恕一点”，抑或“他的治学精神，和他的最勇敢的战士的精神一样，黑白分别得很清楚”等等，全都被悄然抹去了。由此展现出的“学者鲁迅”，似乎从“战士”转化成了一个安坐书斋，从事着考据、辑佚、校订的学术研究者。

准此而言，郑振铎的这一“留白”更像是一个疑问：在社会主义中国，这样的学术研究者是被允许存在的吗？或者换句话说，在社会主义学术体制中，何种知识是合法的？何种学术研究方式是合法的？

约一年之后，陈涌的长文《一个伟大的知识分子的道路》在《人民文学》上刊出。文中将鲁迅作为“认清了中国的现实和中国革命的性质与特点之后，便抛弃了原来已经过时的资产阶级和小资产阶级的思想，而接受工人阶级的思想，并且终身为这个思想所指示的方向奋斗”的“知识分子中的杰出的代表人物之一”。其具体的文本策略是以《新民主主义论》的历史叙述为框架，将鲁迅作为典范性知识分子置入这一历史叙述。在这一框架中，鲁迅的生平经历与历史的变动一一对应，而其思想历程，便自然地成为对这一历史进程的完满回应。因此，不论是对鲁迅思想的诠释还是批评，事实上都反过来重申着这一历史叙述的合理性。

换句话说，这篇文章与其说是对鲁迅个体经历与思想的描述，不如说是对中国知识分子在近代历史的激烈变动中所具有的位置与作用的描述。而对这些历史位置与作用的评价，实际上直接指引着当下知识分子的实践方向。在他看来，知识分子实践行为的合法性，来源于对现实斗争中的问题做出回应，而所谓“现实”，则只有唯一的叙述版本。在这一逻辑支配下，通常由“学者鲁迅”的名义所涵盖的实践与著作，基本上被排除在这个“伟大的知识分子的道路”之外。总之，只有符合现实斗争需要的实践才是合理的存在，在这一标准之下，自然没有“学者鲁迅”的容身之处。

8. 李长之：“学者”＝“战士”＋“科学工作者”

陈涌以及之后的冯雪峰显然继承了延安的鲁迅论传统。然而，新中国的北京与战时的延安面对着截然不同的现实境遇。伴随着全国解放的，是各地大学的整合与重开，王富仁观察到，“1949 年之后的鲁迅研究有一个根本的特点，即鲁迅研究由社会向学院派的转移”。这一转移背后是大学学术体制的恢复调整，这一恢复和调整的对象，不仅是鲁艺传统，还有包括西南联大在内的一大批高等学府的学术传统，而后者对于学术研究的意义与价值的认知与延安传统截然不同。

事实上，这一时期“学者鲁迅”的建构，绝大多数来自从事学术研究工作的学者。而萦绕其中的，正是郑振铎的“留白”所指向的问题：“在社会主义学术体制中，何种知识是合法的？何种学术研究的方式是合法的？”如果说周作人所述的路径已经被彻底取消，那么自蔡元培以来的西式学院派思路呢？如果承认其背后的现代性动力并未终结，那么它所需要的“独立”的学术体制在多大程度上可以存在？如何调和其与延安鲁迅传统之间的矛盾？王瑶等学者的实践能提供怎样的帮助？换句话说，如何处理郭沫若的文本中留下的张力已经成为当务之急。

在1956年11月8日的《人民文学》上，刊出了李长之近二十页的长文《文学史家的鲁迅》，文中建构了一个作为“战士与科学工作者”的学者鲁迅形象，全面展现了对上述问题的复杂的处理方式，也由此成为“学者鲁迅”建构史中最重要的文本之一。

李长之的“战士”形象“包括三方面”，“一是他从斗争性看作家”，如对嵇康的喜爱；“二是他在文学史著作里也体现斗争”，如文人与统治阶级之间的斗争；“三是鲁迅也非常注意文学史上的斗争”，“例如选本，就是一种斗争”。

可见，虽然学者依旧需要有现实的关怀，但在这里，李长之将“战士”的精神解释为一种学术研究路径上的导向，并由此将其转换为学术研究内部的合法性依据之一，而不是对学术研究的知识产品进行裁减筛选的外部标准，它并不表现在对于现实问题的直接回应上，而是内在于学术研究工作之中，它是知识内部所呈现的思想品质，而不是知识在现实工作中的实际功用，这一构建隐然承续了王瑶的思路。

而在具体的研究实践中，“学者”在身为“战士”基础上，又同时是“科学工作者”，值得注意的是，与“战士”一词一样，“科学”一词的意涵在此时也发生了转化。在20世纪五六十年代的公开文本所构成的历史语境中，“科学”实质上指向两个不同的义项，一是如前文所述的近代实证主义理念，将“考据、辑佚、目录”之学背后的知识论结构，置换为近代实证主义理念，并将其与关于“科学精神”的叙述相嫁接，这继承了自蔡元培至郭沫若的评价取径。

二是指向马克思列宁主义对历史必然性的论述，譬如李长之将“符合马克思列宁主义的观点”作为“科学的中国文学史”的表现，将“马克思列宁主义”作为“科学的文学史研究”的“基础”等等，这套叙述提供了评价人在当下历史中的种种行为的标准，如同古代士人对于“道”的追慕一样，它也为符合这一价值导向的实践行为提供了某种形而上的意义源泉。

上所述，李长之在以“科学”评价学术工作时，实际上具有双重含义，一来对学术研究的逻辑严谨性提出了要求，对抗着现实任务对学术工作的干涉，强调符合这一要求的知识才是合法的；二来也对学术研究的历史价值提出了要求，对抗着学术研究中“形式主义”的无意义的概念游戏，强调学术研究的合法性来源于其在历史进程中的价值。

通过对“战士精神”的重新诠释以及“科学精神”的双重构造，李长之一方面构筑了一个相对独立的学术空间进行知识生产，这意味着他承认了这一方式背后的现代性动力的合理性；而另一方面又对学术研究的现实意义给出了另外的限定，与延安鲁迅不同的是，他将现实意义的来源抽离出当下的斗争任务，而诉诸马列主义对历史必然性的论述。这一置换的吊诡之处在于，马列主义本身是一种反现代性的批判性理论，社会主义中国将其作为主流意识形态，意味着对西方现代性道路的抗拒，然而这一语境下的中国学者在建构其知识生产的合法性基础时，却又不得不，至少是部分地将后者作为来源之一，这一特殊态度是我们理解当时的知识分子的关键所在。

“战士”与“科学工作者”所构成的“学者鲁迅”形象背后纠结着李长之对于学术研究的复杂认识，然而一年之后，他本人却被打成右派，1978年“文革”刚一结束便悄然离世，“长才未展，命途多舛；未臻耄耋，遽归道山”。（季羡林语）

9. “民族文化遗产”的否定与继承

事实上，也只有意识到这一特殊态度，我们才能理解在这一时期“学者鲁迅”形象的建构中的一个核心命题，即“民族文化遗产”的否定与继承。

表面上，这一命题指向鲁迅的文学研究方法与路径，但现实中的讨论各方并未试图通过对鲁迅作品本身的细读来还原其方法论特征；相反，这一命题的实际含义，直接关涉着当时的古代文学研究中所浮现的矛盾，通过将鲁迅著作中的研究对象命名为“民族文化遗产”，各方对“学者鲁迅”的研究方法的讨论背后所追问的，其实是古代文学与文化领域中知识生产的方式与意义的问题。

1959年适逢五四运动四十周年，《文艺报》为此推出纪念专号，特意刊登了一组关于“文学革命与文学传统”的笔谈，集中讨论了这一命题。巴人的《鲁迅对待民族文化遗产的态度》开篇即写道：“没有否定，就不能有所继承；而没有继承，就也不能做到否定。对于民族文化遗产，我们总是有了否定，才有了继承的。”反过来说，对民族文化遗产的“肯定”与“继承”之间，存在着不可调和的矛盾。而“学者鲁迅”则提供了解决这一矛盾的典范性方法。

首先，巴人认为，鲁迅并不“反对继承民族文化遗产”，他“对待古典文学研究”的态度，是“认真不苟”的，唐弢则进一步指出，“谈到继承传统，我觉得，民族形式是中心问题之一”。而站在鲁迅对立面的，则是“叫嚷民族传统一无足取，只有唯一的一条出路——‘全盘西化’”的“民族虚无主者”，是“认为‘月亮也是外国的好’，中国的民族文化传统‘一切皆坏’”的“全盘抹杀的态度”。

这里，“民族形式”与“全盘西化”的对立提醒我们，“继承民族文化遗产”，实质上是构建民族认同的重要手段。晚清以降的中国不断被卷入世界民族国家体系，现代民族国家的建设不仅需要经济政治社会各部的发展，更需要在意识形态上强化民族认同，准此，将过去流传下来的文学文本命名为“民族文化遗产”，写入各种类型的“文学史”或“文化史”，正是其“创世神话”的一部分：通过对历史事件的筛选与阐释，构造出一整套关于现代国家及其文化系统的创建、演变、传承、发展的“其来有自”的历史叙述，以此为其当下的存在提供历史的合理性。

既然如此，我们如何理解对这一“遗产”的“否定”呢？巴人写道，“鲁迅反对旧文化，主要是反对它的封建思想的毒素”，“批判其封建性的糟粕”，而所谓“封建性”，则与“民主性”相对立，其背后是“封建文化派”“资产阶级改良派或妥协派”与鲁迅这样的“革命派”的对立，这一对立显然是阶级论叙事的一部分，正如巴人所言，“无产阶级本身就有免疫力”，对文学遗产的继承，显示了“无产阶级的自觉力量”。

阶级论叙事是社会主义文化体系中的主导性意识形态，在这一叙事中，无产阶级通过革命实践超越了封建社会与资本主义社会，五四运动中产生的“新 / 旧”文化的二元对立被改造为不同阶级之间的对立，无产阶级在历史舞台上的登场，代表着一个“新时代”的到来以及“时间”的重新“开始”，对这一“新兴无产阶级 / 旧资产阶级与封建思想”的二元对立及其背后的历史区划的认同，是社会主义意识形态合法性的基础。

正是从这个意义上，民族国家叙事所要求的“民族文化遗产”，潜在地对阶级论叙事造成了威胁。林默涵说：“这个问题是和文艺的群众化、民族化的问题相关联的。”“民族化”要求重塑历史的延续性，而“群众化”则以历史的阶段性为其特征，正是这一时间政治上的冲突，使得对“民族文化遗产”的“继承”必须以“否定”为前提。

因此，鲁迅的“找出了为一般人所忽略的在当时有进步意义的作品”和“带有人民性的内容”，“以人民的立场来批判传统文学的丰富遗产”等等内容，与其说鲁迅自身的学术特点，不如说是当时的古典文学研究家在面对两种叙事的内在冲突时，所发掘的调和之道。“古典文学的研究家，应该是传统的继承者，同时又是传统的自觉的否定者”，在古典文学的研究领域内，只有同时符合这两重标准的知识产物，才具有合法的地位。

在当时的知识分子看来，鲁迅对古典文学的研究绝非复古，而是为了“革新现在，开辟未来”，事实上，他们自身对“学者鲁迅”的建构，又何尝不是如此呢？

10. 尾声：刮点金箔和油彩下来

周作人晚年有一枚印章，上刻“寿则多辱”四字，道尽晚景。鲁迅去世时仅 55 岁，可谓不寿，但似乎并未因此而“少辱”。鲁迅自己就写过：“待到伟大的人物成为化石，人们都称他伟人时，他已经变成了傀儡了。”当然，鲁迅大概没把自己当作伟人罢，然而他也说过：“文人的遭殃，不在生前的被攻击和被冷落，一瞑之后，言行两亡，于是无聊之徒，谬托知己，是非蜂起，既以自炫，又以卖钱，连死尸也成了他们的沽名获利之具，这倒是可悲哀的。”终究还是给自己下了谶言。

“自炫”与“卖钱”，到底也不过是自利，与他人无涉。1966年10月19日，鲁迅逝世三十周年纪念大会上，姚文元做了题为《纪念鲁迅，革命到底》的报告，明确讲到要“发扬鲁迅‘打落水狗’的战斗精神”，“对人民的敌人决不宽恕”，这就远超于自利，直接便是打人了。“文革”开始，学校关门，鲁迅从旗帜一转而成棍子，甚或皮带、铁棒，可谓“奇耻大辱”，“学者”形象当然更是杳然无影。

新时期以降，“学者鲁迅”重新浮出水面，尤以陈平原、郜元宝、鲍国华等人的一组相关文章引人瞩目，其中当然有对于鲁迅本体的真诚把握，但“伫立此时此刻”的反思与观照，不也正构成了其基本的出发点与深刻性所在吗?

由此出发，回头去看前三十年中各方所建构的“学者鲁迅”形象，政局动荡、社会变迁、知识更替、学术沿革、思想倾向、个人遭际，各种各样的力量支配与左右之下，形成了一道极其驳杂的言说光谱。每代人，甚至每个人的话语方式或许彼此相异，但无不和我们一样，带着自身的问题与焦虑，在这些“学者鲁迅”形象背后，蕴含着一扇我们进入那段历史的侧门，对于这一形象的梳理，也使得我们能以更为复杂的方式来贴近与把握历史。

而在这篇文章里，我试图以某种批判性的方式来使用“学者”“学术”“知识”等相关概念：一方面用这些符号来对一系列的言论、著作与实践加以命名；另一方面通过对围绕在这些言论、著作与实践周围的种种话语的讨论，反过来清理这些概念——学者的学术研究与知识生产——在不同的历史时期、思想框架内的具体意义与合法性根基。

在1951年3月14日的《亦报》上，刊登了周作人的一篇题为《脸之贴金》的文章，里面写道：“有些人恭维人，太用力了，往往无意中把金箔或是别的浓艳色彩搽了上去，也显得不大好看，至少总失了真相。”1951年时，鲁迅脸上搽着的各种色彩已经不少，于今自然更多，以至于回头去看那句“赶快收敛、埋掉、拉倒”的遗嘱，反觉得像是说梦了。

七十三年前，鲁迅在与一个青年的通信里说：“拿我的那些书给不到二十岁的青年看，是不相宜的，要上三十岁，才容易看懂。”这个标准，我还有好些年才能达到，所以未敢唐突鲁迅之脸，然而，从他的脸上刮点金箔或油彩下来，掂掂分量、看看成色，大约还是可以的，至少，把这些金箔油彩刮薄一些，对我们看清鲁迅的面相，总不为无益罢，我以为。

2009 年 6 月 3 日

这是家兄种的

——在八道湾想起鲁迅

1949年10月18日下午，周作人结束三十二个月又四天的“食客”生活，回到八道湾旧宅，写作与翻译成为最为主要的生活内容。期间，周作人写下了为数不少的关于鲁迅的文章，在1936年的《关于鲁迅》和《关于鲁迅之二》后，形成又一次鲁迅写作的高峰。这里面当然有经济的原因，但经济的原因大约只能规定其“因何写”，却无关其“如何写”，而这“如何写”，恰恰是周作人转圜、发挥的空间。

这些文章后来集为《鲁迅的故家》《鲁迅小说里的人物》和《鲁迅的青年时代》三本书，先后出版于1953年、1954年和1957年。三本书基本上围绕着鲁迅的前期生活展开，在写作上，“尽量采取客观叙述的立场，很少做主观判断，尽可能避免对鲁迅的赞扬，更不允许出现溢美之词”，对鲁迅的学术工作也是如此，一方面，不论是对《中国小说史略》抑或其他的考据、辑佚工作，还是对版画、笺谱的印行，除了偶尔出现“文化遗产”之类的时髦词语之外，周作人的评价仍延续了1936年《关于鲁迅》和《关于鲁迅之二》两文的基本倾向；另一方面，通览三本书会发现，由于在内容上更多集中在鲁迅的青少年时代，在周作人笔下其实很少提到这些工作，偶尔提到，也不过带一笔“这与后来鲁迅的工作有关联”而已。

唯一的例外出现于1952年初，这年1月份的下半月，周作人在“补树书屋旧事”的主题下，一连写了三篇关于鲁迅抄校汉碑的文章，即《抄碑的房屋》《抄碑的目的》和《抄碑的方法》，详述了鲁迅在补树书屋的情况。在主流叙事中，鲁迅的这一时期，正由于对资产阶级革命的失望，而在思想上处于痛苦的摸索阶段，他在这段时间认清了革命形势与工人阶级的力量，从而为参与五四运动奠定了思想基础。显然，这类叙事带有鲜明目的论特征，将个人经历置于革命史的宏大叙事之中，个人的思想发展，也由此成为时代变迁的单向映射。

与此相对，周作人则将鲁迅放在了一个更为实际的政治环境中。在他看来，鲁迅抄碑的起因，是为了设法逃避袁世凯特务的注意，在这些特务眼里，“大约只要有一种嗜好……也就多少可以放心”，而“连大湖（亦称挖花）都不会”的鲁迅，就“只好假装玩玩古董”，之所以选择抄汉碑，一是花钱少，经济成本低；二是弄起来麻烦，“用以消遣时光，是再好也没有的”。

然而到了后来，政治环境也无法完全涵括他抄碑的动机了，“照理在袁世凯死后……可以停止不再抄了，可是他还是继续抄下去”，“这是什么缘故呢？因为他最初抄碑虽是别有目的，但是抄下去他也发生了一种校勘的兴趣”，在校勘过程中，鲁迅“看出书上错误的很多，于是他立意要来精密的写成一个可信的定本”。虽然最终没有完成，但在周作人看来，“他所预定的自汉至唐的碑录如写成功，的确是一部标准的著作，就是现存已写的一部分我想也还极有价值”。

如上所述，在周作人对鲁迅的评价中，这样的不吝褒奖是比较罕见的，尤其是对一部实际并未成型，只不过是“预定”“如写成功”的著作而言。在我看来，其背后的动因，与其说在于鲁迅的著作本身，不如说在周作人自己的经历。

新中国成立后，周作人由于其“汉奸”的身份，基本上远离了公众的视野，写作和翻译成为维持生活的内容与经济来源，这一状况正可以说是由“实际的政治环境”所导致的。然而，和鲁迅的抄碑一样，这两项工作又不仅仅是迫于政治压力的选择。根据钱理群的统计，自 1949 年 11 月 15 日至 1952 年 3 月 15 日的两年零五个月的时间内，周作人一共发表了九百五十一篇文章，平均每天一篇多，共七十多万字，“这样的工作量对年已六十六七岁的周作人自然是够大的，而且他写得极为认真，看过原稿的人都说，他在原稿上很少改动，用不着誊清，这也是很少见的”。因此，我同意钱理群的看法：“说周作人已经将读书、写作作为他的生存方式，实在不只是一种形容而已。”

写作如此，翻译更甚，整个晚年生活，周作人的译笔都不曾停滞，甚至在他看来，这些翻译作品的价值远高于他自己的文章。在他 1965 年 4 月 26

日所记遗嘱“定本”中甚至写道：“余一生文字无足道，唯暮年所译希腊对话是五十年来的心愿，识者自当知之。”对翻译的看重，可见一斑。

由政治环境而个人兴趣，如此相似的体验与遭际，让八道湾里的启明老人忆起当年补树书屋里独自摩挲、比对、誊抄着碑文的那个身影，恐怕亦属自然。事实上，随着年龄的增大，周作人口中的鲁迅，也确乎愈加贴己了。尚在狱中时，周作人就感慨过“昔日鲁迅在时最能知此意，今不知尚有何人耳”，陈迩冬在回忆新中国成立初期与周作人的接触时也说：“隐约可见他那兄弟之情的复活，我在他屋里看到过悬挂着鲁迅拓的汉碑。有一次，他送我出来时，指着外院的丁香树说：‘这是家兄种的’，我第一次听他称鲁迅为家兄。”

昔所手植，今已亭亭，与“家兄”所拓的汉碑日日相对，总不免念及鲁迅拓碑时的心境，并觉得彼此案头的灯光，竟如许相似。人入老境，不免怀旧，睹物思人，也是正常。然而问题并未于此终结，往深一步，致使他在此刻连作三篇文章的直接动因，似乎更来自他的实际境遇。

1952 年 1 月，中共中央发表《在城市限期开展大规模的坚决彻底的“五反”斗争》，“五反”运动由此展开。山雨欲来，敏感的周作人显然意识到了什么，立刻于当月 8 日的《亦报》上发表《改造》一文给予响应，操弄着生疏的语汇，以示其拥护的姿态。对于一生重视文章“艺术性”的周作人而言，对作文过程中的别扭与隔阂想必是深有体会的。写作如此，翻译亦然，甚或更为关键。就在同一天，开明书店致信周作人云：“因为改变营业方针，将专门出青年用书，所以希罗多德的翻译用不着了。”因之，对希氏《史记》的翻译，遂停在第 2 卷第 98 节。

书店合同的终结，坐实了周作人的预感，外边的风暴，终于吹进了八道湾的窗口。这月的 15 日，他重新开始了自去年 8 月底就已中断的鲁迅写作，写作主题，俨然是“补树书屋旧事”。或许在他看来，只有在这个平台上，大概还能写点自己愿意的文章罢。19 日，周作人收到上海出版公司关于出版《鲁迅的故家》的契约，似乎证明着此路可通。一天后，他便已将契约签好寄回，关于抄碑的三篇文章，也正是写于这几日之内。

在这样的风雨中，回忆着“家兄”那段与当下的自己境遇类似的经历，自然不免带上自况的味道。由政治环境进于个人兴趣，而此刻，这个人兴趣似乎也难以为继了，文章或许“无足称道”，但翻译却是心思所系，把他评价鲁迅的那句话摆到这里——这一“预定”的工作“如写成功”，“的确是一部标准的著作，就是现存已写的一部分我想也还极有价值”。——似乎更显妥帖恰当罢。

2009 年 6 月 4 日

钱钟书挖苦胡适?

钱钟书写文章，常有题目之外的发挥。如果说在《林纾的翻译》里将林纾后期无聊的译文比作安眠药尚属普通，在《序》里先将自己比作“半吊子”“二毛子”，然后顺手便将上海古籍出版社称作“古君子”也只是自谦与调侃，那么在《中国诗与中国画》里，将西洋批评家比作色盲的猫，将中西美学趣味的差别比作“国际货币兑换率”，将命名而不解释的研究比作偷懒的授衔仪式，则在显出锋芒，直到将通过阅读文论来了解时风比作“从飞沙、麦浪、波纹里看出了风的姿态”，就已近乎于诗了。

在《中国诗与中国画》里，钱钟书写到：我们研究古代文评时，要“把古人的一时兴到语和他的成熟考虑过的议论区别开来”，而他自己的“一时兴到语”，却总让人看出一身冷汗或一声长叹。前者如在《林纾的翻译》里论及研究方法：“对有些字、词、句以至无关重要的章节，我们都可以‘不求甚解’，一样写得出头头是道的论文，因而挂起某某研究专家的牌子，完全不必声明对某字、某句、某典故、某成语、某节等缺乏了解，以表示自己严肃诚实的学风。”

后者如同篇文章中谈及康有为、严复、林纾之间的逸事，钱氏随口感叹：“文人好名，争风吃醋，历来传作笑柄，只要它不发展为无情、无义、无耻的倾轧和陷害，终还算得‘人间喜剧’里一个情景轻松的场面。”言外之意，如鱼得水。

上面的例子，都来自《七缀集》，读此书，议论本身的宏阔兼精细当然是人所共知的优长，而我却似乎更喜欢这些“荡开一笔”，并私下以为那才是真才情的所在。

注意到这点的，当然不止我一个，2009年8月23日的《东方早报·上海书评》载张新颖口《钱钟书挖苦胡适》一文，已然于此间做出了学问，在比较了《旧文四篇》和《七缀集》中两个版本的《中国诗与中国画》后，作者敏感地注意到后一版多出了“本来可以不提”的胡适，于是，旧文便被读出了新的深意:“接下去说这样做会影响创作,也改造传统;但抢眼的,还是‘野孩子’‘暴发户’‘封建大官僚’并排而来的比喻,仿佛一个不够,两个也不足(《旧文四篇》版本里只有‘暴发户’和‘野孩子’),非要一口气并排三个才算圆满。”

重量级人物之间的互掐,总是吸引眼球的,然而凡事须得研究,才能明白。《旧文四篇》的“卷头语”交代得清楚,《中国诗与中国画》的初版本刊于民国三十六年(1947年)《开明书店二十周年纪念文集》,找来一比较,才发现事情并不如此简单。

《开明》版的这一段是这样写的:

这新风气的成立也有一个相反相成的现象。一方面当然要表现绝对新的精神,处处跟所推翻的传统矛盾,而另一方面要表现自己也有历史的根据,向古代另寻一个传统作为渊源所在。例如圣柏甫(Sainte-Beuve)硬认当时法国的浪漫诗派蜕变于16世纪的“七星诗人”(Pl é iade),十年前许多中国批评家也向晚明小品里去找所谓“新文学源流”。这种托古改新并非有了旧瓶子而找新酒来装,这是私生子认父亲,暴发户造谱牒的举动。把相合认为相传,替一个新运动来造家谱,是普通的宣传法门。人类虽然喜新厌旧,同时也觉得旧的老的比新的来得高雅华贵。拉丁文里“antiquus”一字兼有“高妙”“古昔”两意,绝非偶然,实在流露出人类的一种偏见。这个偏见不但可以解释为什么新运动要造谱牒,也能应用到许多人事现象,像买古董、藏线装书、赡养遗老之类。

若说挖苦,实在少有出上引文字之右者。圣柏甫和周作人的“托古改新”被称作“私生子认父亲,暴发户造谱牒”,是“宣传法门”,进而上升到人类的高度,还引来拉丁文以证“人类的一种偏见”,最后与买古董、藏线装书、赡养遗老等等归入一类,不屑之意,跃然纸上。而到了《旧文四篇》里,同样的段落被改为:

新风气的代兴也常有一个相反相成的现象。它一方面强调自己是崭新的东西，和不相容的原有传统立异；而另一方面要表示自己大有来头，非同小可，向古代另找一个传统作为渊源所在。例如明、清的批评家要把《水浒》《儒林外史》等白话小说和《史记》《汉书》挂钩搭线，西方十七八世纪的批评家也要把新兴的长篇散文小说遥承古希腊、罗马的史诗；圣佩韦认为当时法国的浪漫诗派蜕变于17世纪的“七星诗人”，20世纪30年代中国有些批评家宣称明代“公安”“竟陵”两派的散文为“新文学源流”。这类暴发户造谱牒或者野孩子认父亲的事例，在文学史上常有，它会影响创作，使作品从自发的天真转而为自觉的有教养、有师承，所以未可忽视。

在这里，“私生子”被改为“野孩子”，“宣传法门”没有了，“人类的偏见”被删去了，“买古董、藏线装书、赡养遗老”也都消失了，多出来的，则是“它会影响创作，使作品从自发的天真转而为自觉的有教养、有师承，所以未可忽视”。这样的评价与《开明》版相比，实在显得厚道不少。

然后来看《七缀集》版。

新风气的代兴也常有一个相反相成的表现。它一方面强调自己是崭新的东西，和不相容的原有传统立异；而另一方面更要表示自己大有来头，非同小可，向古代也找一个传统作为渊源所在。例如十七八世纪批评家要把新兴的长篇散文小说遥承古希腊、罗马的史诗；圣佩韦认为当时法国的浪漫诗派蜕变于法国16世纪的诗歌。中国也常有相类的努力。明、清批评家把《水浒》《儒林外传》等白话小说和《史记》挂钩；我们自己学生时代就看到提倡“中国文学改良”的学者煞费心机写了上溯古代的《中国白话文学史》，又看到白话散文家在讲《新文学源流》时，远追明代“公安”“竟陵”两派。这种时候追认先驱（pr é figuration r é troactive）的事例，仿佛野孩子认父母，暴发户造家谱，或封建王朝的大官僚诰赠三代祖宗，在文学史上数见不鲜。它会影响创作，使新作品从自发的天真转向为有自觉的教养、有师法；它也改造旧传统，使旧作品产生新意义，沾上新气息，增添新价值。

这里，“追认先驱”的做法不仅有《七缀集》版中提及的对新作品的影响，更能“改造旧传统，使旧作品产生新意义，沾上新气息，增添新价值”。积极的一面被进一步放大，同时，“父亲”被改为“父母”，我个人体会，两个词在语气上多少有点微妙的差异。何况，与最初的“私生子认父亲，暴发户造谱牒”相比，当官的诰赠三代祖宗，好像实在算不上什么恶行罢。换句话说，从态度鲜明的讽刺，到正面意义的不断阐发，新风气为自己找渊源这样的现象在钱钟书眼里，越来越成为一个普遍的、具有正面意义的文学史现象，而给予愈发积极的评价。

然后，来看三个版本中所举例证的改动情况，《开明》版仅有圣柏甫和周作人，一中一西遥相呼应，到《旧文四篇》版增加了“明、清的批评家”和“西方十七八世纪的批评家”两例，再到《七缀集》版又添上胡适，总的趋势是愈加丰富完备，古今中西都有举例，以证所言不虚。若按张文的逻辑，举出胡适为例，便是意在挖苦，那么前一次增加的两个例子，好像也是“本来可以不提”的，三个版本，两次增删，是不是都有张文所提的深意存焉，我看是未必的。钱钟书虽然喜欢挖苦人，似也不至于如此刀刀见血。反倒是在这三个版本的比较中，我们可以看出钱氏本人随着学识的增长，年轻时的意气之言慢慢转为持中、公允的文学论断的过程。

至于谈及周作人分文学史为“言志”与“载道”的那部分，本为初版本所无，《旧文四篇》版和《七缀集》版之间也差别不大，这倒或许真如张文说，体现钱钟书对周作人“耿耿于怀”的“偏爱”了。不过有一点改动还是值得注意的，在《旧文四篇》版中，周作人的这个错误被说成是“把外来概念应用的不很内行”的结果，仿佛是说周氏的西学不通，而在《七缀集》里，同样的错误，却改口道是因为周氏“对传统不够理解”之故，一中一西，也颇值玩味，个中原因，谨求教于方家。

2010 年 3 月 4 日

编书这么小的事

——贾植芳与《巴金专集》

1

1978年5月，百废待兴，杭州大学和苏州大学牵头，邀请全国三十多所高校、图书馆等单位，一起开展了“中国当代文学研究资料”丛书的编辑，涉及一百多位作家的研究专集和合集。“主要为从事当代文学、现代文学、文艺理论、文学写作的教学和研究的同志，提供较完整、系统的研究资料，对其文学爱好者的文艺创作和研究，也有一定的参考价值。”（《“中国当代文学研究资料”丛书·前言》）

也是这一年的9月，贾植芳先生结束劳改，从复旦大学印刷厂回到中文系资料室工作，迎面就赶上了这个任务，不仅被列为丛书的“特约编委”，更亲自参编巴金、赵树理、闻捷三部专集，其中，尤以巴金专集耗时最长、费力最勤。除了查访巴金作品初版本、搜集各种评论外，还托人找来各种批判巴金的材料，翻译海外巴金研究的新成果，编年表，做索引，不仅自己动手，而且“全家都上阵”（1980.3.4），种种工作，几乎贯穿了他1980年前后的日记，实在是贾先生案头的一件“大工程也”（1980.2.6），无怪乎他生出了“疲于奔命”（1980.3.19）的感慨。在后记中他写道：“我们觉得这部资料既然是研究性的书籍，就应该从文献学的角度，或者说从历史的观点从事编辑工作。无论是作家自己的自述性作品的选录或是评论家的评介文章的收用，都应该严格地采用初次发表时的论文，这对探讨和研究为我国现、当代文学做出巨大贡献和努力的这位作家的生活、思想和艺术道路以及检阅这许多年以来我国评论界对他的评介研究工作的成绩或失误，那条弯弯曲曲的历史过程和内涵，才有真正的学术意义和历史价值。”

不过，即使在贾先生编辑这部专集时，这条“弯弯曲曲的历史过程”也似乎尚未变成坦途。细读贾先生此间留下的日记，编书这么小的事背后，不仅有文学研究在20世纪80年代初重新出发时的蹒跚脚步，更折射了乍暖还寒时候，中国知识分子种种微妙而复杂的心绪，而这一切本身，更可以被视为这条弯曲的历史轨迹在当时的投影与延续——所谓“自由的80年代”，也只有在这些曲折中，才逐渐呈现出它的实相。

2

1926年，郭沫若在《洪水》上陆续发表《马克思进文庙》《新国家的创造》等文，借着孔子的名头，介绍马克思主义，引来各方讨论乃至驳斥。而其中火力最猛的，无疑有青年巴金（李芾甘）。他不仅骂郭沫若是“马克思主义的卖淫妇”，更在《答郭沫若的〈卖淫妇的饶舌〉》中借他人之口，指斥马克思是“搅乱的、阴谋的、狭量的、专制的”，是“野心家”，其《共产党宣言》《资本论》等书是抄袭之作。这篇文章，后来被论争的参与者之一，国民党的陶其情收入他编的论争文集《矛盾集》，更在一篇总结文章中，将“素不相识的李君芾甘”引为同志。

这段历史，成为巴金在20世纪50年代之后受到反复批判的重要“案底”，也成为作家自己无法跨过的心结，贾先生感慨，“巴金在他的青年时代是走了一段很弯曲的道路的，这恐怕也就是解放后他往往当‘风派’，在各种运动中故作姿态的原因，原来他内心有很大的隐忧，不能不以高姿态来保获自己的生存耳”。（1979.10.25）

这自然是知人论世之言，个人在历史中的出处抉择，远不如后人想象的那样非黑即白，台前的声言与姿态背后，有着更大的历史阴影与恐惧。然而，作为研究资料的编者，摆在面前的棘手问题，则是如何处理巴金这一段“弯路”中所留下的文献。作为无政府主义者，巴金的这些批判马克思主义的文章，当然构成了其思想轨迹中的重要部分。然而，这一个侧面的巴金，究竟在多大程度上可以去还原与呈现，不仅是一个历史问题，更涉及当下的生活。学术研究在政治生活中的位置，还处于“妾身未分明”的阶段，贸然刊出这些文章，对于作者与编者，可能引起的后果依旧是全然未知的，料峭的春寒，随时有伤人的威胁。用贾先生自己的话说，“在众目睽睽之下编这个巴集，实在是伤脑筋的事，在目录索引这一部分，编制工作由于政治和现实的考虑，实事求是很不容易。小唐一再说，由他们小青年编，作者群众都不会注目，由我这样人来出马，倒引人注目不止。这话也合情理”。（1980.3.9）

对于这一点，各方大概都有所会心。巴金的儿子特地来问过著译目录的编辑情况，“说一定收集了不少材料，说是否给他爸爸看看云云。此公大约很不放心”。（1979.11.23）巴金本人也曾对贾先生表示，“他到现在还不能说是一个马克思主义者。对收他的早期政治理论文章，他说怕人家又说他宣扬什么主义”。（1980.3.13）言辞里满是心有余悸的意思。权衡之下，终于决定不收。

昨日为巴金目录一事，上午和老杜谈过，有些二三十年代的政治性文章（反马、反苏、反无产阶级专政）是否入选，不得不当心；人们还没有那么高的认识水平，多少年的老习惯养成一批专门找茬的人。杜同意暂以不收入为宜的主张，并说要请示党委，最好写一份报告，举出不宜入选的书名和作品名。为此，晚上写两张，和小唐去看系总支书记老李、教学副主任老颜，说明情况，这些本是正常的学术工作，在我国现状下却往往或左或右地解释为政治问题甚至政治斗争，因此不能不按组织手续办理。（1980.3.13）

选与不选，都须经过“组织手续办理”。这一处理，不仅出于“老运动员”的审慎，更能见出在20世纪80年代之初，知识分子们所身临其中的政学环境。结果是，《巴金专集》第一册、第二册中，这一侧面的巴金，虽然已经为人所识，但依旧处于地表之下。至于第三册的文章索引部分，虽然巴金本人在校阅之后没有改动（1980.3.16），但作为出版者的章品镇却来信，表示有些篇目（索引）还需和巴金商量一个妥善办法，“这些条目大约指20年代的反马克思主义、反苏、反共的政治性译著。中国经过多年的实用主义政治统治，坚持历史唯物主义往往是一句空话”。（1983.6.28）

可惜的是，由于经济原因，第三册最终没有出版，“历史唯物主义”究竟能否坚持，我们也就无法知晓了。

3

在编辑专集期间，贾先生常常去向巴金征求意见，不仅询问生平、译本、笔名等问题（1980.3.13、1980.3.16），在文章的选取上，有时也会听取巴金的意思。文集编成后，巴金也经常将其送给研究他作品的外国学者。因此，专集文章的选择，在某种程度上也反映了巴金本人的一些想法。后来的大批判文章是否要选、如何选取的问题正是如此。在编辑工作一开始，贾先生就找来了这些文章，从1958年所谓“拔白旗、插红旗”运动中的批巴运动，到“文革”期间造反派批巴金的材料六册，都一一过目审读。对于这些文章，他的态度非常明确：“大小人物从教义出发，无视生活本身，对巴君进行声讨，文章之无聊和空洞，使人哭笑不得。正是在这种‘极左’的源远流长的棍棒下，中国文艺事业走向失败和凋零，这种历史的教训值得深思！”（1979.9.20）

有意思的是，巴金本人则表态，坚决主张收入“文化大革命”中胡万春等人批判他的文章，“就是把文中所提出的他早期那些反动文章编入目录内，他也无所顾忌云云”。（1980.6.29）或许正是因此，在《巴金专集》第二册后出现了一个名为“林彪、‘四人帮’反革命集团横行时期出现的‘巴金批判’文章选辑”的“附录”，而其中的第一篇文章，便是胡万春、唐克新所写的《彻底揭露巴金的反革命真面目》。

陈思和曾忆及年少时观看批斗巴金的电视大会，“一个工人作家（好像是胡万春）把巴金青年时期在报刊上发表的‘无政府主义’的文章举得高高的，以强调其‘反动’。”（《1966—1970：暗淡岁月》）这些镜头，当然证明文革是一场浩劫，然而，劫后知识人的微妙心态，却远非这种抽象的谴责所能道尽。较诸义正词严地揭露与斥责，乃至“告别 ××”的决绝姿态，历史的创痛往往以更为暧昧的方式悄然延伸到当下，在灾难过去之后，集体之“恶”中的个人发言究竟要承担多大的责任？在这一方向上的思考，亦成为巴金晚年反思中的一个关节点。

关于巴金与“文革”，贾先生的日记中还记下了两件事，这里也不妨一并录出。其一，是巴金对贾说起1962年他写的《作家的勇气和责任心》，说“文化大革命”开始，他就把它烧了，但在写字间烧错了，把他在上海文代会上的开幕词当作这篇文章烧了。后来稿抄出来，被当作他的罪证到处印发。巴金赞成在专集中收入原文。（1980.3.13）其二，则是第四次文代会上，上海的吴强发言为他在1955年充当警察角色捉耿庸、王元化表示歉意，巴金当即叫道：“还有我哩！”巴说：“当时你逼我写反胡风的文章。”（1980.7.5）对此，身为胡风分子的贾先生怎么评论？——“志于此，以为写《新儒林外史》者准备材料”。

除了批判文章的收录外，巴金还给贾先生送去一张《文汇报》，“上面有一篇端木谈《家》的文章，又说他在10月份的香港《大公报》写了一篇谈骗子的文章，说是他的观点和陈沂（时任上海市委宣传部部长）的有别，他的意思很明白，希望‘专集’能把它们收进去”。（1979.10.31）其中，端木蕻良的《重读〈家〉》已经收入了《巴金专集》第二册，读者自可翻阅，而后一篇文章的背景，则需要稍作说明。

1978年，上海籍知青张泉龙冒充高干子弟，在上海招摇撞骗，各级官员纷纷以权谋私，为他大开各种方便之门，供车供票，甚至要帮他把他的“知青朋友”调回上海。这则新闻被沙叶新等人知道后，迅速据此创作了剧本《骗子》（后以《假如我是真的》为题发表），剧中的“骗子”被揭穿后，在法庭上为自己辩护道：“我错就错在我是个假的，假如我是真的……那我所做的一切就将会是完全合法的。”

此剧上演后，迅速引起轰动，各地剧团纷纷要求排演。贾先生自己也看过，并评论道，此剧“并没有否定现实的味道，只是指出现实的可哀之处，意在匡世，非要推翻也。……反映了时代风尚，表面看来是讽刺剧，实际上是一出悲剧，它使人正视现实，发人深思”。（1979.10.15）“否定”“推翻”云云，意指当时围绕此剧而产生的争议，从地方宣传部门直到中央政治局，关于是否要禁演此剧，产生了各种针锋相对的看法。而巴金的文章则是写于这一年9月的《小骗子》，文中将此剧比之于果戈理的《钦差大臣》，写道：“我不能不承认在我们这个社会里还有非现代的东西，甚至还有果戈理在1836年谴责的东西。”同时，他也明确表示，“有人说话剧给干部脸上抹黑，给社会主义脸上抹黑，我看倒不见得”。态度和贾先生如出一辙。

4

推荐此文入选《巴金专集》，多少反映了巴金对它的看重。此后，他陆续又写了《再说小骗子》《三谈骗子》《四谈骗子》，对新社会中的骗子及其土壤的观察与批判，以及由此反映出的“新”社会中的“旧”封建因素，成为巴金晚年思想中的重要部分。在这里，我们又一次遇到了个体与历史的关系：一方面，在审判“骗子”的同时，我们如何反思体制的弊端？而另一方面，以“体制的弊端”为名义，为个体在历史中的行为辩护，是否，或是在多大程度上，是有效的？这一系列问题，不仅对于巴金，更对于这一整代知识分子，包括经历过“舒芜事件”的贾植芳而言，恐怕都是他们始终在思索，乃至反省的对象。

1981年，巴金接受《朝日新闻》记者访问，谈到自己在胡风运动中的参与，他说：“胡风批判那时，由于自己的‘人云亦云’，才站在指责胡风为反革命的人的一边。现在他已恢复了名誉，并没有所谓反革命的事实。我对于自己当时的言论进行了反省。必须明白真相才能行动。”

读到这篇访问记，贾植芳写道：“这是我见到的第一个为反胡风而向国外发表声明的中国作家，而这样的人在中国如恒河沙数也。”（1981.6.2）

贾先生对自己的同辈人，通常吝于赞美，“恒河沙数”这样的褒奖之词更是罕见。或许正是因此，他对巴金晚年的写作始终保持着关注。在他的日记中，常常可见“夜读巴金《真话集》”、“读巴金《随想录》”之类的记载，他不仅认为这些文章“写得都很真实（在感情思想上）”，（1981.10.16）更为《随想录》在发表过程中所受到的压力、阻力以及流言蜚语，而感到深深的愤慨：“原来谈‘文革’在某种人看来竟是一种‘罪行’，这真像作者所说，在封建社会百姓挨了官的板子还要叩头谢恩一样。想不到这种封建奴隶道德，在号称人民当家做主的社会并未过时。”（1988.2.26）这种共鸣，当然不是抽象的喟叹，前述《巴金专集》的编辑中所遇到的种种顾虑，不正与之同出一源么？“弯弯曲曲的历史过程”似乎还在蔓延向前。

这篇谈骗子的文章，后来并没有选进专集，《随想录》的文章，选了《总序》《怀念萧珊》《把心交给读者》《迎接“五四”六十周年》《观察人》《随想录后记》《我和文学》《探索集后记》等，考虑到专集第一册约在1980年夏就已交稿，那么，不论在入选的数量上还是速度上，贾先生对巴金晚年反思的重视，都可见一斑。后来巴金去世后，贾植芳接受记者采访时说，他感到最遗憾的事情，是《随想录》再也不能续写了。

1988年，瑞典皇家科学院曾请贾植芳推荐一位中国现代作家作为1989年的诺贝尔文学奖候选人，他推荐了巴金。（1989.1.16）当然，这与先前的《巴金专集》大概早已没有关系了。

（本文所引日记内容，均出自《贾植芳日记》，复旦大学出版社即出）

2013年4月24日贾先生五周年忌日改定

附

——这是18时46分的复旦

复旦大学中文系教授贾植芳先生因病于2008年4月24日18时46分在上海辞世，享年92岁。

4月24日。

18时30分，复旦大学中文系副教授张业松和往常一样走进教室，上课前，他收到了陈思和教授的短信："贾先生危急。"他狠了狠心，关上了手机。"先生不会怪罪我的吧？如果他是我，他也会上好这堂课的吧？"他想。

此时，贾植芳先生的学生李辉离开上海市第一人民医院，刚刚探视了贾先生的他准备前往机场返回北京。"陈思和打来电话，告诉我：18时46分，先生离开了这个世界。"

他立刻转身返回。

19时15分，第9节课结束。在另一个教室上课的中文系副教授胡中行接了个电话后回来告诉他的学生：贾先生走了。提前下课后，他直奔医院。

提前下课的还有张业松，赶到医院的他发现"各处赶来的人们已经塞满半层楼面"，冲过人群，"出现在我眼前的先生，盛装仰卧，面色舒展，平和如生"。

而此时，先生已然离去，再也听不到学生与亲人们的悲恸。

19时22分，新民网快讯："著名文化人、复旦大学中文系教授贾植芳，于4月24日18时46分，在上海市第一人民医院因病去世，享年92岁。"

这条消息迅速传播开来，在手机上，在网络中，在人们的口耳之间。带着一次次的震惊、疑惑、遗憾、悲痛与沉默。

两个小时后，有学生在东区挂出了第一串千纸鹤。

4月25日。

早晨9时，中文系的同学们睁着布满血丝的双眼，在南区的树干之间挂上了自己的哀思。

之后，越来越多的纸鹤出现在光华楼下、三教前、光华大道边，出现在校园的每一个角落。“念兹在兹，从今师侠心未曾去；求仁得仁，此去同人追不再来”；“先生背影远去，后学愤然前行”；“哀挽巨擘之殒，更树齐贤之志”……阴霾的天空下，成百只千纸鹤迎风飘扬。

10时8分，复旦大学中文系主页上登出了贾先生的讣告。治丧委员会中包括章培恒、范伯群、曾华鹏、李辉、陈思和等，这些名字几乎代表了中国文学研究界的最高水平，而他们全都是贾先生的学生。

与此同时当天出版的各大媒体也刊登了贾先生去世的消息。世界各地的唁电唁函源源不断地飞往复旦，其中来自机构的函电45封，来自个人的函电合计108封，对联33副，悼文5篇。其中包括仍然在世的“七月派”作家徐放、孙钿，曾经的“胡风分子”绿原、舒芜、欧阳庄、化铁、曹明、罗飞、顾征南、何满子、吴仲华，国内外的知名学者刘再复、木山英雄、山口守、孙郁、王富仁、严家炎、黄修己、张颐武、格非、李冬木……

4月29日。

1时12分，著名作家柏杨于台湾新店耕莘医院病逝，享年89岁。

11时，光华楼西主楼11楼，中文系的师生们为下午贾先生的追悼会做着准备，不断有人打电话来要求添加挽联。不远处的复旦大学第九宿舍，前来吊唁的人们在先生的灵堂前深深鞠躬，脚下是依旧斑驳破损的地板。而此刻复旦的正门口，已经站满了等待去参加追悼会的学生。

13时，西宝兴路殡仪馆玉兰厅摆上了先生的遗像，两侧的长联概括了先生的一生：“从鲁迅到胡风，冷眉横世热肠扶颠，聚悲智良心傲骨侠胆为一腔正气；由社会进书斋，大写做人中道敷文，融创作翻译学术育人开八面来风。”

撰写这副对联的是贾先生的学生陈思和教授，在致悼词的几分钟里，悲痛难抑的他三次哽咽、三次停顿。

徐中玉先生、钱谷融先生迈着蹒跚的步子来了，胡风的女儿张晓风从北京赶来了，因病不能前来的王元化先生送来了挽联——十天后的5月9日，王先生病逝于上海瑞金医院。陆谷孙、朱维铮、山口守、赵长天、吴福辉等贾先生的生前好友与学生也悉数到场，学生与读者的队伍绵延到了灵堂之外。他们每个人都领到了一份贾先生的生平介绍，翻开跨页，正是先生手书的那句名言：把人字写端正。

2008 年 5 月 20 日

附记

2008 的 4 月 24 日傍晚，我跟王维、胖子一起在一条街吃饭，忽然接到黎叔转发的新民网快讯，于是回寝，路上给滕育栋——当时我参与编辑的校园刊物的主编——打了个电话，答应下给我两个版，那大概是我在《复旦青年》做的最后一期报纸，上面这篇东西就发在上面。

除了这篇文章以外，还有从张业松老师那里要来的《贾植芳先生生平及主要著作目录》和唁电、挽联，从吴中杰老师那里要来的《把“人”字写端正——记贾植芳先生》；以及从陈思和老师那里要来的悼词全文。

我在报社近四年，不论是要稿还是组织材料，这次几乎是最顺利的。

我跟贾先生没有直接的接触，之前的模糊印象，都来自师友处听到的一些片段，以及见于文字的记载和回忆。这学期刚开始，承孙洁老师赠了我一套《贾植芳文集》，再加上罗银胜先生编的《我的人生档案——贾植芳回忆录》，两本书都读了许久，看时总好像略有所悟，然而稍一松懈，又仿佛杳然了。不过，无论如何，有这样一个模糊的影子在前面，总好于无罢。

这一年，老先生们一个个离去，人们总是说他们达到了“难以企及”的高度。“难以企及”这是当然的，但这句话似乎还没说完，接下来，我们要拿这个“难以企及”怎么办呢？我想，结果不外乎“面对”与“背对”两种，前者的“难以企及”尚可称为自勉；而后者，则不免堕入托辞里去了。

而这一年的自己，惜乎依旧没有什么长进，更惜乎亦不愿以背示那“难以企及”，那么，“我只得走。我还是走好罢”。

2009 年 4 月 24 日

交代材料里的陈子展

《横扫一切牛鬼蛇神》的社论在《人民日报》上发表后两天，复旦大学党委召开了全校师生员工大会，组织游行，宣布“停课闹革命”。次日，历史系贴出批判周予同的大字报，随后，从学校到各院系，陆陆续续开始对干部、专家、教授进行揭发批判，“文革”在复旦一发而不可收。8月，造反派学生决定“踢开党委闹革命”；10月，校党组织接上级通知停止领导“文革”；11月，市革委会进驻；12月，当时的党委书记杨西光被公开批斗，党政机构瘫痪，造反派“全面夺权”。次年1月，复旦大学革命委员会成立，大搞“清理阶级队伍”，制造大量冤假错案。据复旦校史载，1968年是“文革”中复旦大学非正常死亡人数最多的一年。

陈子展的1968年，基本上在写交代材料中度过。在他身后留下的手稿中，保存着这一年写下的一批交代材料，所注明的写作日期，上起2月5日，下至12月1日，总数为13份，部分为残稿，均有编号，有几份还留有当时审读人员留下的眉批和画痕，应是“文革”后发还的文件。从材料、“内容重复”之类的眉批，以及“某某问题补充交代”这一类题名方式来看，陈子展当时写下的交代当不止这些。尽管如此，能读到这些材料已经非常难得。其中不仅有陈子展自己的交代与认罪，也包含一部分为了配合内查外调而写下的对其他人物事件的说明。其中涉及内容的真实性当然大可质疑，但最为真实的，恐怕是在“文革”这一特殊环境下，知识分子言说中的困难、卑微与恐惧。

1

陈子展的革命履历，说来开始得很早。1923年，他在湖南长沙船山学社时就已经结识了毛泽东、李维汉、徐特立等一批共产党人。1927年马日事变爆发，谢觉哉、周竹安避入陈子展家中，陈出任保长，以身家性命，担保邻里没有异党分子，使几人躲过搜捕。当时，彭公达告诉陈，谢、周二人已经推荐他入党，等彭下次来时，就可以举行宣誓。不幸的是，彭公达随后便遇难，陈子展和其他人一起仓皇逃出，并未真正入党。用陈子展自己的话说，“我和谢周之间从未以同志互称过。不过我们之间结下了‘同志式’的友谊”。

既住过船山学社，又包庇共产党，陈理所当然地被国民党当作“共党首要”一并通缉了。这一节，事关政治身份与革命历史的认定，成为日后历次运动中反复审查的对象。不仅事实层面要搞清楚，陈本人对这段经历的态度，也成为需要检讨的问题。新中国成立初期的思想改造运动中，中文系传言陈子展说过，“某某的头值若干钱，我的头值若干钱”之类的话，虽然陈自己表示不记得，但传言本身已是罪证，陈只能检讨，自认这是“我丑表功，自我标榜的话。但是没有损害同被敌人通缉的任何人的用意，想照他们的光，分享光荣，或者是有的，这当就是一种罪过。尤其是我把政治上一件十分严重的事，说得那样不庄重，更是有罪的。我低头认罪”。

陈子展有狂气，说话常常“出格”，这在文化界是出了名的，说出“我的头值若干钱”这种话，也并不难以想象，放在平时，不过被当成一些逸闻趣事，一到“文革”，便都成了有待深挖的罪证。强迫别人为趣话辩解，不仅无趣，更令人恐惧，任何话一旦被抽出具体语境，便有可能被无限上纲。有人提到，陈子展在 70 岁时发感慨，说自己“全狗性命于乱世，不求闻达于猪猡”。这样的话，稍稍不慎，便会被打成恶毒攻击社会主义，陈子展急忙自辩，表示这是前所写的旧文里的话，骂的是旧社会，“在当时说话的政治环境是不会引起误解的”。后不曾提过，“即令再谈到它，也是感愤过去、庆幸现在的”。更何况，“我是狗年生的，今年才满 70”，因之绝不可能是 70 自感，唯一的可能是新中国成立后跟人讲过自己的旧文，引出的这句话：“不过我和他讲话，讲这种话，也是有罪的，因为引出了其他的误会，其罪责也全在我，我应当低头认罪。”

自 1927 年逃到上海之后，陈子展便成为杂文界一支数一数二的健笔，留下了数量惊人的作品，作品的底稿，在“文革”中被红卫兵抄走，如果有人要从中断章取义、陷人以罪，简直易如反掌——尽管他在20世纪30年代的文化政治版图中旗帜鲜明地站在左翼文化运动的队伍中。对上述这句话的反复澄清，背后正是对这一可能性的无边恐惧。而这并非毫无来由，在《认罪书》中陈子展写道，“30年代我在上海卖文为活，自认从来没有写过一言一语是反对党、反对当时左翼文化运动的”。然而，在革命师生的揭批下，“颠倒的事实现在由掌握了战无不胜的毛泽东思想的革命群众颠倒了过来，还了我一个真的面目”。他已经认识到，他的这种行为，是“欺骗了鲁迅先生，使他同情我受到的所谓‘迫害’，并且以此博得了那时所谓‘左派’的资本。……总之，这些表面的现象使人没有看出我是一个思想反动的资产阶级右派。……我到上海没有积极投入革命洪流，反而和30年代文坛的一些黑线人物同流合污，就是一个证明”。

“黑线人物”是江青1966年才提出的概念，不论其内涵如何，用它来批判20世纪30年代的行为，显然是以今律古的时代错乱。革命群众如何将“颠倒的事实”再“颠倒回来”，这是一个鲜活的例子。

2

正面的革命履历，尚能揪出如此问题，参加国民党这种举动，当然更不可能放过。1924年国共合作期间，陈子展就曾加入了当时尚在地下状态中的国民党，1927年后被清除出党并遭通缉。直到1939年国共合作抗日期间，又再度加入国民党在学校中的区党部。这一行为，在当时非常普遍，据他回忆，“全校教职员工大概是集体加入的”。同时，陈子展一再强调，自己仅仅参加过一次区党部的成立大会，而且尚未结束便有事回家了。此后没有参加过任何党内会议、担任过任何党内职务，也未以党员身份在外做事。然而，不论当时的历史情况如何，既然加入国民党，甚至没有与之对抗，便是对它的反动性质认识不清的表现。“当然，我重新加入国民党还是有罪的。……我由于贪生怕死，由于再怕陷于失业困境，没有起来反抗，没有退出国民党，而且还在继续担任学校改为国立后的中文系之主任一职和国民党人同流合污，这是有罪的。”

国民党的问题，事关重大，被反复问及，陈子展虽然一口咬定自己没有参与任何实际活动，但是，或许是依旧生怕被人查出什么关联，他写了这样一段话："在旧社会里是没有个人自由可讲的，有的事你自己不知道，人家就会给你一个头衔，这是屡见不鲜的。特别是像我这样的人，在文艺界有点名气，又是一个有名的大学的系主任，很可能有些头衔加在我头上，我不知道。他们也知道即使我知道了，也不敢正面反抗的，至多我采取不理会的消极态度。"之后，忽然慨然道："活了这样一把年纪，这样的事也不过在我污浊的一生中再加上一点污浊而已，何至害怕不敢交代呢！故坦白交代为此。我请罪。"

陈子展在文艺界属于活跃人物，社会活动也比较多，除了国民党外，他还参加了不少其他团体，在"文革"中也一一清点交代，计有上海著作人协会、上海歌曲作者协会、上海文化界抗日救国协会、苏联之友、全国文协、上海大教联、上海作协、全国作协、新民主主义青年团之友、九三学社等。幸而这些团体基本上都是由左翼进步人士主办、主导的，似乎并未给陈子展带来更多的麻烦。

3

真正给他带来麻烦的，是他在复旦中文系的系主任一职。陈子展 1933 年进入复旦，1937 年出任系主任，直到 1950 年辞去该职务。历经易代之际，学院政治比平日更为复杂，历史遗留的院系人际纷争被上升到革命 / 反革命的层面，两者互相纠缠，也互相利用、互相推动。

1949 年以前的复旦校长章益，由于与 CC 系之间的关系，素为陈子展等人所不喜，时常出入章益公馆的亲信教员们，被称为"公馆派"，其中包括中文系的章靳以、方令孺、胡文淑等人，朱东润 1952 年从沪江大学调入复旦时观察到，"复旦大学中文系最初是有派别的，有所谓公馆派和文摘派。公馆派是指一些常在校长公馆走动的，文摘派是指在《文摘》这家刊物活动的，这是抗战前后的事了，但是这个传统不能不传下来"。

这里可以插一句，与章益的关系，后来成为许多人的历史污点。在写于

1956年的《自传》和1959年的《思想总结》中，章靳以检讨道："章益是一个极其狡猾的反动派……为什么我当时没有发觉他的一切阴谋诡计？主要是我被资产阶级的个人情感的眼睛所蒙蔽，没有从本质上认识他，看不穿他的虚伪伎俩，受到他的利用而不自觉。我不是站在党的立场和阶级的立场和他做坚决的斗争，而是以个人的感情代替了阶级，由此丧失了立场，这是我一生极严厉的教训。我一定要从本质上认识事物、分清是非善恶……"

新中国成立后，部分"公馆派"教员依旧得到重用，陈子展以为领导任用谗人，便怀有不满。工作中的矛盾，更加重了两派的对立。陈提到，在统一分配时，"他们既不允许我接受中央方面的调令，到北京人民文学出版社从事古典文学的编辑工作，也不容许我在复旦。此时我正在严重的脑病胃病中，还逼我到安徽大学去，我早就告诉过他们，我的脑病已经使我不能再教书了"。这些阻挠，都被陈子展认为是由于公馆派从中作梗，对此非常愤怒。据说，当时他将自己的藏书整本整本送给校门口一个摆摊的商贩，让他拆了包花生米，自己则准备归隐去家乡钓鱼。

1953年，陈其五（华东教育委员会秘书长）、陈望道（复旦大学校长）和李正文（复旦大学副校长、党委书记）召集部分教师开会，"要解决复旦公馆派和非公馆派之间的矛盾"，陈子展和李正文早在大教联时期就彼此相识，但这次陈子展丝毫不讲情面，"对李正文说了一些反党反社会主义的话。后来我又写过一封信给李正文，攻击他包庇公馆派打击我"。什么是"反党反社会主义的话"？在另一份材料里，陈子展回忆道，他说要为李正文"立官僚主义长生福禄牌位，要为他喊官僚主义万岁"。"封建社会诛十族，他（李）连平日自己的朋友（我）也要诛，岂不是要诛十一族？"

新中国成立初期的思想改造运动尚比较温和，这样激烈的话似乎也没有即刻带来严重后果，李正文还公开向陈表示过歉意。此后，陈子展称病在家，在中文系安排下，得以不上课、不开会，埋头研究诗经，这正是陈所谓"在走资派的包庇下，我的罪行没有受到及时应有的惩罚，反而得到了种种照顾。……这些事虽然在反右时作了一次清算，我得到了应有的惩罚。可是由于走资派的包庇，我没有受到群众的批斗，我只作了一个极不深刻的检查和交代、就放过了我"。

“放过”当然是暂时的。陈子展离群索居，1957年的鸣放也不参加。据他自己说，之所以不参与，是因为“我是和许多革命朋友共过患难的，不能去做为亲者所痛仇者所快的事”。这一说法有几分真实，似有商量余地。但事实是，尽管在鸣放中未置一词，陈子展也还是没有逃过反右的风波。1957年秋，上海政协组织民主人士到陈家揭发他的右派言行，自称代表政协、代表民主党派。陈大怒，反问道：“我没有鸣放，何来右派言行？”并直斥来者“什么狐群狗党，什么政协，全是藏垢纳污之所”。尽管几天后，陈子展马上致信政协道歉，并引咎退出政协，上述言论还是引来了批判。尤其是“狐群狗党”一句，被传为针对共产党的指责，这当然是罪大恶极的恶毒攻击。与此同时，还有人揭发陈子展在新中国成立前反对章靳以、方令孺等人开新文学课。再加之思想解放运动时的“反攻倒算”，数罪并罚，1958年夏末，陈子展被打成右派，并由二级教授降为四级教授。

4

陈子展的右派并没有当多久。由于他在革命中的资历，很快就在中央的过问下，于1959年10月摘掉了右派帽子，成为第一批摘帽右派，并登报公示。据说最高领袖也发了话，说“陈子展有真才实学”。之后，陈子展还请示李维汉，希望不开大会，在小会上摘帽，也得到允许。不过，从后来的历史看，这次摘帽或许并不是好事。“文革”开始，红卫兵去陈子展处抄家，在里弄里批斗陈子展，给他重新戴上右派帽子。陈想不通，“我当时接受不了。认为我是在毛主席亲自颁发的命令第一批摘掉的帽子，当时毛主席正在第一线主持工作，上海方面正由柯老主持工作，我的名字又列在新华社的关于全国摘帽的新闻稿中，报纸上都刊登了，他们可能都知道，怎么会不算了呢？”一时气结，“悲观绝望，疯狂已极，企图服药自杀”。

这里“服药自杀”的说法，其实简略。事实是，与陈子展一同服药的还有他的儿子。幸而儿子身体好，晕倒一段时间后苏醒过来，急叫救护车，这才将陈子展救活。

父子一起服毒，并排躺下，静静等死。这样的悲剧，在当时却是自绝于人民的铁证，“这样，我又犯了对抗这次大运动的大罪。充分证明：凡是没有改造好的资产阶级知识分子，他们的反动本质随时都会顽强地表现出来的。这次我才认识到摘帽首先要从阶级立场上摘，从思想改造上摘，否则在形式上摘了，以后仍要戴上的”。

问题是，为何戴，为何摘，实在难以看出一定之规，从思想改造到反右，从反右到“文革”，上一次政治运动中的表现，成为这一次运动中的罪证，这次运动中的表现，又在下一次运动中被拿出来批判，知识分子在历史偶然性的大浪里随波逐流，再怎么谨小慎微，似乎也难逃一劫。1966年10月，系里组织学习老三篇，有人说：“批评要及时批评，不要事后批评。”陈子展接了一句：“这很难办到，毛主席也是不容易办到的。”第二天，这句话便成了批判对象。陈子展一面自辩，这是因为他想起了毛主席的另一教导：“为了判断正确的和错误的东西，常常需要有考验的时间。”一面强调自己绝无攻击毛主席的意思，“我回顾一生，对他老人家是只有敬意、绝无恶意的。永远记得1922年准许我一个无家可归、正患神经官能症的病人，住进当时在长沙的党的机关船山学社养息一年……这是他老人家对我莫大的信任和恩惠。又永远记得我的小兄弟和侄儿，他们原是贫下中农，都在以后翻了身。对他老人家、对党、对社会主义，常恨此生无以报答。所以在1966年9月初，我服毒企图自尽，已在昏迷状态中，还给他老人家写了一封信，希望求得谅解，直到快要死去，我还是对他老人家满怀敬意的。要是我有意诋毁毛主席，诋毁毛主席思想，不仅忘恩负义，真是罪该万死！”

1968年7月27日，中文系开会批斗陈子展，全面清算他的反动历史。会后，陈子展写下长篇《认罪书》，从20世纪20年代的马日事变开始，一路自我批判，“回忆了我整整70年来的生活”。首先，不论在前的左翼文化运动中曾经有过怎样的成绩，“用阶级的观点来分析，我的这一切假象都是纸老虎”。在根本上，“我对革命没有正确的认识，我就不可能对革命做出贡献”。其次，“从20年代、30年代、40年代，我对自己的经历的错误认识，使我在以后犯下了一系列的滔天罪行”。在历数了自己在思想改造、反右、“文革”中的反动言行后，陈子展总结道：“我郑重地向全校全系革命师生员工，向人民、向毛主席保证：我有决心改造自己，有决心接受革命师生对我的改造。我忠诚地向党、向毛主席低头认罪，向革命群众低头认罪。

最后让我怀着无比激动的心情高呼。

伟大的光荣的正确的中国共产党万岁！

战无不胜的毛泽东思想万岁！

无产阶级文化大革命全面胜利万岁！

我们心中最红最红的红太阳太阳毛主席万岁！万岁！万万岁！

5

一篇一篇交代写下来，陈子展对当时的政治语汇的运用，也愈发熟练甚至自如。提到“功绩”时，写得很“实”，写到“错误”时，便写得很“虚”，让人感到“老运动员”的经验，以及这种经验背后的恐惧。他本人的情绪与态度，也往往被包裹在一层层的政治套话里，难以揣度。在这种情况下，偶尔的口不择言，便成为透露他内心秘密的关键。

1963年到1964年间，陈子展与一位复旦青年教师谈起毛泽东的《蝶恋花》二首，具体谈话内容当然已不可考，但结果却是有人揭发陈子展说毛主席的词是淫词。这当然是不得了的大罪。在交代里，陈子展一面说毛泽东的词“是革命的现实主义和革命的浪漫主义高度结合的典范”。一面自问：“我虽愚昧无知，岂敢对一个革命青年、对古典文学具有根底的青年（我曾请他校阅我的《楚辞直解》一部分）诬蔑毛主席的词是淫词，不怕他当面批判，还向组织上去汇报吗？”仿佛这样还不足以自证清白，陈子展居然举出了《国风》的例子：“前有人认为《国风》中关于男女之词是淫诗，是淫秽之诗，我都为它做了辩护，批判前人说错了的。……何至于诬蔑毛主席《蝶恋花》二首是淫词呢？”

不管陈子展怕不怕，“向组织上去汇报”已经是确然发生的事实，《国风》是否淫诗，和毛泽东的《蝶恋花》是否淫词之间有何关系，也很令人费解。即令这个逻辑可以成立，用学术观点佐证政治态度，大概也过于书生气了，当时的办案人员不知会如何看待。然而，也正是在这种“不讲逻辑”的交代里，我们才可以体会到陈子展在被自己信任的青年揭发时的深重创伤。陈子展后来对青年学生出了名的不信任，恐怕也部分地由此而来。据陈思和回忆，“文革”结束后，陈子展经常到贾植芳家聊天，但一见到有年轻人在场，便匆匆离开。贾植芳解释说，这是因为陈在运动中吃过年轻人的亏。历史阴影的绵长，于此可见一斑。

更令人感慨的是陈子展在被揭发之后，也依旧试图保护这位青年。在为自己辩解之后，陈子展特地补充了一段，试图向上面解释这位青年为何会去揭发他：“我说的是满口湖南方言，加以我当时牙齿脱落、口齿不清，他更不能完全听懂我的话。……当然不是他说谎，只是由于彼此用方言谈话有隔阂，尤其是由于我个人的缺点，说话太快，口齿含糊，引起了他的误会。这责任完全由我来负，我有罪，我低头认罪。”

6

陈子展在新中国成立前的文坛上活动频繁、交际广泛，因此，常常有学校内外的人来找他内查外调，帮助了解情况。譬如关于南国艺术学校和群治大学的一份材料，就是为回答“两位从北方来的解放军同志”的问题而写的，其中提供了不少关于两所机构的史料。此外，领导还问过萧作霖、张佛千、徐仲年、邵洵美等人以及《十日》《十日谈》两份杂志的事情，其中，关于赵景深的调查尤为详细。

赵景深被鲁迅批评过，这在运动中当然是罪状，查得深入详细也在情理之中。陈子展与赵景深早在20世纪30年代初就相识，同刊发过文，同桌吃过饭。但在交代中，陈子展却显得尤为小心谨慎，他所参加的几个社会团体，“赵景深都没有参加过，没有碰过头”，他常发文的几份杂志，“也没有赵景深的文章”，两人见面，“谈的大都是关于稿子的事。避免谈及政见”。总之，两者的关系“就是如此”，“我对赵景深还不甚了解，尤其是近十年来，经过一番大的冷暖炎凉，彼此更隔膜了”。最后当然不免提一下赵曾“恶毒地攻击鲁迅”的往事。

这段材料，写得避重就轻，既应和主流批判的声音，又划清自己与赵之间的界限，同时也极力避免提供新的批判线索与素材。举个例子，鲁迅讽刺赵景深把银河译成牛奶路的往事，算得上人尽皆知。但人们不太知道的是，有一次鲁迅请客吃饭，席间谈到此事，不免揶揄赵景深。此时在座的陈子展忽然冒出来一句，“已经不容易了，人家也没有拿过官费出过国”。说得鲁迅面有愠色。这样的往事，一旦被挖了出来，后果实在难说。

另一个需要详细交代的人是外文系的孙大雨。两人发生关系，是因为学校的人事纷争。和陈子展一样，孙大雨和学校里的公馆派人士不睦。1953 年前后，因为住得近，孙大雨便常向陈子展打听所谓公馆派的内幕，陈便把他知道的事情告诉了孙。后来在孙与公馆派的争执中，陈子展也站在了支持孙的一边。问题是，此人的名字出现在了毛泽东的《打退资产阶级右派的进攻》一文里，属于钦定右派，又死不悔改，到处告状，是非常有名的顽固分子。这样的人，当然要与之划清界限。陈写到，他曾劝过孙大雨“冤仇宜解不宜结”，却被孙嘲笑为“软弱”，孙要他去参加鸣放，他也拒绝了。总之，“从 1957 年秋孙大雨被揭发为右派后，我就和他划清界限，彼此不相往来了”。

7

在中文系流传的轶事里，陈子展从来都是以狂狷之士的形象出现的，用吴中杰的话说，叫作“傲骨铮然”。其中最有名的一件，说的是陈子展当年住在上海市中心，复旦在东北，中间隔一条苏州河。1957 年被打成右派后，陈子展愤而蓄起长须，并发誓不平反不过苏州河。《关于我蓄胡子问题的交代》这份奇特的材料，恐怕正是与此有关。

在材料里，陈子展蓄须的原因绝没有这么傲然，仅仅是因为常来上门理发的人手不够，而陈自己又因病无法下楼，所以只能留着。而且，蓄须既不卫生，又很麻烦，“每天要洗三四次，否则就会有难闻的气味”。因此，第二年五一就剃掉了。秋天到学校见到杨师曾、徐常太等人时，已经没有胡子。更何况，“那时我还根本不知道右派帽子是可以摘掉的。到摘帽时，我到学校，就已经好几个月没有胡子了”。

尽管撇清了留胡子和反右的关系，但罪还是要认的。陈在结尾处写道：

“这次经过革命群众的揭发，我才认识到我在那时蓄胡子是有罪的，是有很坏的政治影响的。毛主席教导我们说，‘我们应当相信群众，我们应当相信党。这是两条根本的原理。’既经群众揭发了我的这一罪行，我就低头认罪。”

陈子展这段胡子的故事，不免让人想起鲁迅的《头发的故事》。然则后者是小说，前者则是现实。在逸事的流传里，藏着人们对政治运动的无奈，和对狂狷之士的期待。但这说到底是一种神话建构，是人们自身的想象的投射。交代材料里的陈子展，有谨小慎微，有低头认罪，有自轻自贱，有划清界限，这些琐碎的供状所勾勒出来的形象，一点也不狂狷，一点也不傲然。但正是这种压抑、难堪，乃至荒唐，才让我们理解了陈子展这一代知识分子所面对与经历的现实，它的恐怖之处正在于，它不仅要求改造人们的灵魂，也关注人们的体毛。

2014年8月2日

第四辑　读 后

硝烟弥漫的课堂

——《语言运动与中国现代文学》读后

我在中学的时候，常听身边的同学抱怨古文之难学，有甚于英语，当时很有同感。上大学一不小心进了中文系，才发觉天外有天，如章太炎先生的《訄书》之类，初读简直有如天书。与此同时，又常见各路知名教授痛感现今中学生古文水平不济，四书五经进入中学课堂的建议时有耳闻。有时候想，倘若早生百年，或许我们会少些“抱怨”，教授也会少些“痛感”，毕竟去古更近，情况会好些罢。

近读刘进才先生的《语言运动与中国现代文学》一书，才知道那不过是我的一厢情愿，此种“抱怨”与“痛感”，实在是人同此心、古已有之。早在 1931 年 12 月，便有位署名尤墨君的作者在《中学生》杂志上发表了篇题为《中学生国文前途的悲观》的文章，列举了 8 封学生来信，并指明其中多有错误。次年，这本杂志在卷头语中写道：“最近遇见好几位先生，他们叹息着说中学生国文程度低落，非赶紧设法挽救不可。”

先生们叹息的原因，根据刘进才的归纳，大约有二：一是从古典出发，认为中学生的文言能力急剧下降；二是从实用出发，认为中学生的应用写作能力下降，不能学以致用。值得注意的是，在当时，以报纸、书信、电报、公文为代表的应用文体中，依旧是文言占据着绝对优势，也就是说，两者同样指向中学生文言能力的下降。

1932 年，《高级中学国文课程标准》重行修订，加大了文言的分量。标准一出，立刻引来了教育趋新人士的批评，在他们看来，“1932 年底颁布的课程标准有新的倾向，那就是‘复古’”。同时，对于汪懋祖借讨论学生读经运动而对白话文进行的攻击，胡适指责道：“一个教育家的个人见解，本来不值得我们大惊小怪。他的文字所以引起读者的反感，全因为他在每一段里总有几句痛骂白话、拥护文言的感情话，使人不能不感觉这几天简单的主张背后是充满着一股强烈的迷恋古文的感情。”随后，《中学生》第49期发出号召，希望中学生与国文教师参与讨论，至此，中学国文程度的讨论全面开始。

关于整场讨论的过程与结果，读者自可参见刘书第五章的详尽梳理与分析，我之所以在这里特地将其提出，原因诚如书中所云：“这场因教材编排和国文教育问题逐步引发的争论，实质是文言和白话在20世纪30年代的再次论战。”

也就是说，离开对于文白之争及其背后复杂的思想动因的考察，我们将无法理解这场关于中学生教材和国文教育的讨论。同时，更为重要的恐怕是，离开纠结在课堂、学生与教育（尤其是国文教学）周围的种种论述，我们可能无法真正把握晚清以来，包括文白之争在内的大量语言运动。

对此，本书的作者有着清晰的认识，在讨论20世纪20年代关于童话能否进入小学教材的争论时，他写道：“任何形式的教育不外乎是再生产合法化知识的一种体制，某种知识、观念乃至语言、文体，只有进入知识的再生产领域才能得到社会的广泛认可并得以巩固。”

也正是在这一层面，我们才能理解1920年1月教育部训令全国各国民学校将一、二年级国文改为语体文之后，胡适所表达的喜悦：“这个命令是几十年第一件大事。他的影响和结果，我们现在很难预先计算。但我们可以说：这一道命令，把中国教育的革新，至少提早了20年。”

胡适此语屡屡被后人提及，但真正将国文教育与语言运动和现代文学纳入同一整体加以考察的著作却不多见。从晚清“教育救国”大势下的文字改革运动，到1912年发布的《教育部读音统一会章程》；从1919年教育部附设国语统一筹备会，到上文提到的中学生国文程度讨论，可以说，中国的语言运动自其发端，便与课堂须臾不可分离，争论各方对于课堂的反复争夺是对各自主张的合法化的寻求，硝烟弥漫的课堂也构成了语言运动与中国现代文学的重要景观。

然而，把握与再现这一景观却需要对于史料的细致发掘与考索，包括大量之前并不为人重视的报纸与杂志。对于作者在这方面的出色表现，解志熙先生在本书序言中已再三致意，无须我置喙，之所以写了这篇短文，一是希望读者诸君切勿错过这本“提供了一种崭新的现代语言与文学生产的整体观”（杨义语）的佳作；同时，也感谢刘进才先生让我知道，自己当初的“抱怨”，非为我辈所独享也。

2008 年 1 月 3 日

“文学知识”的背面

——《文学课堂与文学研究》读后

新世纪以来，陈平原教授《文学史的形成与建构》、戴燕教授《文学史的权力》、罗岗教授《危机时刻的文学想象》以及陈国球教授《文学史书写形态与文化政治》等专著的相继出版，使得现当代文学学术史、学科史的反思性研究逐渐成为热点，这些著作将我们日用而不自知的“文学”这一概念重新问题化，试图回到“文学立科”或是“文学史建构”的历史场景中，去探究每一部文学史背后的意识形态动机，它与学术政治、知识秩序之间纷繁复杂的勾连，以及每一时代对“文学”这一概念的定义背后所遮蔽与彰显的内容。

这些精彩的研究提醒我们，“文学”从来不是一种抽象的情感与喟叹，在具体的历史语境里，“文学”始终是一个文学写作、文学文本、文学出版与传播、文学史、文学教育、文学期刊、文学批评等等因素，以及作家、编辑、学者、教师、出版商、批评家种种角色交错互动的空间。因此，一方面，在传统的作家与文本的研究之外，还存在着大量崭新的对象与问题有待开掘；另一方面，在缺乏对于这些新问题的充分研究时，对作家与文本的阐释在多大程度上能够令人信服，也将被重新打上问号。由此，对于这一类的反思性研究，我们理应抱有更大的期待。

举例而言，文学课堂的诞生伴随着中国现代大学的出现，鲁迅、胡适、周作人等现代文学史上无数杰出的名字也都同时拥有作家与大学教师的双重身份，这一双重身份对于文学发展的影响已越来越为论者所关注。特别是他们在课堂教学实践中留下的文本，已然成为重要的研究对象。

然而，值得注意的是，学术史或学科史并非是一个已然远去的僵死的对象，它依旧存在于此刻当下的课堂教学与学术实践之中，换句话说，我们依旧身在学术史与学科史中理解与实践着“文学”及其教学与研究。如果说对学术史或学科史的反思意识给文学史研究带去的是传统“文本”之外的新问题的发掘与探索，那么对于眼下生活在学术史与学科史“内部”的学者而言，这一反思意识能够给我们当下的实践带来什么呢？

正是在这个意义上，张业松先生的《文学课堂与文学研究》一书或许能够帮助我们“打开”更大的“理解空间”（在我看来，“文学课堂与文学研究”这个书名，也正标识着这样一种自觉）。依旧以文学课堂为例，新时期以来，中国的大学逐渐走出了20世纪前中期与国家、政治的纷乱纠葛，开始转而以“知识”的生产与再生产作为自身存在的合法性根据，表现在文学教育中，就是围绕着文学史、作家论、文本批评而构建起一整套“文学知识”体系，并通过课程设置与教科书的撰写，完成在大学期间将这套知识体系传授给学生的任务。

在这一课堂实践中，教师被预设为一个全知型角色，至少在其任教的课程上，即使不是“专家”，也需“冒充专家”，作者回忆自己担任鲁迅课教师时写道：“临到上课，站上讲台不到十分钟，后背的衣衫已然湿透。”（第25页）这或许是此种课堂规训给每一位教师带去的压力。

此时，课堂上的教师就仿佛一个盛满“文学知识”的大壶，不断将“知识”注入台下学生的无数小壶中去。作者在《重读〈呐喊·自序〉》一文中对鲁迅记忆中的两条柜台的精辟分析——“柜台它首先是一个把人与人隔开的东西，然后，柜台里面代表了一种权势，代表了一个阶级的地位在那儿。”（第6页）——此处正可移用来对“讲台”做出同样的观照，无须借用福柯那句“知识即权力”、我们也能发现，此时讲台两端的等级秩序已非由阶级地位，而是由知识的多寡来排定。

这里的一个未被言明的前提是：文学“知识”被认为是与数学“知识”、物理学“知识”一样，是可以脱离个人的理解与感悟而“传授”的。换句话说，此时的“文学知识”在很大程度上被作为一个封闭的、不容置疑的定论，一个“标准答案”。对此，作者的认识非常清晰：“以标准答案的习得为目的的课堂教学只是‘阅读暴力’的一种最普遍、最粗浅的表现形式，此外还有更多、更高级，也更隐蔽的形式。”（第27页）

问题在于，此种“阅读暴力”的出现本身正是现代大学文学教育逻辑之下的产物。一方面，文学课堂要求“知识”的传授；另一方面，脱离了个体感受的“知识”，除了成为“标准答案”之外，还能是什么呢？

所以，解决之道不在于“知识”的更新，而在于开拓出一种不以“知识”的传授为核心的课堂实践：“从被引导／教导／诱导／误导……的状态下解放出来”（第 27 页），将主观感受置于客观（？）知识之上，或者不如说，剥去“知 识”那貌似“客观”的外衣，重现知识的生产过程：“你不妨充分带进自己的主观，建立自己对鲁迅的理解，只要言之成理，都允许你尽情地想和说，然后在讨论辩驳中去求得鼓励或修正。”（第 29 页）

在作者所称的“创造性阅读”（第 29 页）背后，是对于现有学科规训中那套知识等级秩序的颠覆，“我和学生的同步阅读都是事先被允许‘犯错误’的”（第 29 页）。教师不再被作为“知识”的占有者与传授者。在本书的《题解》中，作者写道：“复旦的课堂是一个成长的空间，不论老师还是学生，都永远不要指望在这样的空间里停滞，或者说获得自己的‘完成’，否则恐怕很难从中找到乐趣。”（第 2 页）

也就是说，“未完成”成为教师的某种本质属性，从而与全知型教师遥遥相对，构成了文学教育实践中的一种全新可能，其中，课堂讨论不再是“知识传授”之外的余兴节目，而是被置于文学课堂的核心，“知识”及其传授不再是文学课堂不言自明的起点与归宿，或者毋宁说，它被呈现为一个复数形式、一个过程叙述，而在这个过程中，文学课堂与文学研究之间，似乎也并没有那么壁垒森严了。（第 30~32 页）

通过这样的反思与实践，文学课堂上“从来如此”的全知型教师被请下讲台，在此刻，当下的学术史与学科史“内部”开拓出了新的可能，与此相同，书中所涉文学史的书写与注释、现当代文学的“学科”与“方法”以及文学期刊等问题，当它们被置于对学术史与学科史的反思这一框架下后，或许也能得到更为深入的理解。

但是，对学术史与学科史的反思本身绝不意味着取消学术与学科的基本规范，对新的实践可能性的开拓也不能等同于“怎样都行”（anything goes）的虚无姿态。面对某些“貌似深奥而错误百出的所谓‘学问’”时，作者的

态度非常明确：“在事关‘思想’的基本前提的地方，还是先将有关基础性事实弄清楚来得要紧。”（第 101 页）

《关于舒芜先生的是非》这篇长达 32 页的宏文，正是通过对史料的严谨排比与平正阐释，痛击了操持着“思想”这“独门暗器”的先生们，读来酣畅淋漓。当种种理论名词术语打着思想的幌子充斥各类版面，却反而凸显出扎实的历史考订所蕴含的力量，史实本身不会说话，只有当人们在恰当或不恰当的时间将其写下或说出时，它才会变得有力，“历史自历史，道德自道德，个人自个人，即使是在最极端的环境下面个人仍有选择的余地，既有选择，便应承担责任”。（第 151 页）这句话对于当下这一绝非最极端环境的学界也不失意义，因而有进一步做点说明的必要。

在我看来，重提作为主体的个人在做出选择时所应承担的责任（尤其在当下，“主体性”的概念被拆解得七零八落时），在上文论及的学术史与学科史反思的思考框架内，实在有极强的现实考虑。李泽厚于 1994 年提出“思想家淡出，学问家凸显”的命题，而时至今日，思想家飘在天上，无视“基础性事实”的存在，学问家似乎已然更进一步（退一步？）蜕变为知识流水线上的技术工人，陈平原先生所谓学术研究之“压在纸背的心情”，要不跃然纸上，要不荡然无存，而两者同样是对“个人”之“责任”的漠视。

在《胡风问题的三个论域》一文中，作者特别提到了徐文玉先生《胡风论》一书的附录二：安徽省新闻出版局、安徽省教委组织同行专家对《胡风文艺思想论稿》的审读和评审意见，以及持不同意见的郁翠的评论文章。并写道：“这批文献生动地记载了围绕一个‘敏感’的课题从事学术研究曾经有过的艰难，以及在这种艰难中，学术良知和勇气的生动而坚韧的存在。”（第 93 页）这里作者所标举的“学术良知和勇气”，正可视为“承担个人责任”的范例。

在学术史与学科史的语境下提出个人责任的议题，其实与上文对文学课堂的讨论一样，都是希望重新探讨“知识”与“人”的关系。具体而言，就是指当下的学术环境与学科领域内，对“文学知识”的教学研究与学者自身人格养成之间的关系。对于这一问题，作者的答案是明确的：在文学课堂上，抛开“知识”的桎梏，重新将个体感受置于核心；在文学研究中，《“胡风问题”》《舒芜研究》《人品和学问》这三组文章，尤其是关于贾植芳先生的三篇文章以“人品和学问”为题，也指向了一个清晰的答案。当然，这并不影响别人给出不同的回答。

在《贾植芳与〈贾植芳文集〉》一文中，作者写到贾先生“反反复复提到‘人’这个关键词，反反复复告诫我们要把‘人’字写端正，这当中，实际上包含着需要我们认真地去体会、去实践的对人、对人生意义、对人生价值的体认”。而这部著作本身，或许正可以视为一次“实践”。作者作为贾植芳先生的学生，其师承显然远超于“知识传授”的层面，在作为本书代跋的《贾植芳先生的最后时刻》的最后一行里，作者写道：“贾植芳先生终生保持了知识分子的本色和关怀，他活在鲁迅的脉络上。”

作为读者，我愿意将它视为作者的自勉。

2009 年 3 月 10 日

剩水残山供一死

——《王国维与民国政治》读后

1917年6月29日，王国维拜访沈曾植，据沈氏家人说，他恰好赴苏州游玩去了。两人自1915年由罗振玉介绍相识之后，便保持着频繁的往来，不仅论学作诗，也常常讨论时事，月旦政局。这也正是清亡之后的遗老圈中所常见的生活状态：表面减少公开活动，以诗书自娱，暗地则始终互通声息、伺机复辟，而沈曾植恰恰是复辟派中的领袖人物。（第106页）

现在我们知道，沈氏家人的话当然不是真的。这一年的夏天，张勋在京拥立溥仪复辟，此时的沈曾植，正一路向北，进京参与这一遗老圈期盼已久的行动，而他在这“最为重要的一步上，没有将王国维带上”。（第112页）

王国维在这一历史事件中的角色，恰恰象征着他在整个民国政治变局中的尴尬位置。一方面，“遗老”这一鲜明的政治身份伴随着他的一生，在这一身份下，他不仅与遗老圈保持着广泛的交往，参与社团（如淞社，第99页），诗酒唱酬，更曾有入值南书房的经历，与溥仪也不乏交流。但在另一方面，他却始终在政治的边缘徘徊游走，不仅在复辟时被排除在外，在进入小朝廷后，也刻意躲避着小朝廷内部的复杂争斗，不愿被卷入其中。（第261页）正如周言所说，王国维“虽然算是前清官僚，但是在真正的政治运动中毕竟属于边缘阶层”（第57页）。

结果是，在很大程度上，王国维都以一个仿佛与政治无涉的书斋学者的形象出现在后世的历史之中。这一形象的最典型的表达，就是陈寅恪在挽词序言中所谓的“为文化精神所凝聚之人”。如果说陈氏在之前的挽联中提到的“剩水残山”“累臣”云云，多少透露出一点遗老政治的消息，那么在挽词序言中的“殉文化”这一表述，便不仅遮蔽了王国维的自沉与北伐这一政治事件之间可能的千丝万缕的联系（第300~302页），更使得“殉清”这一激进的政治行为，被纯化为中立的“文化”事件，从而抹去了王国维在具体的历史变动与政治动荡中所遭遇的屈辱与恐惧，以及这些屈辱与恐惧背后所透出的，王国维本人的政治立场与关怀。

而这一点，恰恰是周言此著的独特追求。本书通过对王国维各类存世文献，包括著作、书信、诗文、奏折等材料的详细整理，不仅详尽地考订，还原了王国维本人在民国动荡政局中的出处进退，更系统地勾辑出王氏对其一生所身历的种种政治事件与人物所做的评论。如果说前者所包括的内容，如他与政界遗老的往还、在小朝廷中的表现等等，尚可在一般的王国维传记中见到一二，那么对后者的抉发，则为我们提供了王国维的一个鲜为人所知的侧面。然而，由于王国维本人的谨小慎微，不论是在书信还是文章中，但凡言论涉及政治，很少有明白如话的阐述与批评。因此，小到字号代称的实指，大到论说背后的时代思潮，要还原王氏政论的历史所指，不仅需要对清末民初政学各界人士的熟稔，亦需要对整个中国近代政治 / 思想史脉络有相当的把握。

本书的研究，也正由此而获得了它的价值。由于本书作者的努力，我们得以触摸并深入一个“作为政治观察家的王国维”：在清亡之后，他一面在学问上保持精进，一面腾出手来，密切地观察、评论着民国不断动荡着的政治局势，从清帝逊位到袁世凯称帝，从十月革命到张勋复辟，从欧战到北伐，这位站在时局边缘的前清遗老，始终保持着敏锐而及时的回应。正如冯天瑜先生在本书序言中所说，此书“对王先生之于政治的关心加以系统性的研究，还原了王先生为人忽视的关心政治的一面，这或许是此书最大的贡献”。（第 5 页）

更为重要的是，作者指出王国维对民国政治的讨论，不仅是单向度的分析或批评，同时，这些言论与表态本身也反过来促使王国维不断确认自身的遗老身份。换句话说，“遗老”这一身份，绝非“自然而然”地支配着王国维的思想与行止；相反，他是在对民国政治事件的思考与品评中，一步步地向这一身份靠拢，在对国内外时局的研判中将其逐渐固化，并最终内化为自己的身份认同。

也就是说，王国维对外在世界的政治讨论，同时也是他对内在自我身份的确认。在这一视角下，他的许多言论，都呈现出非常有趣的意味。举例而言，辛亥革命成功后，王国维写下《读史二绝句》，其中有“只怪常山赵延寿，赭袍龙凤向中原”一句，此中的赵延寿以兵败投敌的事迹为人所知，在这里显然指向那些投靠袁世凯的前清官吏。（第 22 页）譬如清季时的国史馆总纂缪荃孙，在清亡后受聘出任了清史馆总纂，可谓“遥相呼应”，而王国维对此嗤之以鼻，谓其：“可笑之至，世有此人，真读书者之羞也。”（第 89 页）在这里，对缪氏的嘲讽未尝不是对自身行操的一次确认。

另一个精彩的例子来自他在张勋复辟事件期间的言论，他一方面着急于张勋“至今未见其一话一言”，另一方面又担心复辟一事“黄粱未炊而先醒”，其中的纠结紧张，可见一斑。更值得注意的是在复辟失败后，他不仅自己决定“以后便拟简出，恐招意外之辱也”，而且在谈到赴京参与复辟的康有为、沈曾植、劳乃宣、刘廷琛诸人时竟说：“北行诸老恐只有一死谢国。曲江之哀，猿鹤沙虫之痛，伤哉……”之后，他听说有“陈、伊二师傅，一投缳，一赴水”之事，更表示：“此等均须为之表彰，否则天理人道均绝矣。”（第 116 页）

在王国维留下“经此事变，义无再辱”的遗言投水而死之后，上述言论中的“意外之辱”、“一死谢国”、表彰“赴水”这些言辞，便不免显得更为触目惊心。在他对其他遗民的政治行为的评论中，是否早已预言了自身的悲剧？

王国维的政治论述不仅限于内政，事实上，他对包括欧战在内的世界局势都有着自己独特的见解。一方面，他对战局给出了具体的判断，认为：“此战将为国家主义及社会主义激争之结果，战后恐无胜利国，或暴民专制将覆国家主义而代之，或且波及中国。”（第 127 页）又认为：“战后纽约恐将取代伦敦而执天下之牛耳。”（第 157 页）另一方面，他亦试图分析时局背后的动因，在他看来，“西人以权利为天赋，以富强为国是，以竞争为当然，以进取为能事，是故扶其奇技淫巧，以肆其豪强兼并，更无知止知足之心，浸成不夺不餍之势。于是国与国相争，上与下相争，贫与富相争，凡昔之所以致富强者，今适为其自毙之具。此皆由贪之一字误之也。西说之害根于心术者一也”。（第 125 页）在东西文化论战的熙熙攘攘中，王国维的声音值得更进一步的重视。

此外，俄国革命也始终是王国维政论中的焦点。他将共产主义比喻为中国古代的井田之制，并认为其“屡试而不能行，或行而不能久”。意谓其必然失败。（第 140 页）但同时，他又对此保持着高度警惕，在他看来，一旦无法迅速消灭“过激党”，中国迟早也将赤化，“如此则大祸不远矣”（第 163 页）。正是在这一认识脉络中，王国维做出了“观中国近状，恐以共和始，而以共产终”的著名预言。尽管王国维本人曾说，“始于共和，终于共产”云云，不过是“行文陪衬之笔”，不值得反复提及。但由于这一判断本身所体现出来的简洁与精准，使其成为包括本书作者在内的后世史家所再三致意的对象，这其中所包含的历史讯息，怕亦未必能为王氏所想。

最后值得一提的是，本书虽然着力于王国维的政治关怀，却并未将其学术发展置之不理。相反，作者时时不忘呈显现政学两者的互动与渗透，尤其是政治对学术的影响。这一影响借助两条路径发生，其一是与其他遗老的交往所产生的影响，譬如与沈曾植在古音韵学上的切磋往还，成为王氏撰写《尔雅草木虫鱼鸟兽名释例》的动因。（第 59 页）其二是政局本身的直解触动，如辛亥革命之后，王国维避地东渡，其学问倾向也为之一变，据其弟子徐中舒和日本学者狩野直喜回忆，他不仅转向中国经学的研究，开始精读十三经与前四史，更“取前所印《静安文集》尽焚之”（第 2 页）。其姿态之决绝，于焉可见。在张勋复辟失败后，王国维写下《殷周制度论》，自承“于考据之中，寓经世之意”，在对殷周鼎革之际制度变迁的思索中，亦不难见出王氏对国家命运与理想政治的寄意与想象。

此外，在本书作者看来，王国维的礼制研究与复辟浪潮（第 81 页）、元史研究与沙俄政局（第 169 页）、《长春真人西游记》校注与清帝出宫之间（第 284 页），都存在着彼此呼应的关系。不过，这些关联或许依旧停留在猜测的阶段。学术研究自有其脉络渊源，绝非对政治变动的镜像回应，若非对王氏的学术文本做足够充分的展开分析，以及对这些领域本身有足够扎实的了解，要坐实上述这些关联，恐怕并不容易。

这就要求作者具有王国维研究之外的政治 / 学术研究的视野与能力，如果说本书尚留下什么遗憾的话，也正在于此。作者醉心于对王国维政论材料的钩稽与说明，虽然细密地还原王氏对每一个历史事件的反应与评论，但却未能在此基础上，建构起一个统贯性的思想框架，了解这个作为“边缘遗老”的王国维，在其留下的大量政治评论背后的理念，并以此建立起一个独特的、透视民国政局的新视角。换句话说，对这一研究的深化，不仅要进入遗老世界，更要跳出遗老世界，不然，我们很容易被遗老史观所束缚与裹挟，从而在对琐碎材料的复述与呈现中，成为一个单纯的史料注释者与整合者，失去了将其作为研究对象而加以把握与分析的能力。

然而，如果我们以此为目标，就不仅需要对王国维的了解，更需要对现代学术史、帝制的转型，乃至共产主义的全球兴起等等历史问题的考量，不限于遗老，不限于民国，不限于中国，其所要求的文献材料与思想资源，将远超本书目前的规模。不过，就周言此著所展露出来的能力与抱负而言，我愿意相信，这并非是一个过高的要求。

2013 年 6 月 8 日

"杂学"与地方性

——《周作人：中国现代性的另类选择》读后

1944年，周作人写了一篇题为《我的杂学》的文章，开头这样评价自己："我平常没有一种专门的职业，就只喜欢涉猎闲书，这岂不是道地的杂学，而且又是不中的举业，大概这一点是无可疑的。"随后分门别类，罗列中国古文、外国小说、希腊神话、性心理、民俗学、日本文化、佛经等等项目，叙说自己的所思所得。凡此种种，是否都是"不中的举业"，且不去说它，其涉猎之广，所学之"杂"，则殆无疑义。然而，或许正是因此，后世对周作人的研究，也常常从各自的领域出发来攻其一点，考察其作为美文家、翻译家、民俗学家、古典学家、日本研究专家等等不同的身份。一方面，我们得以见识周作人在这些专门的知识领域中所做出的贡献、达到的深度；但另一方面，一个完整的周作人，也由此被分解成不同的"专门家"的集合，而这些片断的知识门类，如何在具体的历史语境中为周作人所面对的问题提供思想资源，如何"转识成智"，同时，20世纪初的政治文化变局，又如何塑造、影响了周作人对各种知识资源的选择与认知等这些整体性的问题，则少有人问津。结果是，周作人似乎变成一个独立于其时代变迁之外的去政治化的专家，从而放过了这位几乎完整参与了整个20世纪上半叶中国历史巨变的知识分子，所可能为现代中国提供的思想与实践资源。

正是从这个意义上，苏文瑜的这本《周作人：中国现代性的另类选择》为我们展现了一次宝贵的尝试，在她看来："我们从周作人身上发现的，是一种非凡的独特努力，他试图重新思考个人与民族、民族与现代性的关系。他在宰制性的道路之外，寻找构建个人之观念，以及重新确认个体重要性的方法。"不论是关于性心理学的讨论，还是对日本文化的叙说，不论是"美文"的创制，还是文学史的建构，都被整合入她的所谓"另类现代性"的框架之中，不仅没有成为固化的知识条目，更成为对整个中国现代性道路的反思。

“现代性”一词，早已成为学界流行的术语，乃至习用而不察的标签。不同于抽象的、空疏的现代性讨论，在梳理周作人的思想脉络之前，苏文瑜花了极大的篇幅，细致而严格地对中国的现代性道路进行了理论上的界定。在她看来，不同于欧洲的现代性模式，中国的现代性是一种特殊的“次级现代性”，其特点是，在过去的200年中，中国的“现代性是在帝国主义与殖民主义的历史环境中被生产与经验的”。因此，“次级现代性”的特点，在于民族国家话语的大行其道——“感时忧国”之所以成为一代知识分子的共同特征，正是这一特殊的思想史环境所造成的。周作人发现，“个人在思想与道德上的自由正受到民族国家话语的深刻威胁，而中国知识分子正借助这一话语拥抱现代性”。换句话说，民族国家—现代性这一“话语复合物”（苏文瑜借用了Patrick Tort这一概念）在20世纪中国的推演，不仅涉及政治社会层面的变动，更牵涉到思想伦理层面的改造。查特吉指出，当殖民地世界的精英运用民族主义话语以挑战欧洲统治时，他们依旧被限制在一种黑格尔式的后启蒙理性主义中。这导致了查尔斯·泰勒所谓的“抽离式理性的立场”（stance of disengaged reason）在“次级现代性”中的蔓延，这一立场呼吁着理性的统治，并“排斥、否定、忽视抑或非法化”本土中原有的文明传统，以及这一文明中的道德根源。结果是，在（次级）现代性—民族国家话语的冲击下，中国的知识分子对自身的文明脉络怀有一种深切的“劣等感”。一方面，认为它在朝向科学、理性的进化历史中处于落后的位置，因而需要加以批判与改造；另一方面，又否认传统的文明脉络中可以发掘出任何自我批判的资源，或者合法的道德根基。这一立场在严复、梁启超、陈独秀等人那里都有清晰的表达，而其典型代表则是鲁迅。不论是他对传统文化的激烈攻击，还是对国民性的批判，都符合上述次级现代性方案的内在逻辑。不仅如此，在苏文瑜看来，他对人民与民族之关系的阐释，更预示了日后延安的文化政治逻辑，它“显露了对于文学和对于在这种文学中想象与生产出的现代国家和现代自我的深刻扭曲”。

正是在这种“关于民族的宰制性话语”的观照下，周作人的思想与实践，及其与五四话语之间的“断裂”，才呈现出其独特的意义。然而，苏文瑜审慎地强调说，这种断裂绝非一种本土主义的尝试，“来为西方提供一个本质主义的文明‘他者’”。相反，他的实践与现代中国的现实之间充满紧张的互动与辩证关系，正如本书标题所暗示的，它既是“现代的”，同时又是“另类的”。

在建构周作人的思想框架之前，苏文瑜详尽地勾勒了周作人的知识构成与思想资源。在她的论述中，这些所谓“杂学”，被与周作人对民族国家话语的批判紧密地联系起来。由此，它们不再是零散的知识片段，而是构成了一个完整的框架，指向了周作人思想中的一个核心要素：对地方性的建构。譬如说，周作人对日本的兴趣，不是由于中日之间的“同文同种”，或是日本在现代化进程上的领先位置，而是由于他在日本发现了一种表述在日常生活、物质文化中的“地方风气”。章太炎对周作人的影响，也在于章氏史学的核心，是“将人民置于地方之中”，来对地方上的“人物制度、地理风俗之类”展开研究，这一方向甚至影响到了日后周作人在民俗学上的发展（以及“到民间去”这一理念的出现）。同样地，周作人对人类学与神话学的兴趣，也正是由于它们“提供了一种理解一个社会的习惯和社会风俗的方法”，尤其是其中对“野蛮人的心理”的论述，使得周作人得以质疑后启蒙的进化论思想，及其所内涵的西方 / 民族国家优越论。总之，地方性是“文化的无意识欲望的处所，它们被反映在习俗与仪式中，并被给予文学的表达”。

由此，我们得以进入本书的核心部分：周作人从地方性出发，对于民族国家话语进行的批判，是如何以美学的方式得以表达的。这里有两点是值得注意的：第一，是周作人对传统美学范畴的调用；第二，是周作人围绕着文学史与文章体裁所做的辨析与讨论。

在周作人擢取的传统美学范畴中，最为重要的是作家的作品中所包含的“趣味”与“本色”。“趣味”这一范畴，在卜立德关于周作人的专著中就被作为一个文学批评史的范畴，而得到了专门的处理。在这里，苏文瑜所强调的则是，“趣味”是地方风土育化的结果，只有作为“地之子”，而非依赖于民族这一概念周围的空洞的教条，才能写出杰出的文学作品。在这里，地方性成为作者与民族的中介，并以一种有意义的方式连接起二者。而“本色”则更依赖于语言上的敏感，它来自作者在道德和思想上的自我教养，这使得作者能够保持个体的整全性，从而警惕外在霸权的侵袭。周作人所调用的这些范畴，来自由焦竑、李贽、袁宏道等晚明学者所代表的思想传统，他们认为，个人拥有一种做出道德决断的先天能力。周作人将这一传统纳入了对自我的建构中，由此表明，某种传统美学在现代中国文学情感中依旧具有展开的可能性。这一点恰恰对立于五四的宰制性话语：传统文明在现代世界毫无价值。此外，由于这些晚明兴起的理念与当时的道统的对立，因此，周作人对它们的运用也抵抗着那种中华文明缺乏自我批判的资源的主张。

周作人对这一晚明传统的强调，同时也渗透在他的文学史建构中。苏文瑜明确地指出，“文学史的写作是一种企图决定今后的创作方向的方法”。在这个意义上，周作人以“诗言志”对立于“文以载道”，以及将桐城派作为五四运动的先驱的看法，潜在地批判了 20 世纪 30 年代初日渐高涨的民族主义情绪。同时，这一双线交替的文学史建构，也表明他拒绝了一种同质化的中国人的身份认同。

与美学范畴并行的，是周作人围绕着散文形式所进行的辩论。在苏文瑜看来，关于散文的起源与方向的辩论，不仅“意味着确立一种文学或文类的合法性来源，以塑造其现在与未来”，更是“关于何为合法性根源的冲突”，其争论的焦点事实上在于“文学中所建构的自我”，在于“作者的现实自我”，以及在于“现代化的民族国家话语所能允许的自我”。在这个意义上，通过将现代散文的源头追溯到晚明，以及通过将古代的序、记、说等文类纳入“美文”的范畴，周作人事实上悄然将一种特定的主体性类型引入了现代世界。这一主体性根植于宋、明理学的“百姓日用”这一概念，以及围绕这一概念所展开的对于地方物质文化的强调。换句话说，周作人为现代主体找到了一个本土的，而非西方的源头。

因此，在作家的身份认同与自我表达中，是地方而非民族国家具有更为重要的地位，梦境、神话、物质文化、社会关系和地方性学术展现出其特有的趣味，而周作人对民族国家话语的批判，也通过这种地方性的美学而得以阐明。这一美学所依赖的诸多范畴源自本土的文学与哲学传统，它们支撑着特定的主体形式以及共同体关系，以此为基础，地方性提供了无限的多样性与差异性。这里出现的是一种规划人类关系的更具弹性与包容力的模式，“它们至少拥有一种潜力，为其作者与读者打开它们所代表的哲学可能性”。

在苏文瑜看来，这一可能性并未随着周作人而终结，相反，她勾勒出了一条从周作人到沈从文、汪曾祺再到“寻根派”作家的松散谱系：沈从文对于湘西的书写，汪曾祺在地方的物质文化中发现的意义，阿城笔下的传统美学要素，韩少功对古文和方言的兴趣，都可以上溯至周作人的美学框架，其共同点在于，“他们都拒绝让写作服务于政治，以及一种强烈的发现、恢复、再创地方性的愿望”。尤其是在寻根派作家们的小说中，地方性的再现“与共和国的均质化修辞针锋相对”。他们的努力“有效地打开了一个空间，其中新的观看与生存的方式能够发展”。而周作人所开启的这一脉“另类现代”，也由此得以绵延接续。

周作人在《我的杂学》的结尾总结道：“近时我曾说，中国现今要紧的事有两件，一是伦理之自然化，二是道义之事功化。前者是根据现代人类的知识调整中国固有的思想，后者是实践自己所有的理想适应中国现在的需要，都是必要的事。此即我杂学之归结点。”苏文瑜此著，正可以看作是对伦理之自然化和道义之事功化的具体展开，由此，周作人的“杂学”，得以被重新放回到其所面临的具体的历史对话关系中去，而其中所涉及的民族国家、次级现代性、地方性等问题，也被重新开放出来，期待着进一步的探讨与对话。

2013 年 3 月 5 日

当美国人在讨论太平天国的时候他们在讨论什么？

最近，美国人又开始讨论太平天国了。2012 年底至 2013 年初一连出版了两本关于太平天国的著作：梅尔清（Tobie Meyer–Fong）的《浩劫之后：太平天国战争之遗产与 19 世纪之中国》（*What Remains: Coming to Terms with Civil War in 19th Century China*）和普拉特（Stephen R. Platt）的《太平天国之秋：中国、西方与太平内战的史诗叙述》（*Autumn in the Heavenly Kingdom: China, the West, and the Epic Story of the Taiping Civil War*），后者还拿到了著名的 Cundill 史学奖——传说中奖金最多的史学著作奖。借此东风，太平天国又回到了公众与学界讨论的视野中心。

在两部书的开篇，两位作者不约而同地提到，在很长一段时间内，太平天国研究并未受到美国学界的重视，乃至并不为人所知，用普拉特的话说，他“接受了 12 年的公共教育，4 年的高等教育，一直到去中国待了近一年，才听说太平天国的存在”。在他看来，这一方面是因为美国人自己的内战占据了史学关注的中心；另一方面也是因为美国人普遍认为，19 世纪的中国本质上是一个封闭的体系，不论它内部的战争的规模有多大，都与外人无关。

这种将中国视为一个静止的帝国的看法，当然源自费正清以来长期制霸北美中国研究界的“冲击日回应”模式，而普拉特此著，也正是在这一点上显出了自身的特出之处，通过对中西外交史料的考察，他指出，这个貌似“封闭”的国家事实上早已深刻地嵌入当时大英帝国主导下的 19 世纪全球经济体系：一方面，正是由于这一经济体系的运作不断从中国抽出白银，导致白银短缺、赋税激增，从而催生了太平天国运动的爆发；另一方面，中国对印度鸦片的需求及本国茶叶的出口，与美国的棉花出口一起维系着英国的全球贸易体系以及本土的军政运作——仅英政府征收的茶叶进口税，就足以抵偿英国皇家舰队的开支。也正因此，一旦太平天国运动威胁到江南地区的茶叶市场，其后果将不仅是本土茶农的破产与流离，而是当时全球贸易与金融秩序的崩溃，英国对太平天国之战的介入，也由此变得不得如此。

换句话说，太平天国的出现与消亡，都无法在一个封闭的体系中得到充分解释，甚至无法在中—英外交史的框架下解释，它是19世纪全球政治—经济格局的产物，是一个全球史事件，涉及这一格局中的每一个国家，包括美国用普拉特的话说，英国本可能介入美国内战以重启棉花贸易，但却选择投入中国的内战。也正因此，它才得以在不干预美国内战的前提下熬过经济危机。或者换句话说，“英国靠着对中国内战放弃中立，才得以对美国内战保持中立”。

由于这一历史关系的长期湮没不彰，美国人也自然将太平天国高高挂起。梅尔清回忆她“在课堂上教授太平天国史的时候，总会提到大量人员伤亡，我也会强调这场运动的宗教性，我对学生说，洪秀全自认为是耶稣的弟弟，美国学生当然会觉得可笑。课堂上很快讲完太平天国，然后我就开始讲同治中兴”。

梅尔清的寥寥数语，涉及北美太平天国研究史上的一些有趣的问题。事实上，在很长的一段时间里，不仅“美国学生”，大概整个美国学界都会觉得洪秀全，乃至整个太平天国运动是“可笑的”——反文明、反理性、莫名其妙、不可理喻。这样的评断其来有自，背后隐绰的正是麦卡锡主义反共史学的暗影。在冷战意识形态下，太平天国被塑造为一个“滑稽的宗教狂热”的产物，其意识形态是“非中国的”，其体系是“原始的”，其领导者是“粗鄙的”“自恋的”：洪秀全“显然是个疯子”，其他领导者则“搬弄粗糙的宗教语汇以自我标榜”。

通过改写自西方引入的意识形态、引发群众性的狂热、领袖的自我神化……诸如此类，无不是在隐射当时的共产中国及其执政者，对太平天国的评判，也应由此被读作冷战时期的意识形态交锋的战场，资本主义 / 社会主义、中国 / 美国、文明 / 野蛮、自由 / 专制、理性 / 狂热，这一系列的冷战二分法不仅支配着当时人们对太平天国的认识与想象，同时也反过来强化着美国人对共产中国的恐慌与隔绝。无怪乎当时的北美太平天国史研究大家戴德华（George Taylor）同时也持有坚定的反共立场，甚至愿意出庭证言拉铁摩尔曾为苏联从事间谍活动——学术与政争从来难以割离。

当1949年之后的中共官方史学将太平天国打造成一场农民起义，一场革命，并将其纳入线性的、进步的革命史叙事之中，以证明自身政权的合法性来源时，太平洋对岸的美国佬也正做着一模一样的事情。梅尔清一针见血地指出，冷战时期美国的反共史学恰恰是同期中国的革命史学的镜像，两者虽然结论相反，但其基本学术方式、叙事逻辑却一体同胞、殊途同归。

也正是在这一背景下，我们才能理解梅尔清与普拉特缘何反复强调他们将太平天国定义为一场“内战”，而非“起义”或“叛乱”。对他们而言，不论是将太平天国定义为“叛乱”的清廷、英军、反共史家，还是将其定义为“起义”的太平军与中共史家，都共享着上述的叙事逻辑，而只有对这些概念保持警惕，才能够避开它们背后的意识形态陷阱，重新建立自己的历史叙述。

有趣的是，梅尔清与普拉特都是史景迁的学生，而他们两者的关注焦点与史氏那本著名的《上帝的中国之子：洪秀全的太平天国》（*God's Chinese Son: The Taiping Heavenly Kingdom of Hong Xiuquan*）正大相径庭，换句话说，在概念指称的更新创制背后，也是学界风向的代际交叠。史景迁所费尽心力试图回答的，依旧是“一个疯子是如何登上历史舞台的”这样的问题，尤其是基督教在其中所扮演的角色。而基督教与太平天国的关系，恰恰是美国人对太平天国发生兴趣的最初原因。最早一代的传教士、外交官员、观察家与中国问题研究者围绕着太平天国所信奉的宗教，是否可以被视为是正统的基督教的问题辩论已久，这些争辩根底处的关怀所系，则是中国是否有可能被转化为一个基督教国家的大诘问。

此一问题余波不断，即至2004年赖利（Thomas H. Reilly）所著《上帝与皇帝之争：太平天国的宗教与政治》（*The Taiping Heavenly Kingdom: Rebellion and the Blasphemy of Empire*）中，依旧可以见其流风余绪。值得一提的是，帕特森（Katherine Patterson）的一本小说《太平天国的叛乱者》（*Rebels of the Heavenly Kingdom*）也借着这一历史事件，追问上帝之爱与战争暴力的问题，可见这一问题框架的流传之广。而这一提问方式的基本结构，正是之前所提及的费正清的“冲击回应”模式：中国作为一个静态的、封闭的、僵滞的老大帝国，不具有自我革新的内部动力，只有在外界的冲击下——不论其为基督教的传入还是跨国战争的开始——才能走向现代。也就是说，太平天国运动事实上是对西方的回应。在这一叙述模式背后，依旧是一种以西方现代化路径为主导的线性史观。

也正是这一史观，成为后世史家批判的对象。与之相对，柯文（Paul A. Cohen）等一批学者标举所谓"中国中心观"，强调摆脱西方历史叙述的宰制，"在中国发现历史"。在此前后，魏斐德（Frederic Wakeman, Jr.）、孔飞力（Philip Kuhn）、韩书瑞（Susan Naquin）、裴宜理（Elizabeth J. Perry）、周锡瑞（Joseph Esherick）等一代中国研究者开展了对19世纪农民起义、地方叛乱与造反的研究，试图寻找中国内部的变革动力。不过，对于梅尔清与普拉特而言，这一方向上的努力似乎依旧不够充分。用梅尔清的话说："尽管这些作品所得出的结论不同于此前对太平天国的基督教思想的研究，其中的很大一部分依旧关注着这一运动的核心人物，关注着他的宗教想象或意识形态的性质与内容。"

而对梅尔清而言，更重要的是在这一事件发生前后，生活在其中的人们的日常生活，他们面对战争与死亡时的犹疑、恐惧、创伤与回忆。无独有偶，田晓菲年初刚刚翻译出版了一部关于太平天国的回忆录《微虫世界：回忆太平天国叛乱及其后果》（*The World of a Tiny Insect: A Memoir of the Taiping Rebellion and Its Aftermath*），同样意在呈现民间的创伤回忆与战争经验。如果说普拉特的著作将太平天国提至全球史的框架中加以审视，那么梅尔清与田晓菲的努力，则是在将我们的视野不断降至民间、降至个体、降至历史的褶皱与伤痕中留藏着的隐痛，并以此不断促使我们反身自问，当我们在讨论太平天国时，我们在讨论什么？

2014年6月21日

终生的余业

——答周明全问求学经历与学术旨趣

周明全：金理在我们这代人中，学问是做得相当好的，而且为人低调、性情极好，虽然我对你不甚了解，你的文章也看得极少，但金理兄多次向我推荐你，我是很相信金理的眼光的。目前，国内批评界对你的了解可能还是相对较少，你能否介绍一下你的批评之路。

康凌：明全兄好。金理的话，实在是过誉了。我哪里有什么“批评之路”可以谈，无非读一点小说，有一些念头，愿意写下来给别人看看而已——而且事实上也没有多少人看。只不过这些人里恰巧有金理，承他推荐，我才能在这里顶着“批评家”的名头侃侃而谈，其实心里是很虚的。这次要编文集，我整理了一下自己的所谓“批评”文章，算下来其实没有多少，大概还远不如一些活跃的豆瓣网书评人的产量高，更不用说跟金理他们相比了。在内容上，好像也没有什么集中的主题与关怀，还是一个比较散漫的状态。更何况，我写东西非常慢，截稿日是第一生产力。手头正准备写一篇关于张楚的文章，四本小说集从中国背到美国，翻来覆去看了几遍。一方面觉得还没有把自己逼到非写不可的地步，另一方面觉得还没有找到合适的语言，所以还是在不断延宕中。在这方面我很佩服金理和黄平他们，不仅有足够的文本与理论积累，同时也已经逐渐形成了自己的表述方式、自己的“文体”，可以相对迅速地进入一篇文章的写作。当然，我也常常安慰自己，保持写作的困难，也未尝不是一件好事。

总之，结果就是于我而言，还远谈不上什么批评之路。事实上，就连到底什么叫作“批评”，也还是在不断思考、反省的东西，以批评的名义，我们可以写单纯的读后感，也可以写高头讲章的大论文；可以写文学史，也可以做文化研究；可以做文本细读，也可以做社会批判，那么，当我们在“文学批评”的名义下处理文本的时候，我们究竟在做一件什么事情？就我自己来说，我讨论路内，是试图解释一种特定的小说形式；讨论韩松，是想回应异化与批判的可能性问题；讨论甫跃辉，则是出于对“沪漂”经验的兴趣，诸如此类。但是，这些问题是否一定要在“文学批评”的范畴里来讨论，我其实一直都没有想得太明白。在雷蒙·威廉斯的《关键词》里，“批评”词条下的劈头第一句话就说：“批评已经变成了一个非常困难的词。”在他看来，各种各样的权威论断（authoritative judgment）将自身普遍化、抽象化，隐去自身所得以产生的具体历史条件与思想脉络，使得批评从一种具有特殊性的“反应”，变成了一种抽象的“论断”。

在这里，雷蒙·斯其实提出的是批评本身的历史性的问题。我前段时间在读杨庆祥的《分裂的想象》时注意到，这本书，尤其是前半部考察 20 世纪 80 年代的文学思潮与事件的部分，行文之间充满了引号。这在我看来是一个标志，表明论述者对自身和论述对象之间的历史距离保有某种自觉，20 世纪 80 年代的概念、事件与文本不再被视为自然的产物，而是在特定历史中生成的对象，不应与论者自身所使用的概念相混淆，因为两者往往只有字面上的类同。这意味着，批评对象的历史性，我们已经注意很多了。但批评本身的历史性，我还没有看到很好的讨论。金理常常讲“同时代性”，这当然是一个很好的说法。但“时代”是怎样的“时代”呢？生活在相同的物理时间中，未必一定带来相同的历史感觉，性别、阶级、地域等因素，都会导致认知的巨大差异，“同时异代”的状况倒更像是常态。如果我们承认这一点，那么批评者自身的历史性就必须被纳入考量，成为检讨的对象，而不是起点。不仅“我”去判断对象，也让对象来判断我，它不仅是对文本的反思，也是以文本为中介的自我反思，这样，批评就是一种对话，乃至对峙。但这是异常困难的，需要更多方法论上的准备，或许也需要一种更新的批评文体，我还远远做不到。

这也正是为什么我对职业批评多少抱有疑虑。为什么一定要对某本书发言呢？甚至是，为什么一定要批评呢？在我看来，如果职业批评指的是依据某种权威标准不断对一部接一部的作品下断语，那我们或许不必有那么多批评。我看自己写的所谓批评，也常常有这样的想法——这文章或许可以不写。

对我来说，把批评这件事维持在某种“业余”的状态了，大概更好。事实上，只有在“业余”状态下，批评或许才获得了它的必然性：它给你提供了一个机会，去反思自身的历史性、自身的权威、自身的标准。

松尾芭蕉在给弟子惟然讲俳谐的时候说，俳谐是一种“无法舍弃的终生的余业，这是件麻烦事”。一样的，批评也是件麻烦事，麻烦就麻烦在，它同样也是一桩“终生的余业”。“余业”这个说法，我很喜欢，原文是“道の草”，牛往一个地方慢慢走，走着走着，停在路边吃草了，这样一个场景。用来表示在去往目的地的过程中所做的其他的事情。芥川龙之介发挥说，在芭蕉对余业的态度中，潜藏着某种超越现实目标的终极性的存在。因此，它既是“余业”，又能持续终生，既是一种游离，又构成一种必然。竹内好后来用这个说法来定义论争对于鲁迅而言的意义，正是看到了其中的张力。我读张新颖、郜元宝等老师的文章，就常想到它们和二者各自的沈从文、鲁迅研究之间的这种张力。正途和“余业”之间的互相支撑与拉锯，实在是一个有意思的题目。不过，在我自己身上，正路还没走好，道草也没吃几口，只能一边批评一边向批评发问，这样别别扭扭地往前走。

周明全：康凌真是太过自谦了。不过，你所说的，“把批评这件事维持在某种‘业余’的状态，大概更好”，我觉得甚好，目前，不少批评家，就是太主动了，太“专业”了，有话无话都乱说一通，只为批评而批评。

金理在推荐你时，也说到了你对自己的学术进路很早就有规划，能谈谈你的规划吗？

康凌：规划这个东西，常常是事后总结追溯的结果，钱钟书说“暴发户造家谱”，此之谓也。我的学习经历本身充满了各种偶然，如果碰巧长成一副“有规划”的样子，那也是纯属巧合。所以，与其说规划，不如说训练。中学的时候开始读所谓“新时期”文学，当时也不知道这叫“新时期文学”，不知道路遥和余华各自属于什么脉络，只觉得都有意思，反正也闲，就照着陈思和和洪子诚二位老师的文学史，把里面提到的 20 世纪 80 年代以后的作家作品读了一遍。当然，这都还谈不上训练。对之前的文学，认识上基本是空白，等进了复旦之后，才渐渐把课补上。复旦中文系的现当代文学教学，谦虚一点说，是全世界最好的之一，但即便如此，学习的过程也是充满了各种偶然。譬如，如果袁进老师没有调来复旦，我大概不会花那么多时间去读晚清的作品。如果沈从文的课不是张新颖老师教，我大概依旧不会意识到他的重要性。如果不是为了搜罗陈子展先生的杂文，我大概也不会把《申报·自由谈》翻一遍。如果没有上过倪伟老师的课，我大概也不会对中国左翼文化政治产生最初的兴趣，并慢慢成为长期的志业，诸如此类。再开个玩笑，如果当当网不打折，我大概也不会去读《中国新文学大系》——尽管是跳着读。

除此以外，我的学术训练基本是在张业松老师的指导下完成的，我对十七年、对周作人、对胡风派等对象的兴趣，与张老师的影响密不可分。复旦中文系规定，本科三年级的学生要写一篇学年论文，这也是我的第一篇正经论文。在确定题目之前，我去找张老师，和他商量大致的方向，他建议我不如去读一读 1949—1966 年间的《文艺报》，看看能不能发现一些有趣的问 题。我当时当然还不知道《文艺报》的重要性，愣头愣脑就去了，花了半年多的时间陆续读完，期间有系统地搜罗相关研究，并与张老师讨论，形成若干主题，成为学年论文，以及之后的本科毕业论文的基础，这大概算是我最早的学术训练。这一训练的重要性，直到后来才慢慢意识到。事实上，之后很长的一段时间里，我都会没事跑去图书馆翻翻《文艺报》，一面觉得很亲切，一面也逐渐反省，我对所谓"社会主义文艺"，乃至更广义的中国文学现代性的基本看法，正是在这次密集的阅读与讨论过程中形成的，尽管它最初或许不过是张老师的一个偶然的动议。

这样的偶然，其实还有很多。再举一个例子，在张老师的周作人课上，他让我们去读刘皓明的那篇名文《从"小野蛮"到"神人合一"：1920 年前后周作人的浪漫主义冲动》。这篇文章有点复杂，读了两遍，还是有些关节不太理得顺，于是我自说自话把它译了一遍，在翻译的过程中，我发现刘经常引用一本叫作《周作人：中国现代性的另类选择》的书，去查了一下，发觉还没有中译本，就把它借出来读，就我自己的感觉来说，此书可能依旧是英语世界中最重要的周作人研究著作，非常值得介绍到中国来，于是在张老师的鼓励下，开笔翻译。在翻译过程中，顺带着就把周作人的文章，以及关于周作人的研究基本上都摸了一遍，以此延伸到京派的其他成员，成为持续至今的学术兴趣之一。但你看，如果没有读到刘皓明的那篇文章，这些很可能都不会发生。

硕士期间，也是在张老师的建议下，我选择了左联史作为最初的研究题目，不然，我大概也不会有勇气贸然进入20世纪30年代左翼文学政治这个复杂的领域。此外，由于张老师自己是胡风研究的专家，在他的影响下，我才开始系统地阅读胡风、路翎的作品并有机会参与整理、编辑丘东平、路翎的作品全集与研究资料。这些经验非常宝贵。校核原文、录入手稿让我切身意识到后出的集子与原初发表版之间的差异之大；而按照编年顺序阅读、编选研究资料，更以一种非常“及物”的方式，让你进入现当代文学的学术脉络与历史沿革中，并促使你反省自己在这一历史中的位置。

我常常给人打比方说，接受训练的过程有点像是做拼图游戏，你只有把这一块块的小碎片拼合在一起，才知道它会构成一幅什么样的图景。袁老师的晚清文学课、20年代的周作人、30年代的左联、40年代的胡风、十七年的《文艺报》、80年代的新小说，再加上鲁迅、沈从文、老舍、张爱玲、郁达夫、胡适、贾植芳等等，这些相对具体的对象，拼接起了我对中国现当代文学的认知版图。当然，这只是一个粗略的说法，上述这些对象的活动范围，也远超出某个有限的时段。但重要的是，它们让文学史不再是教材里的抽象事件与年表，而化身成可触可感的人、事、物，建立起有机的、立体的历史关系。

回过头去看，大概除了选什么课是自己可以做主的之外，其实很少能谈得上事先的“规划”。只能说，我很幸运能进入复旦中文系，遇上这些老师和朋友，使得自己在诸种偶然之中，也误打误撞地接受了貌似完整的学术训练。

周明全：你曾参编过《海上中文系》一书，收了不少尽显“先生之风、山高水长”的文章；从你研究陈子展先生的论文中也可看出你对复旦大学、复旦中文系的历史渊源、学术传统有了解与体会。能否简单谈谈在复旦受教的经历以及与师友交往的感受。

康凌：这个问题要认真讲起来，很可能就刹不住车了，讲三点和文学批评有关的吧。第一点，复旦中文系有非常好的文学批评氛围，氛围这个东西，好像有点抽象，其实不然，你打开复旦中文系主页，找到中国现当代文学教研室的教师名单，就会发现里面绝大多数老师，都同时具有批评家的身份，而且风格、言路、立场、关怀各不相同，说一句各擅胜场，毫不为过。这带来的直接影响就是，当所有老师都在关注新出作品时，我们做学生的，就不好偷懒不看了，不然，讲台上老师举个例子，你都不知道他在说什么。

第二点，复旦的批评家们与作家之间的关系似乎很好，我不知道这是不是可以算作某种胡风 / 路翎传统。说起来，现代作家与批评家的互相塑造、生成，其实是一个很好的研究题目，这且不表。落实在具体的学习生活里，就是我们经常可以见到作家，听他们谈论自己的作品。王安忆老师就不提了，其他的像余华、阎连科、莫言、贾平凹等等，都是复旦的常客，不仅来开公开讲座，而且直接进课堂与学生交流。陈思和老师的文学史课，这一堂刚讲完《废都》，下一堂贾平凹就出现了，非常奇妙。金理现在开当代小说课，也延续着这个传统、这种经验，你只有离开这个环境之后，才知道有多难得。更不用说，复旦本身也在培养作家，肖水、甫跃辉、张怡微都是其中的代表，跟跃辉谈他的小说，跟肖水谈他的诗作，这不是研讨会，而是你的生活本身。

第三点，其实还是氛围的问题，但不是课堂氛围，而是一种生活氛围，不仅你的文学史课、鲁迅课、周作人课、沈从文课、新诗课的老师们在做文学批评，你的学长、学姐，乃至身边的同学，也都在读小说，写文章。举个例子，这次滕肖澜拿了鲁奖，我第一时间就跟硕士时候的室友互相道贺，因为她是我们共同喜欢的作家。另外，像刘志钊的《物质生活》这样没有出版的长篇，大概也只有在复旦，你才会遇到一群喜欢这部作品的人：当代文学成为一个阅读共同体的接头暗号。再举个例子，跟金理、定浩、德海他们吃饭，席间常常莫名就开起了新出小说座谈会，他们的文章，也是我用来检证当代文学的标尺——读完一部新作品之后，我常常会习惯性地去看看他们是怎么说的，并且从来都没有空手而归。在阅读和见识上，我都远远不及他们，但这样一个共同体的存在，是我敢于写点所谓批评文章的重要原因。

上面三点结合起来，使得文学不仅是一个阅读、研习的对象，而是某种共同体生活的一部分，它会催逼你去整理、反省自己的想法，如果没有这个环境，鉴于我的懒惰，我大概不会与“批评”这件事发生关系。譬如说，我在读小说的时候会攒下很多笔记，但从笔记改成文章，就不知道要到什么时候了，如果没有一些外力的催化，自己往往是懒得动的。这些外力，既包括课堂的要求，也有朋友的催促，比如我最早关于当代文学的文章，讲的是《废都》和《上海宝贝》里的性与生殖，就是在陈思和老师的当代文学课上写出来的。而后来发表在《文学》上的关于路内的文章，就是金理的邀稿。当时他要组织一辑关于“70后”作家的文章，问我有没有兴趣，我刚读完《云中人》，翻翻笔记有六七千，趁着兴头就答应了——结果笔记也没用上多少。当然，这不重要，关键是，如果没有他来组稿，笔记可能依旧只是笔记而已。

当然，在复旦的经历和感受绝不止这些，一谈起来就要感慨自己的幸运。我刚进复旦的时候，贾先生还经常坐着轮椅出来晒太阳，我和本科室友远远对着他行注目礼，知道自己来到了一个了不起的地方。

周明全：你硕士之前的学业在国内完成，目前在美国攻读博士学位，可以说对两种教育体制有深刻体会吧，你觉得中美文学教育的异同和差距主要体现在那些方面?

康凌：这个问题，我没什么发言权，我在两地读过的学校只有两所，相对了解的学校也不超过十所，由于专业的原因，在美国接触到的课程，主要集中在东亚系和比较文学系，这两者所能提供的中国文学训练，与复旦中文系当然不一样。表面地看，复旦中文系的课程以经典作家作品的精读为主：鲁迅精读、周作人精读、《论语》精读之类，这里的东亚和比较文学课程，则以某个话题或某个理论为主：大屠杀文学、认同问题、酷儿理论之类，但这并不能得出中国重文本、美国重理论的结论，翻翻英文系的课程，多的是乔叟、莎士比亚、弥尔顿、尤利西斯的精读课程，要对等地比较差异，或许应该比较中国的中国文学教育和美国的英国文学教育——但后者我一无所知，因此，对“文学教育体制”，大概说不出什么新鲜的东西，更不觉得有什么“差距”。

就个人的感受来讲，说老实话，我并没有感受到特别大的“转换”上的困难，假如你在国内已经习惯了大量的阅读、习惯了讨论课的形式，并且对本领域内的理论与文本有一定的了解，那么恐怕除了语言上的转换外，没有特别大的智性沟壑需要跨越。这当然跟我从事的学科有关，中国现当代文学的研究领域总体上是相对西化的，对英语世界的成果也译介得比较多，两地的学者交流相对充分，都使得两地的学术范式，并没有特别大的格格不入之处。所以，每一个领域有每一个领域的历史特征，不是一个抽象的体制问题可以涵盖的。

可以补充的是，美国国内对自己的文学教育倒是有很多批评，角度各不相同，有些人，譬如哈罗德布鲁姆觉得它背离了人文主义传统，要恢复经典地位，有些人，譬如 William Spanos 就激烈地批判人文主义，认为人文主义不仅是一种霸权话语，更与当代的政治经济压迫同谋。去年在媒体上有一场讨论，核心议题是美国的文科博士找不到工作的问题，很多人对美国文科教育的有效性提出质疑，认为需要一场大改革。

总之，两地的文学教育当然有差异，但具体到每个学科，都有其自身的历史沿革所带来的特征，不好一概而论。将美国的体制理想化，忽视其中的内部差异与各种问题，也是一种非历史的做法。

周明全：我最近看了夏志清老先生的《中国现代小说史》，觉得他站在西方的角度研究中国现代文学，不仅很客观地对现代小说做了批判，而且提供了不少国内鲜有的批评视角。你认为有西方背景，然后再回头来做中国文学研究，帮助大吗？主要体现在哪些方面？

康凌：夏志清先生的研究虽然在史实方面有些错误，但也自有其历史语境（冷战）与理论脉络（新批评），对此的讨论已经不少。问题是，即便在美国，对夏先生的批评也并不鲜见，假定有一种“西方的角度”，那夏先生也只是其中之一。更何况，“西方”和“中国”的二分法虽然方便，但不具有真正的解释力。在我看来，布鲁姆和伊格尔顿之间的差异，大概不比布鲁姆和夏志清之间的差异要来得小。事实上，我也不知道“西方背景”或者“西方的角度”到底指的是什么，我们有后殖民研究、有性别研究、有翻译研究等等，但没有一种“西方研究”。美国是学术中心，各种理论流派荟萃，在这里念书的好处是，可以尽量将自身的想法暴露（expose）在各种思想脉络中去接受检验，同时也从中汲取营养，但这不是东方与西方的关系，而是文本与理论的关系。在这里，重要的是不同的问题意识、提出问题的方法与框架、关怀的对象，不论在中国还是在美国做研究，不论做中国文学还是美国文学，你的文章要采取哪种范式、解决哪些问题，要同哪一个理论脉络对话，如何自我定位，都是需要不断思考的问题，而思考这些问题的基本前提，就是摆脱中西二元论。

周明全: 你很早就开始接触欧美的中国学研究，比如翻译过苏文瑜（Susan Daruvala）教授的《周作人：中国现代性的另类选择》（复旦大学出版社2013年版），该书的翻译是你在本科阶段完成的，我看到苏文瑜教授在中译本序言中表示："译文的准确与熟练，以及译者的智慧与敏锐都使我感到惊奇。"最近你还有一篇书评讨论梅尔清（Tobie Meyer–Fong）的《浩劫之后：太平天国战争之遗产与19世纪之中国》（*What Remains: Coming to Terms with Civil War in 19th Century China*）和普拉特（Stephen R. Platt）的《太平天国之秋：中国、西方与太平内战的史诗叙述》（*Autumn in the Heavenly Kingdom: China, the West, and the Epic Story of the Taiping Civil War*）。出于什么样的原因促使你将眼光投向西方的著作？你如何看待西方的中国学研究，他们能提供什么？国内的一些学者比如温儒敏教授曾呼吁警惕文学研究中的"汉学心态"，反对盲目崇拜汉学、将"汉学当成本土的学术标准"，认为这是"缺乏学术自信的表现"。你如何看待这个问题？

康凌： 这年头，从事20世纪范围内的中国文学历史研究，"将眼光投向西方的著作"大概是不需要原因的，如果有人完全不看西方著作，才需要去问问原因。

具体到你的问题，美国的中国学研究、中国的"汉学心态"、个别研究者的"学术自信"，三者之间其实没什么关系。首先，就美国的中国学研究而言，从历史上看，它当然是冷战的产物，带有某种情报学、间谍学的气息，对费正清一代的中国现代史研究者而言，"我们为何丢失了中国"始终是他们的"压在纸背"的问题。现在的中国学研究，尤其是社科领域，不能说完全摆脱了这样的预设。但是，随着这一领域的学科化与专业化，其中积累的问题意识与谱系，也呈现出日益多元的趋势。简单地说美国的中国学是美国学，是美国自己的学术脉络的产物，这当然没有错，它不仅受到自身历史的约束，同时也受到美国整个人文学科学术取向，乃至流行趋势的影响。但也正因如此，它才成为一个值得注意的对象，其中不仅可以看到对文本的阐释，同样也可以看到不同的阐释方式背后的历史关怀与理论立场。就我译的《周作人：中国现代性的另类选择》一书而言，其中不仅对周作人的文本有精到的解读，同时，对另类现代性（alternative modernities）的关怀，对民族主义理论的追溯，也是对20世纪八九十年代英语学界理论趋势的回应，这一关怀构成了作者进入周作人文本的前提，只有在两者的互动中，我们才能读出全部的讯息。事实上，对中国本土的文学研究，我们同样应作如是观，他们不仅提供答案，自身也构成问题，只有以更多的问题为中介，我们才能认识到文本与历史的丰富性。

其次，温儒敏的文章我看过，里面讲到的“汉学心态”，在我看来牵涉两个不同的问题。第一，英语的学术霸权，用萨义德的话讲，是当代政治经济权力秩序向学术领域的一种“分配”（distribution），也就是说，这其实不是一个“心态”问题，甚至不是一个学术领域内的问题，当我们在所有的社会指标——政治的、经济的、文化的——上都以欧美为尚的时候，学术领域如何可能自外于此呢？所有的第三世界国家，都存在这样的问题，中国并不特殊。第二，这同时是本土学术生产体制的问题，学术研究的流水线化带来的结果是知识的自我繁殖，新概念、新范畴的出现会引发大量的模仿与挪用，中美皆然。而且，如果仔细观察，这些概念不仅来自美国，同样也来自中国——洪子诚的“一体化”、汪晖的“去政治化”、陈思和的“民间”等概念养活的博士论文，似乎也不在少数。这同样不是一个“心态”问题，只要我们还有这么多博士点，还有那么多发表文章的要求，还有那么多学术刊物，还有那么多博士论文要写，这个问题就将永远存在。

最后，所谓“学术自信”的问题。我其实不太明白，喜欢读什么样的研究与是否具有学术自信有什么关系。鲁迅要大家多读外国书，是否就失掉自信了？以王德威为标准，和以温儒敏为标准，谁更自信一点？恐怕也说不好。自己的研究没有被当成标准，当然令人不太高兴。但是历史地看，海外中国学在汉语学界的流行，并不是“心态”或“自信”的问题，而是学术与权力之关系的问题，光说两句要重振信心的话是解决不了问题的。

周明全：莫言获诺贝尔文学奖后，国内不少人欢呼，以为中国文学已然跻身进了世界优秀文学的行列，你在圣路易斯华盛顿大学东亚系攻读博士学位，从你的观察，莫言获奖后，美国对中国当代文学的反应如何？或者说，中国文学如何“走出去”？

康凌：中国文学从来都在世界优秀文学的行列中，这一点与莫言是否获奖毫无关系。美国对中国当代文学的反应，与诺奖也没什么关系，无非研究中国当代文学的教授们多接受几次采访、多写几篇文章。

如果你这里的“走出去”指的是走到美国去的话，那么老实说，这跟中国文学自己的发展状况没什么关系。能否“走出去”，并不取决于你有多么优秀，是否“走出去”了，也并不是评判文学质量的标准。我前两天还看到，麦家的《解密》刚由一家纽约的出版商翻译出版了，那么，它要比未翻译的其他汉语作品质量高吗？恐怕未必。

美国的文学市场是一个相对封闭的市场。它不仅不重视中国文学，对所有外国文学，都不太提得起精神。我的一位老师曾在华府的美国国家艺术基金会（National Endowment of Arts）翻译遴选委员会任职，负责在所有递交上来的翻译申请中，择取值得资助的翻译项目。据她讲，全美的文学市场上仅有 3% 左右的翻译作品，我查了一下这个基金会的网站，从 2002 年至今，不论古典、现代、小说、诗歌，统统加在一起，它仅仅赞助过 12 部中文作品的翻译。走进这一市场的困难，由此可见一斑。

真的要进入美国文学市场，有很多策略性的问题可以讲，如何选题、找谁翻译、怎么写申请才能拉到资助，诸如此类，但这些具体而微的问题，大概不太有人感兴趣。美国文学市场上比较受欢迎的中国小说，一种是流行读物，如《狼图腾》《解密》这种；一种是写政治的，如“文革”经历，89 回忆之类。你肯定要讲，这些都不代表中国文学的真实水平啊。是的，因为文学市场的运作，本身就不是建立在“水平”的原则上的。譬如，那些写“文革”经历的作品，编辑在修改过程中会要求你这里加一段打老师、那里加一段知识分子自杀，这样才有卖点，才符合人们的“文革”想象嘛。更何况，代表中国文学水平的所谓“纯文学”，在大陆才能卖多少本？凭什么觉得美国读者就会买你的账，要引进你呢？

一直在问中国文学如何走出去的人，其实很大一部分并不关心美国的文学市场，不关心它的运作方式，乃至意识形态偏见，一味要求作家为一个想象的西方读者写作，将其视为抽象的、纯粹的“文学标准”的化身，仿佛“走出去”就意味着获得认同了，没有走出去就是中国文学的失败，这种简单的逻辑是经不起推敲的。更有意思的倒是“走出去”背后的这种焦虑感，说到底，我们嘴里的“走出去”从来不是走到刚果、走到厄瓜多尔、走到印度，而始终是走到美国、走到欧洲——西欧去，那么，它就不是一个文学交流的问题，而是一个文化政治问题，Julia Lovell 曾写过一本叫 *The Politics of Cultural Capital: China's Quest for a Nobel Prize in Literature* 的书，讨论中国人的诺奖焦虑背后复杂的文化政治成因，现在莫言已经拿了诺奖，但这种焦虑感似乎依旧没有散去，在问中国文学如何“走出去”以前，我们还是应该先问一问，为什么要“走出去”？要走到哪里去？

周明全：你曾受教于复旦大学张业松教授门下，受到的文学史训练非常充分。硕士论文研究的是左翼文学的“发生史”，这是一个什么样的课题，借此你想关怀哪些议题？

康凌：左翼文化政治的问题，是我一直以来关心的，但以此作为硕士论文的研究对象，则多少是一个偶然。这个项目本来是陈思和老师的“社团史”项目之一，我参与其中，负责左联史的撰写。但在读了史料之后我发现，要充分展开左联内外的诸多历史纠葛，必须从更早之前开始讲起。用我在论文里的话讲：与任何之前的文学社团不同，左联的成立不仅是一个开始，更是一个结束，是对自 1927 年以来的文坛震荡的结算。换句话说，左联绝非一个若干志同道合的年轻人白手起家的文学起点，而是夹带着之前三年，甚至更久时间内所积累下来的私人关系、利益纠葛、政治分歧、思想异动而蹒跚起航的文学组织。因此，一方面，与其他社团一样，左联将会面对大量来自外部的挑战；另一方面，它更将不断发现自身内部的异质与分歧。总之，这些蕴藏在左联内部的、其自身的“史前史”的遗骸，虽然暂时被组织化的力量所抑闭，但终将呈现出其能动的力量，或者激活左联的批判能量，使其免于沦为僵死的体制化机构，或者导致不可弥合的裂痕，使其走向分崩。对整个左联而言，来自内部与外部的这种冲击，与其组织化的力量之间的紧张，构成了这一社团历史的基本动力与线索。

对 1927—1929 年间的左翼文学运动的考察，事实上完成的是一件地基勘探的工作。如果有时间，我肯定还会继续往下写，这背后当然有我对中国左翼文学与现代性问题的整体看法，但毕竟还停留在想象中，等到时候写完了再来谈自己的目标，可能更合适。眼下的论文，从某种意义上讲，还只是一个半成品。

周明全：你的学术能力非常全面，比如在史料辑佚与整理方面也有收获，曾经发现过贾植芳先生、陈子展先生的多篇散佚文献，后者结集《蘧庐絮语》出版（海豚出版社 2012 年版）。最近你还以杂文和“交代材料”为中心，写了一组关于陈子展的研究文章。这是出于兴趣还是有针对性的学术训练?

康凌：贾植芳先生是我的偶像，但发现他的佚文则纯属偶然，是我翻《申报·自由谈》的意外收获，贾先生早年的文章可能没有人系统地搜罗过，肯定还有更多的佚文有待发掘。陈子展先生的文章，倒是我有意去找的。我很早就知道陈子展是 20 世纪 30 年代非常重要的杂文作家，曹聚仁等人的回忆里经常提到，但一直没有机会看到作品。依旧是在翻《自由谈》的时候，读到了他的专栏“蘧庐絮语”，大为倾倒，这才起意为他编个集子，搜罗、录入、校对、查考的过程本身是很琐碎的，但如果能以此稍微推动一下对陈先生的杂文的认识与研究，我也就非常高兴了。我在文章里写过：陈子展杂文的创作总量之大、涉及话题之广、平均水准之高，在同时代杂文作者中，恐怕也是屈指可数。更进一步说，他的写作实践、语言选择与文体转变，对于现代文学史的研习者，尤其是杂文、散文的研究者而言，实在是不可多得的宝贵例证。一方面，如前所述，他以文言撰写的社会批判性的杂文，对以往以“文白”之体来区分“新旧”思想的惯常思路提出了挑战，打开了我们重新理解语言形式的空间；另一方面，他自身的文体转变，以及他在整个 20 世纪 30 年代文白之争、《庄子》《文选》之争，以及大众语运动等文坛事件中的深度参与，为我们提供了一个珍贵的样本，来考察五四之后中国现代文学余波不断的文体之辩，以及写作者在其中的选择。

事实上，在《蘧庐絮语》之后，下一期的《史料与阐释》也会收入一部分陈先生的杂文，不过除此之外，我手头还有一大批文章有待整理，如果有出版社愿意，我很希望能够继续将它们整理介绍给读者。

因为要出《蘧庐絮语》，我与陈子展先生的后人邹兆曼老师取得了联系，邹老师的慷慨与善良，让我非常感动，在她保存下来的陈先生遗物中，我发现了一批他在“文革”中写下的交代材料，这就是《交代材料里的陈子展》一文的来源。说兴趣，当然有，我对系史人物、对陈先生本人、对“文革”、对知识分子问题都有兴趣，但就文章本身来说，更多的是想将这批宝贵材料介绍出去，立此存照的意思。

周明全：你对国内的“80后”文学亦有关注，讨论过甫跃辉、郭敬明等人，你觉得同代人的文学水准如何？

康凌：我的文章里提到“80后”的大概不多，讨论的对象也不是作为一个整体的“80后”文学及其水准，分开来讲，《林道静在21世纪》主要是关心成长小说这一文类在当下的新变乃至消亡，《批评〈小时代〉的方式》想讨论的是消费社会中，对消费主义的批评方式及其内在张力，在《甫跃辉的创作流变》里我主要写的是他笔下那些横跨城乡两界的“回乡者”或“进城者”们“一生两世”的现代性经验。这些问题，“70后”有涉及，“90后”也难免会写到。“80后”文学，黄平、庆祥比我读的多得多，他们的评估更为准确与全面，我自己没什么整体性的看法。事实上，“80后”在我看来，依旧是个媒体概念，用起来顺手，在学理上不具有什么解释力，反而是一个需要解释的对象。譬如说，“新概念”作家的出场，本身是高等教育招生体系和文学市场有意无意的共谋的产物，它不仅是一个“文学”问题，更是一个“社会”问题、“教育”问题、“产业”问题，把它纳入“80后”文学的框架，反而容易遮蔽它复杂的历史起源，这里面的头绪很多，不好展开。我读到过有些文章，用甫跃辉等人来证明“80后”文学的多元性就很奇怪，你们先把新概念作文定义成“80后”文学，又用甫跃辉来证明“80后”文学不仅是“新概念”，这不是先画地为牢，再做跃出状吗？总之，与其在“80后”的概念里打转，不如多从作品和问题入手，这样会比较有效。

周明全：在《“系统时代”中的欧美“80后”文学》的结尾，你写道：欧美的“80后”文学，可以作为中国的“80后”文学的镜子，中国的“80后”文学，同样也可以反照出欧美“80后”文学的模样。毕竟，对于任何真正关心文学的人而言，重要的只是差异，而不是优劣。那你认为中国“80后”文学和欧美“80后”文学的差异主要表现在哪些方面？

康凌：最主要的差异大概是，欧美没有一种叫“80后”文学的文学，所以也不太好做比较。我在这篇文章的开头特地写到：在欧美的当代文学领域中，“80 后”尚未构成一个有效的批评范畴或者市场概念。尽管在本文中，出于比较的思路，我们依旧将策略性使用“80 后”这一概念，展示他们所具有的某种共同倾向，但我们必须牢记：这些共性，在其他年龄段的作家身上同样可能存在，因为这些共性与其说来自出生年代的相近，毋宁说来自同一种文学场域结构的规训，这一结构性的影响，并不依代际而分界——在我看来，中国（大陆）“80 后”文学这一概念，恐怕也同样需要在这一层面上进行清理，找出为年龄所遮蔽的结构性的因素，不然，其有效性将始终是可疑的。

我这篇文章的主要意图，是介绍一下以创意写作课程为核心的文学生产体系及其运作方式，以及它对文本构形的可能影响。当然，在此之外的欧美“80 后”作家还有很多，尤其是类型文学方面，像写出《遗产三部曲》的鲍里尼（Christopher Paolini），生于 1983 年，他的作品已经排进了奇幻小说历史榜单的前十，在 http://www.fantasticfiction.co.uk 这样的网站上，我们更能轻易地找出大量“80 后”作家。但是，不论是鲍里尼还是拿了橘子奖的奥布莱特（Téa Obreht），都很少看到有人仅仅因为两人的年龄相近，就把他们拉到一起做比较，因为两人的文学训练、文本内容、文本背后的生产方式之间的差异，要远大于年龄相近所带来的类似。但在我们这里，把甫跃辉之类的作家和郭敬明之类的作家放在“80 后”文学的框架里进行比较，认为他们代表了“80 后”文学的不同面相云云，好像是一个挺常见的套路，说实话，我不太明白这有什么意义。

周明全：有人将当下的批评界形容成“三性”——圈子性、利益性、黑色社会性。虽然偏执，但也有一定道理吧。你如何看待当下的文学批评，或者说，你认为当下的文学批评存在什么问题？你心目中好的文学批评应该是什么样的？

康凌：我对当下的批评界不了解，也没有太大的兴趣，存在什么问题，就更不知道了。前两天读到李敬泽的访谈，记者问他，中国文学最大的弊端何在，什么是好的文学作品？李敬泽的回答是，最大的弊端就是我们相信有一个最大的弊端，然后解决了它就天下无事了。这个说法我很喜欢，偷过来用在这里，也很恰当。解决了“三性”的问题，文学批评就会一下子精彩有趣起来吗？我看很难。不好的文学批评都是一样的，好的文学批评各有各的好，是说不出“应该”的样子的，向各种可能保持开放，不然多无聊。

周明全：康凌兄的看法很有意思。但是，当下，批评失语、批评失效的指责不绝于耳，你又是怎么看待这种指责的？

康凌：具体谁失语了，我不知道。但我上面提到的所有人，陈思和、张新颖、郜元宝、张业松、倪伟、刘志荣等老师，金理、黄平、庆祥、定浩、德海等学长，好像都常常有批评文章出现，再不济，花五分钟去翻翻豆瓣网上书评、新浪读书、天涯读书等网站就知道，批评远远没有失语，关键是，我们是否愿意把这些帖子与文章当作批评？假如我们可以不将威廉斯所谓的“权威论断”当作唯一的批评尺度，那么我们就应当看到，当代的批评事实上处于前所未有的繁荣之中，我昨天刚看完豆瓣上一个叫“淡豹”的 ID 写的《〈死水微澜〉笔记》，学到很多东西，其文本解析之精细，远非某些职业批评家可比，而这样的文章，豆瓣上并不鲜见。越来越多的阅读者有意愿、有能力、有平台向文本发言，何来失语一说？何平先生曾说，这些平台的出现表明“一个人民当家做主，自由发表读书思考的时代已经曙光初现”。我可能没有那么乐观，但至少，自己把耳朵堵起来，却说别人失语，不是什么好习惯。

至于“失效”，就更难解。这些人指望批评有个什么“效”呢？从功能上讲，我们有面向阅读大众，以介绍、推荐为主的媒体书评，有发表在学术期刊上的正式论文，有单纯供读者之间交流用的读后感，各自起到不同作用，担负不同职能，究竟哪一部分失效了，恕我不能看出。

我们有些批评家，依旧认为批评是一种特权，依旧想要垄断读者的意见与看法，依旧认为只有他们的声音才是声音，只有他们的批评才是批评，而当他们发现自己的声音无人知晓、自己的批评无人理睬，自然要发出“批评失语、批评失效”的指责。对于这样的人，让他们活在自己的幻觉里好了，他们的失语与失效毫不可惜。

周明全：自 2012 年年中以来，曾有不少主流媒体讨论“为什么‘80 后’出不了批评家？”各个年龄层次的批评家都就此发言，说法各一。你认为这是一个伪命题，还是说的确有很多无形的阻碍阻挡“80 后”批评家的成长？

康凌：这个问题，你比我有发言权啊。至少在你组织策划的“‘80后’批评家文丛”第一辑八本书出版以后，“80后”出不了批评家这样的蠢话，应当告一段落了吧。不论有没有阻碍，“80后”批评家已经在了，并且将继续存在下去，不仅在学院里有，在各种纸质、网络媒体上更有。

“80后”一代学者的成长环境，我以为比我们的师辈要好得多。举个例子，你刚才提到夏志清的《中国现代小说史》，当年我的老师辈读的，多是香港中文大学译本的复印本，乃至复印之复印本，而就我的同辈人而言，直接获取，阅读原文恐怕早已不是一件难事，那么，至少在获取与阅读各种资料上，“80后”的条件就要好得多了。在绝大多数时候，写不出好文章只是因为不够用功，而不是因为什么无形的阻碍。

当然，文学批评作为一种社会实践，其功能、作用、与社会的关系，都在发生变化，当代的文学批评从业者起到的作用、发挥的影响，与10年、20年、30年前不可能相同，新一代批评家，不如“文学热”时的批评家那么热闹，这是当然的，但这也并不构成什么问题。金理说得好：“不管时代怎么转换，文学怎么被排挤到边缘，对于真正热爱的人来说，文学的意义、文学批评的意义从来就不是问题。没必要焦虑。”

周明全：最后，想请教一下，你觉得一个好的批评家，应该具备什么样的素质？

康凌：多读书，对批评有怀疑。

周明全：谢谢康凌兄。

康凌：感谢明全兄给我这个长谈的机会，以后多交流。

跋

2014年5月，金理发来邮件，提到云南人民出版社的周明全兄正在编辑“‘80后’批评家文丛”第二辑，邀他推荐人选，他希望我能编一本，参与其中。当时我正与各科的期末论文鏖战，没有细想，便胡乱答应了下来。等到暑假回国终于能有时间坐定开始整理，才发现手头的“批评”文章远够不上一本书的规模。幸蒙二位宽容，允我以其他论文乃至书评充数，七拼八凑，又赶写了几篇文章，才做成现在的样貌。在这本小书编成之际，我终于有机会向二位表示一点感谢：没有你们的鼓励与耐心，将不会有这本书的存在。

本书所收文章中最早的一篇，写于2006年秋季张业松老师所开的“鲁迅精读”课上，我至今仍记得他当时在给我的修改意见中说，有些一时把握不住的概念或主题，可以留待日后再处理，不必急于在一篇文章里把话说尽。8年过去了，当时不明白的概念或主题，现在依旧感到困惑，唯一的长进大概是，我已经知道我可以不用假装明白，因为我将有足够长的时间与它们相处。

此书编成后我请张老师作序，恰赶上他赴日客座的当口，从上海到神户，琐事缠身之际，他依旧给我提出了大量建议，从选文去取、目录排序、文章内容，直到文献脚注，寄来的序文也几易其稿。我揣摩这些建议与评论，深感其中的周到与悉心。在我随张老师念书的这些年，这样的提携与帮助无处不在，我愿将本书视为向张老师做的一次汇报，并向他鞠躬致谢。

在复旦念书的时候，我常常跑去文图二楼书库瞎转，最大的感受是，这世上居然有那么多没有人会去读的书。现在终于也轮到我在这落满灰尘的书堆里再添上一本。我深知，出版此书更多的目的，是为了能有一个机会，来感谢在这些年的学习过程中给过我帮助与启迪的所有师长友朋。我无法一一列出你们的名字，但与你们的切磋砥砺，始终是我最为珍视的回忆，希望这本集子成为这份回忆的见证。

本书近乎“杂凑”而成，虽然按照大致主题分为四辑，但文章与文章之间没有特别的关联，也似乎看不出什么集中的关怀。想来想去，它们都是我读了各种或好或糟的书之后的产物，因而定名《读后》，也是提醒自己要继续读书的意思。

最后，出版此书，还有一点私心。我想将这本小书献给我的外婆，在我出国念书的一年多时间里，外婆的身体状况一直不太好，却还要牵记、担心我的吃穿用度。我不知道如何能让她完全放心——这大概并不可能，只希望这一点点成绩能够让她高兴，并祝愿她健康、长寿。

是为跋。

2014年10月11日